COURS

DE

LITTÉRATURE

FRANÇAISE

TABLEAU DE LA LITTÉRATURE

AU MOYEN AGE

TOME II

IMPRIMERIE PANCKOUCKE,
Rue des Poitevins, 14.

COURS

DE

LITTÉRATURE

FRANÇAISE

PAR M. VILLEMAIN

PAIR DE FRANCE, MEMBRE DE L'ACADÉMIE FRANÇAISE

TABLEAU DE LA LITTÉRATURE

AU MOYEN AGE

En France, en Italie, en Espagne et en Angleterre

TOME II

2ᵉ édition
revue, corrigée et augmentée.

PARIS

DIDIER, LIBRAIRE-ÉDITEUR

35, QUAI DES AUGUSTINS

1840

TABLEAU

DE

LA LITTÉRATURE

AU MOYEN AGE.

TREIZIÈME LEÇON.

MESSIEURS,

Dans nos recherches de littérature étrangère, nous ne devons nous attacher qu'aux noms célèbres et aux esprits originaux dont l'influence s'est exercée sur l'Europe et sur la France. Nous nous sommes arrêtés devant le génie créa-

II.   I

teur du Dante. Mais je n'irai pas, plagiaire du
savant historien de la littérature italienne,
analyser, ou même nommer tous les ouvrages
qu'elle produisit au xive siècle. Je ne dois montrer de cette langue et de cette poésie que leur
affinité avec le roman méridional, leur développement précoce et leur éclatante primauté.

Mais, tout en bornant ainsi mon sujet, il faut
que je réponde à une objection qui m'a été
faite, ou plutôt que je profite d'un avis qui m'a
été donné par un des auditeurs de ce cours.

On me reproche, dans une lettre, d'avoir négligé la source principale où puisa le génie du
Dante, et gardé le silence sur les poésies de Fra
Jacopone. Je l'avoue, Messieurs, je n'en ai pas
parlé, faute de les connaître. Cette omission n'a
pas été un jugement, mais une ignorance,
comme il arrive parfois aux personnes qui veulent instruire les autres. Depuis notre dernière
séance, j'ai cherché les œuvres de Fra Jacopone, et je me suis mis à les lire. Je suis demeuré bien convaincu que le Dante les avait
ignorées comme moi, ou du moins que son génie n'avait rien emprunté aux inventions du
Frère. Cependant ce personnage est, parmi les
poëtes contemporains du Dante, une des physionomies originales qui valent la peine d'être

retracées. On sent chez lui cette mystique ferveur qui tourmentait alors les imaginations vives, et qui pouvait aisément devenir du génie poétique. Fra Jacopone, issu d'une famille noble, fut élevé avec soin; dans sa jeunesse, il annonça beaucoup d'ardeur pour l'étude, et une éloquence naturelle. Il suivit à Rome la profession d'avocat. Il était marié, riche, célèbre : un événement funeste l'éloigna tout à coup du monde.

Dans une fête où il assistait, la chute d'un plafond écrasa sa jeune épouse. En la retrouvant morte au milieu des ruines, il s'aperçut qu'elle cachait un cilice sous ses robes de bal. Sa douleur, sa piété s'exaltent à cette vue. Il renonce à tout; il devient fou et moine.

Ce rapprochement involontaire n'a rien d'ironique. Jacopone, après son malheur, avait erré comme un insensé, couvert de haillons, mendiant, et parfois mêlant à sa folie apparente ou réelle d'amers sarcasmes, et de hardis apologues contre les puissants du monde. Reçu dans l'ordre des frères mineurs, il garda la même hardiesse, et n'épargna pas surtout les vices des ecclésiastiques. Il les attaquait sans cesse dans les rimes en langue vulgaire, d'un style assez grossier. C'était une espèce de censeur privilé-

gié qui couvrait sa témérité sous son capuchon
et sous sa folie. C'était, si vous le voulez, le
bouffon du genre dont le Dante était le poëte.

Errant et proscrit, le Dante flétrissait avec
énergie les vices des papes et des princes, en
mêlant cette âpre satire aux plus sublimes fictions de la poésie, aux plus graves enseigne-
ments de la religion. Fra Jacopone, du fond de
son couvent, attaquait le pape et les cardinaux
en vers mystiques et bouffons. Protégé par son
génie, et même par son malheur, le Dante
acheva impunément son poëme. Il n'en fut pas
de même de Fra Jacopone. Le pape Boniface VIII
le fit jeter dans un cachot, dont le pauvre moine
a laissé la description la plus hideuse. Fra Jacopone y composa de nouvelles poésies, toujours
animé d'un pieux enthousiasme. J'ai trouvé dans
ses œuvres non la pièce qu'il avait composée
contre le pape Boniface VIII, mais celle où il
lui demande grâce :

O pape Boniface, je subis ta sentence, et la malédic-
tion et l'excommunication. Je garde la blessure que tu
m'as faite avec ta langue fourchue ; touche-la de même
avec ta langue, et guéris-la. Cette blessure ne peut être
guérie sans absolution. Je te demande par grâce que tu
me dises *absolvo te*, et que tu me laisses mes autres peines,
jusqu'à ce que j'aie quitté ce monde.

Ailleurs, il se compare au « Lazare enterré, cadavre infect de quatre jours, » et il supplie le pape de dire comme notre Seigneur : « Lève-toi, et sors. »

Cette résignation ne toucha point le pontife; et Jacopone, comme il l'avait prédit au pape, ne fut délivré qu'à l'époque même de la captivité de Boniface VIII. Il continua ses prédications morales ou satiriques en rimes populaires. Mais ce recueil, que j'ai lu, que j'ai tâché d'entendre, n'a rien de commun avec le génie du Dante. Ce sont les bizarreries d'une verve grossière; mais nulle trace de cette vivacité d'imagination, de cette hauteur de génie, de ces fictions plus poétiques encore que mystiques.

Ce qui a fait supposer l'analogie, l'imitation, c'est que plusieurs cantiques de ce Fra Jacopone ont la forme de visions. Par exemple, c'est un défunt qui ressuscite, s'entretient avec ses héritiers et leur reproche de ne pas payer les aumônes qu'ils ont promises pour le repos de son âme. Les parents lui répondent avec dureté. Il y a sans doute çà et là quelque force dans la peinture des misères humaines; mais rien qui ait mérité d'inspirer le Dante. Vous le voyez seulement, cet exemple atteste que la poésie circulait partout dans l'Italie. Elle était accueillie dans les cours des princes ; elle enchantait les cercles des femmes ; elle sortait du cachot d'un couvent ; elle était mystique et populaire.

Un semblable mouvement ne pouvait être isolé. Les grammairiens, les scolastiques, les philosophes, les jurisconsultes s'élèvent de toutes parts en Italie. C'est alors aussi que les hommes puissants commencent à ménager les lettrés. L'Italie républicaine avait tourné vite au despotisme. Beaucoup de ces petites villes qui d'abord avaient un sénat, une assemblée populaire, étaient asservies dès la fin du XIIIᵉ siècle. Il y avait à Vérone, à Padoue, à Ravennes, à Milan, des hommes qui, chefs militaires d'abord, nobles de naissance, ou aventuriers parvenus, avaient saisi le pouvoir. Ces hommes cherchaient à gagner les gens d'église et les poëtes. Il y avait encore une autre classe de savants, dont le crédit paraissait chaque jour s'établir : c'étaient les jurisconsultes, les hommes qui avaient retrouvé et savaient interpréter quelques lambeaux des lois romaines. Ils étaient gibelins, attachés au César de Germanie, et opposés au droit canonique. Plusieurs d'entre eux cultivaient la poésie : tel fut Cino de Pistoie, célèbre professeur de droit romain et auteur de sonnets amoureux.

Prêtres, poëtes et jurisconsultes, ces trois puissances étaient fort respectées. Dans les divisions de l'Italie, les lettres naissantes trouvaient partout de zélés protecteurs. Au premier rang était la maison de Naples. Il n'y avait pas cinquante ans qu'un prince farouche, quoique frère de saint Louis, avait envahi le trône des Deux-Siciles. C'était une invasion du Nord, pour ainsi dire, que ces Français arrivés à Naples. Les vengeances de Charles d'Anjou avaient été cruelles; son gouvernement avare et dur. A la troisième génération, vous trouvez sur ce trône de Naples un roi Robert, savant, poli, généreux. On ne saurait concevoir une attention plus ingénieuse et une admiration plus naïve pour tout ce qui tient aux lettres. Il s'était occupé d'abord d'un tombeau de Virgile que l'on dit près de Naples, sur le mont Pausilippe; puis il favorisait tous les poëtes du temps et les comblait d'honneurs. Son palais, construit avec élégance, renfermait de nombreux appartements destinés aux hommes célèbres par leur savoir. La bienveillance du roi avait voulu établir un rapport entre la décoration de ses appartements et les études des hommes qu'il y recevait. L'appartement des prédicateurs et des théologiens était orné de peintures du paradis; les poëtes avaient dans leurs chambres des tableaux qui représentaient Apollon, le Pinde et le Permesse, etc., etc.

A l'autre extrémité de l'Italie, sans doute dominaient des hommes qui ressemblaient peu au roi Robert ; c'était un Barnabé Visconti, guerrier féroce, qui partageait le pouvoir avec son frère Galéas, plus habile et non moins despote. Mais voyez quelle était alors la puissance des lettres ! les Visconti veulent-ils avoir la paix avec les Vénitiens, ils cherchent l'homme le plus savant, qui parle la langue latine avec le plus d'élégance, et l'envoient au sénat de Venise. Dans l'éblouissement où la renaissance des lettres jetait tout à coup l'Italie moderne, il semble que les orateurs, les poëtes étaient des messagers de paix, des médiateurs naturels, au milieu des nations divisées, au milieu de ces villes qui se disputaient le pouvoir ; c'est un état singulier du monde, qui ne ressemble en rien à ce qui se passait en France, où la théologie avait plus de crédit que les lettres, où la force matérielle était domptée par la puissance ecclésiastique, non pas comme savante, mais comme autorisée de Dieu. En Italie, indépendamment de la pieuse illusion que faisait l'Église, vous voyez

le talent de penser, l'art de la parole exercer par
lui-même un grand empire.

Mais dans ce tableau général il faut s'attacher, comme nous l'avons dit, à quelques-uns
de ces noms célèbres qui sortent d'un pays et
appartiennent à tous les autres. Étudiant surtout les littératures étrangères dans leurs rapports avec la France, nous devons rappeler le
nom moderne qui, dans le xve et le xvie siècle,
a exercé le plus d'empire sur le goût poétique
de notre nation : c'est Pétrarque.

Mais comment parler encore de Pétrarque?
comment reproduire l'impression indéfinissable
qui tient au charme de ses vers? comment traduire la mélodie? comment faire sentir une
forme d'imagination si étrangère à notre temps,
à nos mœurs, et peut-être trop délicate pour
nous, quoiqu'elle date du moyen âge? Évitons
d'abord cette difficulté, au risque de paraître
sévère et technique, en parlant d'un poëte si
gracieux. Que Pétrarque nous rappelle un savant, un érudit profond, un chercheur d'antiquités, et en même temps une sorte de puissance
politique soutenue par les lettres : vous n'igno-
rez pas que c'est sous ce point de vue qu'il parut
aux yeux de ses contemporains. S'il a été couronné au Capitole, ne croyez pas que ce soit

pour avoir fait des vers à Laure, ou, ce qui serait plus vraisemblable, pour avoir mêlé aux
émotions de son amour ces magnifiques *canzoni*,
pleines de patriotisme et de grandeur? Non;
c'était pour avoir entrepris son *Africa*, si peu
lue par la postérité, et où manque la moitié
d'un livre, sans qu'on s'en soit jamais aperçu.
Tâchons aujourd'hui, Messieurs, de nous représenter Pétrarque tel que l'ont vu ses contemporains, tel qu'il parut au roi Jean lorsqu'il
vint en ambassade à la cour de France. Orateur, philosophe, moraliste, par ses écrits la
tins, par sa vaste correspondance avec tous les
hommes instruits, par sa faveur auprès des
princes, Pétrarque a presque été, dans son
temps, ce que Voltaire fut dans le xviiie siècle; il
avait autant de renommée, et nul rival. Comme
Voltaire, il entretenait son crédit auprès des
hommes puissants par quelques complaisan-
ces; mais il leur donnait en général des conseils
de justice et d'humanité.

Pétrarque était né gibelin; son père avait été
chassé de Florence, quelque temps après les
troubles qui en avaient banni le Dante. Alors
s'était accompli un des plus singuliers événements du moyen âge, la translation de la cour
pontificale dans le comtat d'Avignon. Notre

imagination, qui toujours reporte sur le passé
les systèmes de notre temps et s'efforce de
le voir, comme la théorie prendrait plaisir à
le faire, attache au pontificat, dans le moyen
âge, la toute-puissance et l'inviolabilité. Cependant, à cette époque, la papauté est tout à coup
enlevée de Rome, telle qu'une tente déployée
pour une nuit, selon la comparaison de l'Écriture; et elle est retenue soixante ans sur une
terre étrangère. Avignon étant devenue, par la
présence de Clément V, qu'on appela le pape
gascon, le séjour de l'Église romaine, le père
de Pétrarque y vint chercher asile. Fils d'un
proscrit gibelin, réfugié près de la cour d'un
pape, le jeune Pétrarque ne pouvait se distinguer que par l'étude. Il étudia d'abord la grammaire à Carpentras, puis le droit à l'université
de Montpellier. Mais la passion des lettres antiques le préoccupait seule. Son père, qui, suivant l'usage des pères, contrariait cette vocation peu lucrative du talent, vint un jour le
surprendre à Montpellier, et jeta au feu ses livres chéris, qui le détournaient des *Pandectes.*
Le jeune homme sauva du feu Virgile et quelques traités de Cicéron. Envoyés par son père
à Bologne, où florissaient les études de droit,
il y connut Cino de Pistoie, jurisconsule célè-

bre, dont les sonnets pleins de grâce et de douceur sont une innovation heureuse dans la langue italienne, que le Dante avait laissée si âpre
et si fière. Sous ce maître, Pétrarque apprit plus
de poésie que de jurisprudence. « La science
des lois, dit-il, ne lui déplaisait pas ; mais il mé-
prisait l'application frauduleuse et intéressée
qu'en faisaient les hommes de son temps. » A
vingt-deux ans, il revint dans Avignon, à cette
cour ecclésiastique et galante dont il a tracé
dans ses ouvrages de si libres peintures, et qu'il
a tant de fois nommée la *Babylone d'Occident*. Son
érudition et les agréments de son esprit lui va-
lurent de puissantes protections, et surtout l'a-
mitié des *Colonne*. Il devint à la fois poëte en titre de la célèbre Laure, et prêtre de l'Église
romaine. Cela pouvait s'accorder dans les mœurs
naïves du temps. Nous avons raison de dire que
toutes les parties du moyen âge se tiennent et
s'expliquent. Il arrivait alors, dans le monde
même ecclésiastique, ce que l'on voit dans les
romans de chevalerie. Pétrarque prit une dame
de poésie, comme les chevaliers avaient une
dame de leurs pensées. Mais je passe rapidement, et je continue la vie de Pétrarque.

Le voilà prêtre et poëte ; le voilà tour à tour
consulté par les cardinaux graves ou profanes

d'Avignon, et faisant des vers en langue vulgaire sur les incidents de sa passion idéale. Mais
cette curiosité savante qui l'obsédait ne le laissa
pas longtemps dans la mollesse d'Avignon. Il
parcourut l'Allemagne et la France; il y cherchait des manuscrits et des hommes qui valus-
sent des livres. De là il visita Rome. Revenu
dans Avignon, et las du spectacle de la cour
pontificale, il se retira près de Vaucluse, dans
une agréable retraite; il y composa un *Traité sur
la Vie solitaire*, et commença son poëme de l'*A-
frique*, à l'imitation de Virgile, qu'il contrefai-
sait en latin, et qu'il égalait, sans le savoir, en
langue vulgaire. La réputation de son éloquence
était dès lors si grande, qu'il put espérer la couronne de laurier que, disait-on, Virgile avait
reçue jadis au Capitole. Il avait plusieurs raisons pour le désirer : d'abord, dit-il naïvement,
une grande analogie entre le mot *laurier* et le
nom de *Laure*, puis la gloire d'un tel triomphe.

Il est à croire que cet honneur fut longtemps
sollicité par les amis de Pétrarque. Enfin, un
jour, il reçut une lettre du sénateur de Rome qui
l'invitait à venir au Capitole recevoir la couronne
du poëte; le même jour, il était appelé par le
chef de l'Université de Paris. Dans une de ses

lettres, il peint son embarras entre ces deux triomphes qui l'attendent :

Je suis fort incertain entre deux routes à prendre. L'histoire est courte et merveilleuse. Aujourd'hui, vers six heures du matin, on m'a remis des lettres du sénat, qui m'invitent avec beaucoup d'instances à venir à Rome prendre le laurier poétique. Ce même jour, vers dix heures, il m'est arrivé, avec des offres semblables, un message de Robert, chancelier de l'Université de Paris, mon concitoyen et mon ami zélé. Il me presse, par les meilleurs raisonnements, d'aller à Paris. Comme la chose est presque incroyable, je t'envoie les deux lettres avec les cachets. L'une m'appelle à l'Orient, l'autre à l'Occident. Tu verras quelle est la force des raisons de part et d'autre. Je sais qu'il n'y a presque rien de solide en ce monde. Dans la plus grande partie de nos souhaits et de nos efforts, nous sommes trompés par les autres. Cependant comme l'esprit de la jeunesse est plus ambitieux de gloire que de vertu, ne pourrai-je trouver cette concurrence aussi glorieuse pour moi, que le fut pour Syphax, roi puissant de l'Afrique, l'empressement des deux plus grandes villes du monde à rechercher son amitié? Cet honneur s'adressait à son trône et à ses richesses ; celui-ci ne s'adresse qu'à moi. Ses solliciteurs le trouvèrent au milieu de l'or et des pierreries, entouré de gardes : les miens m'ont trouvé, promeneur solitaire, errant le matin dans la forêt, le soir dans les prés, sur les bords de ma fontaine.

Il n'hésita pas cependant. Rome à cette époque valait mieux que Paris. Il partit pour Rome, en passant par la cour de Naples. Là il fut reçu avec de grands honneurs par le roi Robert, qui

entendit la lecture de son poëme de l'*Afrique*,
et lui donna audience solennelle pour une autre
épreuve. C'était un examen que le roi fit subir
au poëte, pendant trois jours, en présence de
toute sa cour. Le bon roi, émerveillé, voulait
lui décerner, à Naples, le laurier poétique. Mais
Pétrarque ne pouvait renoncer à son laurier du
Capitole. Il reçut seulement des lettres du roi
pour le sénat romain, et un diplôme qui lui con-
férait le droit d'enseigner, discuter, haranguer
en tout lieu, et de porter une robe de poëte.
C'était un vêtemeut particulier, qui empêchait
de se méprendre, comme on le peut aujourd'hui.
L'examen terminé, au milieu des applaudissements d'un immense auditoire, le bon roi Robert, se levant de son trône, ôta sa robe de pourpre et en fit don à Pétrarque, pour qu'il s'en
revêtît le jour de son triomphe.

Pétrarque se hâta d'arriver à la ville impériale,
à la ville éternelle, à la ville pontificale, comme
il le répétait dans ses lettres ; car jamais la langue
latine ne lui donne d'expressions assez emphatiques pour rendre l'idée attachée à cette ombre
de Rome. Le voilà dans Rome. Voulez-vous connaître la cérémonie de son couronnement. Nous
avons le récit d'un contemporain, habitant de
la ville :

Au temps qu'Étienne Colonne fut légat du pape, le cardinal Orsini vint couronner messire François Pétrarque, poëte illustre et savant. Cela fut fait au Capitole de cette manière : douze jeunes gens de quinze ans se vêtirent de rouge : tous fils de gentilshommes et citoyens de Rome, un de la maison de Fornoue, un de la maison Tencia, un de la maison Capizucchi, un de la maison Cafarelli, un de la maison Cancielleri, un de la maison Coccini, un de la maison Rossi, un de la maison Papazucchi, un de la maison Paparèse, un de la maison Altieri, un de la maison Lénie, un de la maison Astalli; et puis ces jeunes gens dirent beaucoup de vers faits en l'honneur du peuple par ce Pétrarque. Puis venaient six principaux citoyens, vêtus de drap vert; ce furent un Savelli, un Conti, un Orsini, un Annibali, un Parapèse, un Montanaro; ils portaient une couronne de diverses fleurs; puis paraissait le sénateur, au milieu de beaucoup de citoyens; et il portait une couronne de laurier, et s'assit sur le siége d'honneur; et le susdit messire François Pétrarque fut appelé à son de trompes; et il se présenta vêtu d'une robe longue, et il dit trois fois : « Vive le peuple romain! vivent les sénateurs! et que Dieu les maintienne avec la liberté. » Puis il s'agenouilla devant le sénateur, lequel dit : « Je couronne la première vertu. » Et il ôta sa guirlande, et la posa sur la tête de messire François; et celui-ci dit un beau sonnet à l'honneur des anciens Romains. Et cela finit avec beaucoup de gloire pour le poëte; car tout le peuple criait : «Vive le Capitole et le poëte ! » (Muratori, t. xii, p. 540.)

Déjà les Italiens de Rome avaient transporté le mot *virtus* de l'idée de force à celle de talent, ce qui les a conduits à dire un *virtuose*.

Ce procès-verbal de la cérémonie ne rend pas

sans doute l'enthousiasme dont furent saisis les spectateurs. C'est un des phénomènes curieux de l'histoire des nations, que ces réminiscences toutes littéraires qui les font quelquefois remonter vers un passé qui ne peut renaître, et les trompent sur leur faiblesse présente.

Nous avons vu près de nous un exemple de ces illusions, malgré tout ce qui s'y mêlait de véritable courage. De nos jours, la Grèce crut retrouver sa grandeur antique ; et, dans cette espérance si vivement saisie et poursuivie à travers tant de maux, il entrait une sorte d'enthousiasme studieux, que partageait même le peuple ignorant. Vous avez peut-être lu cette anecdote rapportée par un Anglais qui voyageait en Grèce, plusieurs années avant l'insurrection. Comme il était monté, près de Salamine, dans la barque d'un pauvre pêcheur, cet homme, tout en ramant, lui dit d'un air d'orgueil : « C'est pourtant là qu'était notre flotte, du temps de Xerxès. » Par un reste de tradition nationale, par la curiosité des étrangers, par le reflet des études de quelques jeunes Grecs modernes, il s'entretenait ainsi, dans le pauvre peuple de l'Attique ou de la Morée, un souvenir de l'ancienne Grèce, un héroïsme d'imagination, quelquefois puéril, mais qui servit à la liberté.

De même, dans l'Italie du xiv⁰ siècle, tandis
que les lettrés cherchaient les vieux manuscrits,
vantaient le génie des anciens Romains, répé-
taient les noms de Cicéron et de Brutus, quelque
chose de cet enthousiasme arrivait au peuple.
Il rêvait de retrouver la puissance de ses ancê-
tres, et d'égaler leurs grandes actions. Ce mouvement d'imitation dut être surtout naturel à
Rome, où les ruines étaient si éloquentes, et
en disaient encore plus que les savants. Mais il
en était de ce plagiat d'héroïsme, comme des
plagiats de style que faisaient les écrivains du
temps, qui tâchaient d'imiter Tite-Live ou Cicéron. La forme était copiée, et le génie manquait.
Il aurait fallu, au lieu de ressusciter les anciens
souvenirs du *tribunat*, créer sur place un nouveau patriotisme qui convînt aux Italiens de
Rome. Il n'en fut pas ainsi.

A peine Pétrarque, avec sa robe triomphale
et sa couronne de laurier, avait-il quitté le Capitole, qu'il fermenta dans Rome un esprit singulier de liberté savante. On vit s'élever un chef
nouveau, que l'on pourrait nommer un tribun
antiquaire.

Rienzi, d'une obscure naissance, fils d'un au-
bergiste de Rome, avait longtemps étudié la
grammaire et la rhétorique avec cette ferveur

qui passionnait alors quelques esprits. Il se fit
connaître du peuple par son amour des vieux
monuments; il errait dans Rome, lisant les in-
scriptions, les commentant à sa manière. Tite-
Live, Cicéron, César étaient ses auteurs favoris; leurs paroles étaient sans cesse dans sa
bouche; souvent il s'écriait : « O quels hommes
que ces Romains! que j'aurais voulu vivre de
leur temps! »

Cet enthousiasme était resté d'abord stérile;
mais la longue absence des papes, les désordres
et l'oppression que les grandes familles exer-
çaient dans Rome, favorisaient l'ambition de
Rienzi. Il en cacha le but; il proposa même une
ambassade pour supplier le pape de revenir à
Rome; il fut choisi pour cette mission, ainsi
que Pétrarque. Arrivés à Avignon, ils adressè-
rent au pape de magnifiques harangues, pour le
presser de rendre à Rome sa sainte présence et
la liberté. Mais le pape hésitait beaucoup à quitter la tranquille paix d'Avignon; et les cardinaux, disent les auteurs contemporains, ne voulaient pas renoncer aux bons vins de France.

Excusez mon exactitude. Rome en fut donc
pour ses frais d'ambassade et d'éloquence; mais
Rienzi revint avec le titre de *Notaire apostolique*,
qui lui fut accordé par le crédit de Pétrarque.

Cette dignité, tout obscure qu'elle était, lui
permit de tenter plus facilement, au milieu du
peuple de Rome, ce rôle de tribun qu'il avait lu
dans l'histoire romaine, et qui lui paraissait si
beau.

L'occasion était favorable : il n'y avait pas plus
à Rome de pouvoir impérial que de pape. L'empire n'était pas alors ce que l'imagination le suppose aujourd'hui. Retenus par les divisions de
l'Allemagne, les empereurs ne pouvaient rien
sur l'Italie; leur faiblesse contrastait avec la magnificence de leur titre. L'empereur Charles IV,
sortant de la ville de Worms, était arrêté par le
boucher qui avait défrayé sa table, et n'obtenait
libre passage que sur la caution de l'évêque. Ce
saint empire romain, qui n'était qu'une parodie de
l'empire des Césars, était représenté à Rome par
un magistrat sans pouvoir. Figurez-vous, dans
cette anarchie, les plus puissantes familles se
faisant la guerre au milieu de la ville; puis le
peuple, puis Rienzi.

Rienzi était sans cesse au milieu du peuple,
lui parlant de Brutus et d'Horatius Coclès, lui
montrant des ruines, inventant l'histoire quand
il ne la savait pas. Quelques-unes de ses plus in-
spirantes allusions portaient sur des erreurs de
latiniste. Il se conservait dans l'église de Saint-

Jean-de-Latran une table d'airain immense, où est inscrit le décret par lequel le sénat reconnaît à Vespasien différents priviléges, et, entre autres, le droit d'étendre le *pomœrium*. Rienzi interprétait ce mot comme celui de *pomarium*, verger, et il en concluait que l'Italie tout entière, jardin de Rome, devait lui être soumise. Il agitait avec ce contre-sens le peuple savant et déguenillé de Rome.

Il est nommé tribun par acclamation, et s'établit au Capitole. Alors il s'occupa de remettre l'ordre dans la ville; il réprima le brigandage des barons romains; il en exila plusieurs, et fit de bonnes lois sévèrement exécutées. Quelque chose de fastueux et de théâtral se mêlait à ces actes utiles; il prit les titres d'*ami du genre humain*, de *défenseur de la liberté*, de *zélateur de l'Italie*, de *tribun auguste*.

Mais ce Rienzi, quel rapport a-t-il avec Pétrarque, érudit et poëte? Pétrarque était la puissance morale qui soutenait cette entreprise; il écrivait à Rienzi et au peuple de grandes lettres latines pour les féliciter de leur courage; il nommait Rienzi un homme *envoyé du ciel*, et évoquait à son aide tous les souvenirs de l'antiquité classique.

Cette révolution de collége, étant devenue

sanglante, ne se prolongea point. Rienzi, par la
folie qui se mêlait à son audace, tomba du pouvoir. Pétrarque le protége, l'arrache à la vengeance même du pape. Rienzi, le tribun, a été
livré au pape; il est dans les prisons d'Avignon. Pétrarque le déclare poëte. Rienzi, délivré, repart pour l'Italie, et il ne tarde pas à
rentrer dans Rome comme tribun. Dans ces événements du moyen âge, particuliers à l'Italie,
on ne peut méconnaître le prestige que l'enthousiasme de l'antiquité littéraire exerçait sur
les esprits.

Tandis que le tribun Rienzi essayait de ressusciter la république romaine, Pétrarque, en par-
tageant son illusion, s'occupait surtout de
ranimer le goût des lettres antiques, et d'en retrouver les monuments. Nous avons indiqué déjà
ses efforts pour la découverte des manuscrits;
mais il faut l'écouter lui-même. C'est là qu'on
aperçoit pour la première fois l'influence de
cette espèce de république littéraire qui se
forma vers la fin du moyen âge, pouvoir distinct
de l'Église et de l'état, et dont la trace se retrouve plus tard dans les immortels écrits du
président de Thou. Le lien d'unité de l'Europe
avait d'abord été seulement théologique; c'était
la religion parlant latin : il devint, au xiv° siè-

cle, philosophique et littéraire. D'Allemagne,
d'Italie, d'Espagne, de France, on se communiquait, on s'entendait pour la recherche des
manuscrits. Ce fut une première confédération
des esprits éclairés, au milieu de cette Europe
asservie de tous côtés par la puissance ecclésiastique et la domination féodale. Donnons d'abord
quelque idée des recherches de Pétrarque, et de
la manière dont l'antiquité se révélait alors aux
hommes studieux. Il écrivait à son frère :

Les *Académiques* de Cicéron m'ont fait connaître et
aimer Varron. J'ai trouvé dans les *Offices*, pour la première fois, le nom d'Ennius. J'ai pris goût à Térence par
la lecture des *Tusculanes.* J'ai connu, par le traité *de la
Vieillesse,* les *Origines* de Caton et l'*Économique* de Xénophon. Augustin m'a donné avis de rechercher le livre de
Sénèque *contre les Superstitions.* Servius m'a fait connaître
les *Argonautiques* d'Apollonius. Lactance m'a fait désirer
les livres de Cicéron *sur la République.* Si je te suis cher,
impose à quelques hommes fidèles et lettrés le soin de parcourir la Toscane, de fouiller les armoires des religieux
et des autres hommes instruits, dans l'espoir qu'il en
sortira quelque chose pour calmer ou irriter ma soif. Bien
que tu n'ignores pas que c'est là depuis longtemps ma
pêche et ma chasse, j'ai voulu te le dire particulièrement
dans cette lettre, pour que tu redoubles de zèle. J'adresse la
même prière à mes amis en Bretagne, en Gaule, en Espagne. Tâche de ne le céder à personne en zèle et en
persévérance.

Ce zèle actif était mêlé de cruels mécomptes

et de grandes douleurs. Quelquefois ces manuscrits, rassemblés avec tant de peine, se perdaient. Pétrarque avait le traité de Cicéron *de
Gloria*. Il le confia à un de ses anciens maîtres.
Celui-ci, pauvre et peu fidèle, mit le manuscrit
en gage, et négligea de le retirer. Pétrarque
déplora longtemps ce malheur, qui ne fut pas
réparé. Cicéron était le premier objet de son
culte. Il avait transcrit toutes les lettres de ce
grand homme, et il s'occupait sans cesse de recueillir ses autres ouvrages.

Au départ de mes amis, dit-il quelque part, et quand
ils me demandaient, selon l'usage, si je voulais quelque
chose de chez eux, je leur répondais : Rien que des ouvrages de Cicéron. Je donnais des notes à ce sujet ; je sol-
licitais de vive voix et par lettres ; et que de fois, vous
pouvez le croire, j'ai envoyé des demandes et de l'argent,
non-seulement en Italie, où j'étais le plus connu, mais
dans les Gaules, en Germanie, mais jusqu'en Espagne et
en Angleterre ! J'en envoyai même en Grèce ; et d'où j'at-
tendais Cicéron, je reçus Homère qui, par mes soins, a
été traduit en latin.

Cette étude perpétuelle des anciens l'avait presque rendu leur contemporain. Dans le recueil
de ses écrits on trouve des lettres adressées à
Cicéron, à Sénèque, à Tite-Live ; et cette forme
singulière n'est pas un jeu d'école : il semble
leur correspondant naturel, tant il les con-

naît, tant il les aime, tant il est pénétré de leur esprit !

On dirait, Messieurs, que je vous raconte la vie d'un érudit d'Allemagne ; je ne parle que de manuscrits d'auteurs latins retrouvés, et il s'agit du plus élégant et du plus tendre des élégiaques modernes ; c'est la singularité du siècle et de la renommée de Pétrarque ; il devait à son éloquence latine une gloire plus populaire que celle même du Dante, et il en tirait un crédit politique accordé rarement aux lettres.

Milan était gouvernée par un archevêque, Jean Visconti : cet archevêque, souverain ecclésiastique et civil, avait excité, par cette double puissance, la jalousie de l'empereur et du pape. On avait envoyé d'Avignon un légat pour prescrire à l'archevêque d'opter entre le spirituel et le temporel. Visconti reçut ce message à une messe solennelle dans la cathédrale de Milan ; et la cérémonie achevée, s'étant approché du légat, la croix dans une main et dans l'autre une épée : « Voilà, lui avait-il dit, mon spirituel, et voici mon temporel ; avec l'un je défendrai l'autre. » Je regrette que Pétrarque se soit fait le conseiller de cet archevêque, rebelle à son église et oppresseur de ses peuples. Nous le voyons là comme Platon à la cour de Denis le

tyran ; mais, il faut le dire, mieux traité que
Platon. A la mort de Visconti, son pouvoir se
partagea entre ses trois neveux ; Pétrarque garda
près d'eux toute sa faveur, et remplit plusieurs
ambassades en leur nom ; mais il ne restait pas
attaché uniquement à ces princes ; il allait promenant, non sa servilité, mais sa puissance
littéraire au milieu de toutes les cours. Venise
même, la fière Venise qui résiste à la fois au
pape et à l'empereur, l'appelle ; il s'agissait
d'obtenir qu'un général célèbre de Lombardie
consentît à porter les armes pour les Vénitiens,
et à les aider dans la conquête de l'île de Chypre.
Pétrarque le détermine par son éloquence. Le
général soumet l'île de Chypre, et revient à Venise où il présida des jeux équestres donnés en
l'honneur de sa victoire. On aurait cru voir un
triomphe antique. Pétrarque assistait à ces fêtes
dans une place d'honneur, à côté du doge.

Eh bien, tous ces titres de célébrité, cette
influence politique, tout cela n'aurait rien fait
pour la gloire de Pétrarque. Ces événements ne
sont aujourd'hui qu'une anecdote peu connue,
curieuse seulement, parce qu'elle indique le
développement d'une puissance nouvelle dans
le moyen âge, l'action du talent littéraire.

Mais c'est ailleurs que sa gloire est durable ;

c'est l'accident.le plus frivole de sa vie qui en
est devenu le grand événement. Cet homme qui
écrivait sans cesse en latin, ce curieux investi-
gateur de tous les monuments de l'antiquité,
avait lu aussi des poëtes provençaux. Pendant
son séjour à la cour d'Avignon, le 6 avril de
l'an 1327, il avait aperçu dans l'église de Sainte-
Claire d'Avignon la femme à laquelle il doit son
immortalité. Depuis ce jour, au milieu de ses
recherches d'érudition, dans les intervalles de
ses ambassades, de ses voyages, une pensée
poétique l'occupa sans cesse, et par elle il polit
la langue italienne. Le Dante avait beaucoup
fait pour cette belle langue; mais il lui restait à
gagner en perfection : pour cela, une émotion
vive et un long travail sont également nécessaires : la vérité des impressions ne suffirait pas
si quelque chose de trop rapide ou de trop préci-
pité égarait le talent du poëte. Ainsi, Messieurs,
ce que le goût reproche à Pétrarque l'a servi,
cette forme régulière et étroite du sonnet. Boileau a dit :

> Un sonnet sans défaut vaut seul un long poëme.

On rit maintenant de cette prétention ; mais
pour une littérature naissante, le sonnet avait
l'avantage inestimable de forcer le talent à

beaucoup de soin et de pureté. Pétrarque a dit
quelque part : « Si j'avais su que mes vers en
langue vulgaire seraient tellement chéris du
peuple, je ne les aurais pas laissés si négligés ;
j'aurais serré mon mètre, et rendu mon style plus
rare. » Hypocrisie de poëte, Messieurs : sans
cesse il retouchait le style de ses sonnets. La
religion des Italiens pour la gloire de Pétrarque
a retrouvé de nombreux manuscrits dans lesquels tel sonnet, où il n'est question que des
yeux de Laure, a peut-être été retravaillé vingt
fois pour arriver au dernier degré de l'élégance
poétique.

C'est par là que Pétrarque, avec bien moins
de génie que le Dante, fut, comme lui, un des
créateurs de la langue italienne. Si vous cher-
chiez les causes qui ont pu rendre le développement de la langue latine si précoce et si brillant à la fois, peut-être les trouveriez-vous dans
cette analogie heureuse de deux génies, l'un
fécond, hardi, osant tout, forçant et créant à la
fois tous les ressorts de sa langue, et dans un
vaste poëme, qui admet tous les tons, réunissant tout ce que l'imagination peut offrir de
plus hardi, de plus singulier et de plus sublime;
l'autre, aussi modeste et aussi pur dans son art
que son rival est illimité dans son audace, et

s'attachant à de petites compositions inspirées d'enthousiasme et retouchées sans cesse. Aucune des autres littératures de l'Europe n'éprouva cette rencontre, cette jonction de deux planètes poétiques si heureusement opposées l'une à l'autre.

Cependant cet événement littéraire devait avoir une haute importance : l'histoire de la langue est tellement liée à la pensée de tout un peuple, cette pensée, dans les choses littéraires, est tellement liée à toute son histoire, que vous ne pouvez supposer, dès le XIVᵉ siècle, un si grand progrès d'art et de poésie sans admettre toute une civilisation hâtive au milieu de l'Italie.

Mais comment apprécier et sentir, comment rattacher à notre idiome ces beautés particulières de Pétrarque ? Faut-il se moquer d'une admiration nationale, et juger Pétrarque avec sévérité, comme l'a fait un homme de talent, M. de Sismondi ? Non, Messieurs ; rien n'est plus vrai, plus juste que la gloire de Pétrarque ; c'est un poëte admirable ; il n'a qu'un seul défaut, qui tient à son génie, c'est de ne pouvoir être tout à fait compris que par sa nation : il est tellement Italien, qu'on ne peut le dépayser sans le détruire. Lisez-le dans sa langue ; si vous essayez de toucher une expression, de l'enlever, de la traduire, vous la fanez : quelque chose de cette grâce idéale, de ce charme délicat et voilé qu'il avait pris pour objet de sa poésie, s'est communiqué à tous ses vers. Dans la langue originale, lors même que la mélodie des sons n'est pas parfaitement saisie par une oreille étrangère, le charme des tours ne peut échapper à l'attention ; c'est un plaisir musical qui ravit l'âme, et rappelle les plus douces émotions qu'aient données Virgile ou Racine. Mais si vous prenez quelques mots français pour les mettre à la place de ces mots italiens ; si, avec des mains toujours un peu lourdes, des mains de traducteurs, vous voulez saisir ces grâces fugitives, vous ne les retrouvez plus ; et à l'instant où vous voulez communiquer votre enthousiasme, l'objet en a disparu.

Faut-il essayer cependant ? On dit que notre siècle est redevenu poétique ; alors on doit savoir que la poésie est une chose sans nom, que souvent elle n'a pas de traits distincts, qu'elle est un caprice de l'âme, et qu'avec elle l'impuissance de l'analyse est parfois le triomphe du goût. Oui, par exemple, que je traduise ces vers de Pétrarque :

Voi ch' ascoltate in rime sparse il suono
Di quei sospiri, ond' io nutriva il core
In sul mio primo giovenile errore,
Quand' era in parte altr' uom da quel ch' i' sono :
Del vario stile, in ch' io pango, e ragiono,
Fra le vane speranze, e 'l van dolore,
Ove sia chi per prova intenda amore,
Spero trovar pietà, non che perdono.

Vous qui écoutez dans ces rimes éparses le son des soupirs dont je nourrissais mon cœur dans ma première et jeune erreur, lorsque j'étais un homme tout autre de ce que je suis, pour ce langage divers que je parle, mélange de gémissement et de raison, entre les vaines espérances et les vaines douleurs, partout où il est quelqu'un qui entende par expérience l'amour, j'espère trouver pitié, à défaut de pardon.

Cela ne vous offre qu'un écho lointain et faux de la plus délicieuse mélodie : mais écoutez dans la langue originale les accents qui sont la musique de ces pensées, et vous connaîtrez le charme de la poésie.

Vous vous expliquez alors comment, depuis cinq siècles, toutes les fois que sous ce ciel d'Italie, dans cette vie oisive et musicale, parmi ces imaginations si naturellement vives, quelques vers de Pétrarque sont récités par une voix harmonieuse et passionnée, un frémissement d'enthousiasme circule dans l'auditoire, et Pétrarque semble le premier des poëtes.

La poésie serait quelque chose de moins admirable si l'on pouvait la prendre sur le fait, en dresser procès-verbal, la traduire dans une autre langue, et vous dire : la voilà. Pétrarque est le plus indigène des poëtes de sa nation ; rien n'a vieilli dans son langage ; ses vers ont tellement saisi l'imagination, que les mots qui les composent n'ont pu s'oublier, et que la langue a été fixée par l'admiration pour le poëte. Il y a dans les idiomes humains un point de vérité et de perfection que le génie peut deviner et hâter. Par la vivacité de l'émotion, par le soin curieux de l'harmonie, Pétrarque a trouvé l'expression nécessaire du sentiment, l'expression qui ne peut périr que lorsque la langue se détruira tout entière.

Après cela, Pétrarque était-il grand poëte, dans toute l'étendue de l'expression ? Son imagination embrassait-elle fortement autre chose que ce qui faisait sa passion ? Je ne le crois pas. A cela même tient sa supériorité dans le genre où il a renfermé sa gloire.

Ce n'est pas que la force lui manque. Décrire une promenade, un incident de fête, célébrer la fontaine de Vaucluse, tout cela n'exige que grâce et douceur. Mais son âme est capable quelquefois aussi de sérieux et d'énergie. Parmi tant de sonnets tendres et délicats, il en est où les plus hautes vérités morales sont rendues avec l'accent d'une égale poésie. C'est toujours le même

caractère de perfection dans le style, et d'élégance dans la brièveté; mais c'est un langage
austère et sublime sur la mort, sur le talent, sur
la divinité. De ces fêtes pontificales d'Avignon
et de ces douces retraites qui n'entretenaient sa
pensée que de la présence ou du souvenir de
Laure, il sort pour flétrir les vices de l'Église,
pour féliciter de généreux défenseurs des droits
de l'Italie, pour réveiller le courage dans le
cœur des Italiens, pour exciter les rois à la croisade.

Pétrarque imite souvent les poésies des Provençaux; il célèbre entre tous les autres, Ar-
nauld Daniel, ce *grand maître d'amour*, dit-il, *qui
fait encore honneur à son pays par son langage neuf et
beau.*

> Fra tutti il primo Arnaldo Daniello,
> Gran maestro d'amor, che alla sua terra
> Ancor fa onor col suo dir novo e bello.

Mais il nomme également Pierre Vidal, Raim-
bault d'Auvergne, qui chanta Béatrix; Foulques,
dont le nom a illustré Marseille; Geoffroy Rudel,
qui mit à la voile pour chercher la mort : il leur
emprunte des formes et des images. Mais ce mélange de passion et de pureté, ce désintéresse-
ment délicat du cœur, il n'en trouvait nulle part
le modèle. C'est une alliance de la philosophie

de Platon avec les chants des troubadours ; c'est
la piété chrétienne portée dans l'amour avec son
ardeur mystique et presque son humilité.

Personne ne reproduit avec autant de naturel
et de force, en langue vulgaire, le double patriotisme d'un Italien lettré pour l'Italie antique
et moderne. Voyez à quel point nous sommes
dominés par le langage. Lorsque Pétrarque re-
tombe dans ce vieil idiome des Romains qu'il
sait classiquement, la vérité même de ses sentiments est altérée ; l'instrument trompe la main
qui s'en sert ; son enthousiasme latin pour Rome
est vague et déclamatoire. Lorsqu'au contraire
il parle italien, le fond même de ses impressions
se corrige. Ce n'est plus par de vaines hyper-
boles, mais par des cris de l'âme qu'il exprime
les malheurs de l'Italie. C'est ce qui frappe dans
une *canzone* à Rienzi, dont il espérait faire un
grand homme et un libérateur public ; c'est ce
qui rend sublimes quelques-uns de ses sonnets
satiriques, mêlés à tant de chants d'amour ; c'est
ce qui éclate surtout dans une ode à l'Italie,
dont je ne pourrai rendre, mais dont je racon-
terai l'effet prodigieux et durable :

Italie, ma chère Italie, quoique la parole ne puisse rien
pour guérir les mortelles blessures que je vois si pressées
sur ton beau corps, je veux que mes soupirs soient tels

que les espèrent le Tibre, l'Arno et le Pô, dont j'habite les rives, douloureux et pensif. Roi du ciel, je demande que la pitié qui t'a conduit sur la terre te fasse prendre en gré ce beau pays. Vois, Dieu bienfaisant, quel léger prétexte et quelle guerre cruelle! Ces cœurs qu'endurcit l'impitoyable Mars, ouvre-les et attendris-les. Fais que ta vérité s'entende par ma bouche. Vous à qui la fortune a mis en main les rênes de cette belle contrée, dont il semble que vous ne prenez nulle pitié, que font ici tant d'épées étrangères? pourquoi la verte plaine se teint-elle d'un sang barbare? Une vaine erreur vous trompe; vous voyez mal et vous croyez bien voir, vous qui cherchez dans un cœur vénal l'amour ou la foi. Celui qui a le plus de troupes est entouré de plus d'ennemis. Oh! dans quel désert étranger s'est amassé ce déluge pour inonder nos douces campagnes? qui nous défendra, si la résistance ne vient pas de nos propres mains?

La nature avait bien pourvu à notre empire, quand elle éleva la barrière des Alpes entre nous et la race tudesque; mais l'aveugle désir, obstiné contre son propre bien, s'est si fort trompé lui-même, qu'il a mis dans un corps sain une maladie mortelle, etc., etc. N'est-ce pas ici cette terre que je touchai d'abord? n'est-ce pas le nid où je fus nourri si doucement? n'est-ce pas cette patrie à laquelle je me confie, mère indulgente qui recouvre dans son sein ceux qui m'ont donné le jour? Au nom de Dieu, que cela vous touche l'âme; et regardez en pitié les larmes d'un peuple douloureux, qui attend de vous seul son repos, après Dieu. Pour peu que vous donniez quelque signe de pitié, le courage prendra des armes contre la fureur, et le combat sera court; car l'antique valeur dans les cœurs italiens n'est pas encore morte.

Seigneurs, voyez comme le temps vole, et comme la vie s'enfuit, et comme la mort arrive sur nous. Vous êtes ici

maintenant; songez au départ; il faut que l'âme arrive
nue et seule à ce terrible passage. Pour franchir cette vallée,
qu'il vous plaise de laisser ici la haine et la colère, vents
impétueux qui troubleraient cette vie tranquille.

Voulez-vous juger la puissance de cette poésie? Écoutez un fait, dont vous ne parlerez
pas.

A Milan, où réside une puissance formidable,
dont l'envahissement est garanti par les traités,
à Milan, où campe une garnison autrichienne,
où, sur la place principale de la ville, sont bra-
qués des canons, la mèche prête, et la bouche
tournée vers les rues les plus populeuses, comme
pour avertir la nation que les étrangers sont
là, une fois cette pièce de vers fut chantée par
une voix jeune et mélodieuse, dans la plus brillante réunion de la ville. L'enthousiasme fut
inexprimable et alarma les vainqueurs : le lendemain la prison avait fait taire la chanteuse.

Ainsi ce poëte de la tendresse a été, en
même temps, le premier lyrique de l'Europe
moderne; le premier, il a trouvé des sons
qui, pour les contemporains, avaient toute la
force du plus généreux patriotisme; et, je le
répète, lorsque tant de siècles ont passé, cette
poésie est tellement naturelle aux Italiens, a
gardé tant de sympathie avec leurs âmes, que la

conquête et le pouvoir craignent encore de l'entendre, et ne la laissent pas réciter impunément. C'est une réponse au reproche vulgaire de fadeur et de mollesse.

QUATORZIÈME LEÇON.

Prose italienne du xive siècle. — Historiens habiles de Florence ; Jean Villani ; comment il diffère de Froissard. — Boccace à la cour de Naples. — Jeanne de Naples ; ses vicissitudes. — Travaux érudits de Boccace. — Ses écrits en langue vulgaire.

MESSIEURS,

Nous avons vu la poésie italienne s'élever au plus haut degré de force originale et de perfection. Nous l'avons vue saisir la primauté sur tous les idiomes de l'Europe latine. L'influence de cette supériorité se prolongera jusqu'au xviie siècle, dans les littératures espagnole, française, anglaise. Nous devions marquer avec soin ce réveil matinal du génie italien. Mais l'éclat précoce de l'imagination et du goût suppose tout un ordre de civilisation en même temps développé. Dire que l'Italie fut, au commencement du xive siècle, de beaucoup la plus poétique des nations de l'Europe, c'est dire qu'elle les surpassait en tout, qu'elle avait plus de savoir, plus de grandeur, plus de politesse sociale.

Malheureusement les Italiens, par je ne sais quelle fatalité qui ne leur permit pas, lors même qu'ils étaient libres, de ressembler aux Romains, ont souvent rabaissé leur génie par l'usage qu'ils en faisaient. Habitués à regarder Bossuet, Pascal, Fénelon comme les hommes éloquents de notre langue, nous sommes tout étonnés d'apprendre qu'en Italie, dans ce pays d'évêques, où la religion aurait dû, ce semble, avoir autant de génie qu'elle exerce de puissance, le modèle de l'éloquence nationale, c'est un faiseur de contes, Boccace.

Cependant gardons-nous de croire que le génie sérieux de l'Italie se soit borné aux hardiesses philosophiques cachées sous la licence des contes de Boccace. Essayons au contraire de rechercher si, dans une époque où l'Europe était encore grossière, et n'avait d'esprit que pour la scolastique et les fabliaux, il n'y avait pas en Italie quelque chose de plus intelligent et de plus élevé.

L'Italie était républicaine, non pas avec audace, avec génie, comme l'avaient été Rome et la Grèce, non pas avec cette éloquence de la tribune antique; elle l'était surtout par le com-

merce et l'industrie. A cet égard, elle avait devancé l'esprit de l'Europe actuelle. Les états libres de l'Italie étaient des cités marchandes, où
la pratique soit d'un art, soit d'un métier, le
travail et le gain donnaient l'indépendance et la
noblesse. Ainsi se formait un esprit actif et sou-
ple, plein d'inventions, mais dénué, je le crois,
de grandeur et d'enthousiasme. Cet esprit ne
créait pas d'orateurs, mais seulement des hommes habiles, qui dirigeaient les affaires d'un
petit état, comme celles de leur maison de commerce, et cultivaient les arts pour servir à leur
industrie lucrative, ou pour s'en délasser. Ils
étudiaient la géographie, la navigation, le droit
civil, et avaient de très-bonne heure des idées
d'économie politique, alors étrangères à toute
l'Europe. Puis, dans leur loisir, au lieu de la
dure gymnastique des anciens, ils s'occupaient
de vers et de chansons, ou lisaient des contes frivoles. Rien, même dans Florence, qui puisse se
comparer à la place publique et aux études philosophiques d'Athènes ; ou du moins, si ce rapprochement est possible, c'est plus tard, lorsque
Florence ne sera plus république : c'est le joug
des Médicis qui lui donnera quelque ressemblance avec Athènes libre.

Mais nous ne sommes qu'au XIVᵉ siècle, au

temps où la France et l'Angleterre étaient encore
amusées par de longs romans, et n'avaient fait
aucune œuvre de génie. L'Italie était plus heureuse. Tandis que la haute et gracieuse poésie
était née sur cette terre, tandis que l'érudition
y sortait, pour ainsi dire, du sol, avec tant de
monuments antiques, l'histoire y prenait un caractère qu'elle n'avait encore nulle part. Dès le
x° siècle, l'Italie avait eu, comme les autres
pays de l'Europe, grand nombre de chroniques
latines. Plusieurs, écrites en vers latins demi-
barbares, sont curieuses par les faits : tels les
poëmes de Guillaume de Pouille sur Guiscard,
et du chapelain Donizon sur la comtesse Ma-
thilde. Mais là, comme ailleurs, la langue latine
ôte à ces monuments quelque chose de la vérité
locale. Vous ne sentez pas où vous êtes; vous
n'entendez pas l'accent des voix populaires :
tout cela disparaît dans l'idiome étranger et antique dont se sert l'historien. Il faut attendre
encore, pour trouver l'expression originale des
physionomies italiennes; elle paraît avec les
premiers récits en langue vulgaire; elle y est
vive et complète.

Nos chroniques de Saint-Denis sont sèches et
grossières. Joinville est admirable de candeur et
presque de génie; mais les qualités diverses de

l'historien, l'attention impartiale, le savoir,
l'exactitude, tout ce qui n'est pas impression
personnelle, ne les lui demandez pas. Ne les demandez même pas à Froissard, qui a tant de supériorité et de charme dans ses récits. Au contraire, dès que vous avez des historiens en Italie,
vous avez des narrateurs judicieux, instruits,
qui n'oublient rien. Pourquoi cela? Presque
tous appartiennent à cette même classe d'hommes qui, dans les autres pays de l'Europe, étaient
ou méprisés ou presque inconnus; ils s'occupent
de commerce. Ville-Hardouin était un chef de
bande; Joinville, un chevalier; Froissard, un
troubadour; les moines de Saint-Denis étaient
des moines; tous hommes renfermés dans leur
profession guerrière ou cléricale, s'inquiétant
peu de la vie du peuple. Au contraire, un historien d'Italie, au xive siècle, c'est un marchand
qui a beaucoup voyagé, beaucoup vu, qui connaît, pour son négoce, comment vivent les
peuples, leurs besoins, leurs occupations, leurs
richesses; souvent c'est un homme qui a de nombreux vaisseaux en mer, qui communique partout, qui s'enquiert à propos, et s'est accoutumé à bien savoir les nouvelles, ne fût-ce que
pour en tirer de l'argent; c'est un homme qui
fait déjà la banque, et qui prête à des rois étran-

gers; car, sur ce point, certains usages de
l'Europe contemporaine étaient connus dès le
xiiie siècle. Un tel historien n'aura pas toujours
cette candeur et cette imagination qui vous plaisent dans Froissard ; il ne sera pas narrateur si
minutieux, peintre si brillant des combats, des
tournois et des fêtes; il s'en inquiète surtout,
pour savoir le prix des étoffes et des armes. Mais
tout ce qui tient à la richesse, à l'accroissement
des villes, à la population, aux denrées, enfin
mille détails qui semblent n'intéresser que l'esprit statistique de notre froide et calculante Europe, déjà vous les trouvez dans ces premiers
narrateurs italiens : il y en a des traces dans
Riccordato Malaspina. Avec la rude simplicité
de ces phrases où le même mot est dix fois ré-
pété, vous arrivez toujours à quelque détail précis. Encore quelques années, vous trouvez l'historien exact et complet, Villani. Cet homme est
le contemporain de Froissard; il parle une langue à peu près aussi simple ; et cependant sa manière d'écrire l'histoire est tout opposée. Villani
était un riche marchand de Florence ; il avait
toute l'expérience et le sérieux de cette profession. Tout ce que Froissard néglige et dédaigne
occupe Villani. De plus, il avait étudié les anciens, que Froissard ne connaissait pas, et il

prend chez eux une gravité de style qui se mêle
à sa science des affaires et de la vie.

Villani était venu jeune à Rome pour un devoir de piété, au jubilé de Boniface VIII. L'aspect de Rome lui donna l'idée d'écrire l'histoire
de Florence, sa patrie; il commence aussitôt.
Toute sa vie n'en est pas moins occupée d'affaires : il est directeur de la Monnaie à Florence ;
il est trois fois prieur, ou premier magistrat ; il
est envoyé en ambassade dans la plupart des villes d'Italie ; il ne cesse pas ses opérations de commerce. Elles tournèrent mal à la fin : il était as-
socié dans une compagnie de banque qui avait
avancé de grandes sommes au roi d'Angleterre.
Les troubles de l'Angleterre et l'embarras de
son roi, un autre prêt au roi de Sicile, tout cela
compromit la banque de Florence ; et avec une
rigueur que les habitudes commerciales avaient
dès lors établie, Villani et ses associés sont je-
tés en prison. Voyez toutes les vicissitudes de
cet historien. Pèlerin, commerçant, magistrat,
banqueroutier, il passe par tous les états. Cela
suffit pour marquer le contraste entre les habitudes d'un historien d'Italie et celles de nos historiens de France, chevaliers ou troubadours.
Le seul caractère qui les rapproche, c'est cette
candeur de piété, cette bonne foi crédule qui

leur fait raconter miracles, prédictions, pro-
nostics singuliers. L'expérience de la vie pratique ne corrige pas Villani de cette prévention
universelle : et l'on est tout surpris de voir ce
même homme, si judicieux, qui vous explique
si bien les séditions par des causes matérielles,
et marque si juste le prix du blé, vous dire ensuite comment tout avait été prophétisé par un
saint ermite du voisinage. Voilà le trait de ressemblance. Du reste, tout diffère dans l'intention et la marche des deux historiens. Je vais,
par de courtes citations, faire ressortir ce contraste.

Voici pourquoi Villani a écrit son livre :

Une grande partie des chrétiens qui vivaient alors firent
ce pèlerinage, les femmes comme les hommes, de divers
pays, de loin et de près ; et ce fut la chose la plus étonnante
que l'on vît jamais, que, pendant toute l'année, il y ait
eu à Rome, outre le peuple romain, deux cent mille pèlerins, sans compter ceux qui étaient sur les routes, pour
aller ou pour revenir ; et des vivres étaient fournis à tous,
aux chevaux comme aux personnes, avec une grande patience, sans bruit et sans désordre ; et j'en puis témoigner,
car je fus présent là, et j'ai vu. Des offrandes faites par les
pèlerins, il y eut un grand trésor pour l'Église ; et les Romains, par le commerce, devinrent tous riches. Me trouvant à ce bienheureux pèlerinage dans la sainte ville de
Rome, voyant les grandes et antiques choses qu'elle renferme, et lisant les histoires des grandes actions des Ro-

mains, écrites par Virgile et par Salluste, Lucain, Tite-
Live, Valérius, Paul Orose et autres maîtres de l'histoire,
qui décrivent les petites choses comme les grandes, pour
donner mémoire et exemple aux siècles à venir, je leur
ai emprunté le style et la forme, quoique je ne fusse pas
un disciple digne de faire œuvre si grande. Mais consi-
dérant que notre cité de Florence, fille et créature de
Rome, était en train de monter et de s'élever aux grandes
choses, de même que Rome était sur son déclin, il me
parut à propos de rapporter dans ce volume et dans cette
nouvelle chronique tous les faits et les commencements de
la ville, autant que je le pourrais, de rechercher, de découvrir et de suivre le récit des événements passés, présents
et futurs. Et ainsi, avec la grâce du Christ, dans l'année
1300, revenu de Rome, je commençai à compiler ce livre,
à la gloire de Dieu et du bienheureux saint Jean, et pour
célébrer notre ville de Florence.

Vous voyez que l'Italien avec ce commencement d'études classiques confuses qui lui arrivent par la découverte des manuscrits, regarde
Virgile et Lucain comme des historiens, et met
Paul Orose à côté de Tite-Live. Voyons maintenant comment débute Froissard. Il n'a rien lu
des anciens; on dirait qu'il ne sait même pas s'il
a existé des Romains; il ne sait que ce qu'il a vu
ou entendu; il croit que les événements ont commencé avec lui, et ne s'inquiète pas au delà :

J'ai commencé jeune, de l'âge de vingt ans, et suis venu
au monde en même temps que les faits et aventures, et si

y ai toujours pris grand' plaisance plus qu'à autres choses;
et si Dieu m'a donné la grâce que j'ai été bien de toutes
parties, et des hôtels des rois, et par espécial du roi Édouard,
et de la noble reine sa femme, madame Philippe de Hainaut, à laquelle en ma jeunesse je fus clerc, et la desservois
de beaux dits et traités amoureux. Pour l'amour du service
de la noble dame à qui j'étois, tous autres grands seigneurs,
ducs, comtes, barons et chevaliers, de quelque nation
qu'ils fussent, m'aimoient et me voyoient volontiers. Ainsi
au titre de la bonne dame et à ses côtés, et aux côtés des
hauts seigneurs, en mon temps, j'ai recherché la plus
grande partie de la chrétienté. Partout où je venois, je fe-
sois enquête aux anciens chevaliers et écuyers qui avoient
été dans les faits d'armes, et qui proprement en savoient
parler; et aussi aux anciens hérauts d'armes pour vérifier
et justifier les matières. Ainsi ai-je rassemblé la noble et
haute histoire; et tant que je vivrai, par la grâce de Dieu,
je la continuerai; car plus j'y suis, et plus y labeure, plus
me plaît. Car, ainsi comme le gentil chevalier ou écuyer
qui aime les armes, en persévérant et continuant, se
nourrit et perfectionne; ainsi en labourant et ouvrant,
je m'habilite et me délecte.

Il y a grande différence, comme vous voyez,
entre le sérieux, la candeur grave et pieuse de
l'un des historiens, et la gaîté, l'enjouement,
l'indifférence de l'autre, qui s'occupe surtout
de s'amuser.

Ainsi, Messieurs, au commencement du
xivᵉ siècle, l'Italie n'était pas seulement plus
inventive, plus puissante en imagination que
les autres pays de l'Europe; elle était plus sé-

rieuse, plus savante, plus capable d'écrire l'histoire, et de raisonner gravement sur les intérêts des peuples. C'est là, sans doute, le grand mérite de Villani ; car, du reste, il n'a rien de cette vivacité qui nous plaît dans Froissard. Chez celui-ci souvent les faits sont altérés, confondus ; il n'y a de parfaitement vrai que l'impression de l'historien pour les choses qu'il aime, fêtes, tournois, parures. Les détails qui ne seraient pas des peintures, l'ennuient. Au contraire, Villani ne néglige rien de ce qui sert à la vérité. Il a, par avance, plusieurs caractères des historiens modernes ; il explique les faits ; il rend compte des causes et des moyens. Ce n'est pas qu'il ne s'anime parfois, et ne décrive avec force ce qu'il a vu ; mais alors même il conserve son exactitude et sa précision d'homme d'état. La naïveté, la candeur de diction qui se mêlent à cette fermeté de bon sens, lui donnent, sans génie, une sorte d'originalité. Sous ce rapport, il a quelque ressemblance avec Comines. Les mots dont il se sert sont simples et naïfs ; la pensée est forte et pénétrante. Dans une guerre, dans une sédition, il racontera simplement les faits ; mais, en même temps, il vous fera bien connaître les ressources de commerce et d'impôt, et toute la situation de chaque peuple et de chaque parti.

Il est malaisé de traduire Villani ; sa pureté
de langage, vantée par l'académie de la Crusca,
nous échappe, et son style nous paraît un peu
nu. Tâchons cependant de saisir le caractère de
ses récits : choisissons un événement remarquable ; l'oppression où fut réduite Florence, lorsque le duc d'Athènes, envoyé sous prétexte de
pacifier la ville, de calmer les haines entre les
guelfes et les gibelins, s'empara du pouvoir
absolu. Vous ne trouverez pas dans ce récit l'indignation républicaine des écrivains antiques ;
point d'enthousiasme, point de colère. Le début
est simple et sans passion, et, s'il est permis de
le dire, tout à fait bourgeois :

Il y a parmi nous autres Florentins un vieux proverbe :

Florence n'est pas remuante,
Si elle n'est toute souffrante.

Bien que ce proverbe soit grossier de style et de rime,
il se trouve par expérience qu'il est de fort bon sens, et
qu'il s'applique à notre sujet. En effet, ce duc n'eut pas
régné trois mois, qu'il déplut à la plupart des citoyens par
ses iniques procédés, comme nous l'avons dit. Les grands
et les puissants qui avaient d'abord gouverné le pays, se
voyant réduits à rien, le haïssaient à mort. Aux hommes
de condition moyenne et aux artisans, sa souveraineté
déplaisait par le mauvais état de la contrée et par le poids
insupportable des impôts et des gabelles. Et tandis que les
citoyens avaient d'abord espéré que sous son gouvernement
les dépenses diminueraient, il fit le contraire. Et par les

mauvaises récoltes, le blé monta à plus de vingt sous le se-
tier, ce qui mécontenta le petit peuple.

Villani continue ce récit des griefs de Florence contre son nouveau maître; puis il montre
trois complots qui se forment, et qui manquent,
parce qu'ils ne sont que des entreprises particulières pour l'intérêt ou la vengeance de quelques grandes familles; puis une dernière tentative irrésistible, parce qu'elle est générale et
populaire. Cette exposition est digne de Thucydide :

La ville de Florence était ainsi agitée, suspecte et odieuse
au duc; celui-ci avait découvert les conjurations faites par
tant de citoyens et manqué son projet pour réunir et surprendre les nobles; d'autre part, les principaux citoyens
se sentant coupables de complots, sachant la mauvaise intention du duc, et voyant qu'il avait plus de deux cents
cavaliers de sa suite, et que chaque jour il arrivait à son
secours des gens du seigneur de Bologne, et que d'autres
hommes de la Romagne avaient déjà passé les monts, ils
craignirent que le retard ne leur vînt à péril, se souvenant
du vers de Lucain :

Tolle moras, semper nocuit differre paratis.

Les Adhémar, les Médicis et les Donati, le jour de
Sainte-Anne de l'année 1343, ordonnèrent que dans le
Marché-Vieux et à la porte de Saint-Pierre, quelques pauvres gens allassent se déguiser et criassent ensemble : « Aux
armes! aux armes! » Et ils firent ainsi. La ville était trou-
blée, et dans la terreur. A l'instant, comme il était ordonné,

tous les citoyens furent armés, à cheval ou à pied, chacun
dans son quartier, portant les bannières de l'armée du
peuple et de la commune, et criant : « Meure le duc et
ses suivants, et vive le peuple et la commune de Florence,
et la liberté ! » Et sur-le-champ la ville fut barricadée et
fermée à l'entrée de chaque rue et de chaque quartier. Ceux
d'au delà de l'Arno, grands et peuples, se conjurèrent ensemble et se baisèrent sur la bouche, et barrèrent les têtes
des ponts, résolus, si le pays de l'autre côté de l'eau se
perdait, de tenir bravement sur cette rive.

Ce récit, où une citation de Lucain succède à
un proverbe populaire, me semble peindre les
choses au naturel; il dit ce qui s'est fait : voilà
le génie du chroniqueur italien.

Villani eut pour continuateurs son frère et
son neveu; tous deux, avec moins de talent,
ont la même candeur et la même exactitude.
Cette école, ou plutôt cette famille d'historiens
atteste, par sa manière d'écrire, les singuliers
progrès de l'Italie au XIVᵉ siècle. On y voit que
cette nation devançait alors les autres, précisément par cet esprit sérieux, positif, cette activité, cette science des affaires, qu'elle a depuis
négligés, et qui ont fait passer le sceptre à d'autres nations. Il y a dans les *Villani* quelque chose
du sens et de la liberté d'un historien anglais.
C'était l'œuvre de l'esprit républicain; mais
cette influence n'était pas unique.

Le caractère de l'Italie, à cette époque, était multiple et varié, comme les formes des souverainetés qui la partageaient. Ici, des démocraties actives, turbulentes, pleines d'émulation, où le travail et le talent conduisaient aux premiers honneurs; là, des aristocraties, royautés à cent têtes, qui tenaient tout un peuple en haleine, et le faisaient travailler incessamment à leur grandeur; là, de petites dominations toutes guerrières, et s'appuyant sur la force; là, de petites cours élégantes, voluptueuses, hospices ouverts aux savants, aux poëtes.

Dans les républiques, dans la portion sérieuse et agitée de l'Italie, on écrivait moins qu'à Naples, sous la protection de ce bon roi Robert, qui n'avait souci que des lettres et des plaisirs. Cependant Florence eut le privilége de produire tous les hommes de génie de cette époque; mais ce n'est pas à Florence qu'ils passèrent leur vie. Le Dante était banni; Pétrarque, fils d'un banni; Boccace, Florentin par son père, était né à Paris, et n'habita que peu de temps sa patrie, bien qu'il y ait rempli les dignités civiles, auxquelles nul homme célèbre n'échappait dans ces petites républiques. Boccace est à nos yeux un écrivain du royaume de Naples, où il passa ses plus belles années; il exprime par la mollesse de ses écrits cette civilisation voluptueuse des cours d'Italie.

Là nous rencontrons une des physionomies les plus originales du moyen âge; elle se trouve incidemment mêlée à nos récits : c'est Jeanne de Naples. Vous croyez peut-être, après avoir lu l'histoire et le roman, que le personnage de Marie Stuart est unique dans le monde; que cette beauté, cet esprit, ces malheurs, cette facilité d'être coupable, ce don d'être séduisante, ce mélange de coquetterie et de raison, de frivolité et de force d'âme, que tout cela, dans un tel degré, ne s'est vu qu'une fois, et qu'il n'y a qu'une Marie Stuart. Eh bien, il y en a deux. Dès le xive siècle, non pas dans la sauvage Écosse, mais sous le ciel de Naples, il était née une femme qui, comme Marie Stuart, fut reine, charmante, coupable et malheureuse; qui, folle de plaisirs et de fêtes, se jouait avec grâce, au milieu des factions, et qui, suspecte d'avoir fait mourir un époux indigne d'elle, périt elle-même par la main qui lui disputait le trône. Jamais deux médailles n'ont mérité d'être autant rapprochées; jamais deux figures originales ne furent plus semblables.

Nous avons parlé de ce bon roi Robert, qui faisait lui-même des *Examens littéraires*, et se

montrait protecteur si généreux de tous les
hommes célèbres de l'Italie. Jeanne de Naples
était sa petite-fille ; elle était née de son fils, qui
mourut jeune et ne monta jamais sur le trône.
Le roi Robert vieillissant, inquiet sur l'avenir
de sa couronne, voulut à tout prix assurer l'héritage de sa petite-fille ; il la maria presque enfant à André de Hongrie, qui, descendant de
la maison d'Anjou, avait des droits au royaume
de Naples. Cet étranger, avec ses habitudes du
Nord, et le cortége d'une chevalerie barbare,
arrivant au milieu des fêtes ingénieuses de la
cour napolitaine, fut mal accueilli. Bientôt il
devint odieux à la jeune princesse, qui passait
son temps à faire des lectures, à écouter, à chanter des vers, et s'entourait de poëtes, inconnus
aujourd'hui, parmi lesquels était un homme
d'immortelle renommée, Boccace. Il composait
des romans pour cette cour ; il y faisait librement figurer la famille du roi, surtout une fille
naturelle de ce prince, dont il était aimé, et
qu'il a célébrée sous le nom de *Fiammetta*.

Après la mort du roi Robert, le mariage de
Jeanne fut troublé plus violemment par des ja-
lousies et des haines. André mourut assassiné,
presque sous les yeux de la jeune reine, et sans
doute de son aveu. André, quoique haï, fut

vengé. Naples se souleva contre les meurtriers,
Jeanne en livra quelques-uns pour victimes; et
l'année suivante, elle épousa le plus coupable,
Louis de Tarente, son cousin. Mais bientôt la
vengeance vint du Nord. André de Hongrie avait
un frère, vaillant capitaine, qui saisit avidement
une occasion de ravager l'Italie. On vit paraître
aux portes de Naples les lances hongroises, pré-
cédées d'un grand étendard noir, sur lequel était
peint fort grossièrement le meurtre d'André.
La reine s'enfuit par mer, et passa dans ses états
de Provence. Perdu dans ce désastre de la cour
galante de Naples, Boccace fit une églogue latine sur les maux du peuple vaincu, et l'exil de
la reine. La peste vint aider les Napolitains; et
cette armée d'hommes du Nord, sans combattre,
dépérissait sous le ciel d'Italie. Le vengeur
d'André s'éloigna chargé de dépouilles. La jeune
reine reparut avec sa cour. A peine eut-elle rétabli le luxe et les fêtes, que le terrible vengeur
revient de Hongrie avec dix mille cavaliers.
Nouvelle fuite de la reine de Naples et de ses
poëtes; nouvelle églogue de Boccace.

Jeanne, pendant son premier exil, avait cédé
au pape le territoire d'Avignon, où résidait la
cour pontificale. Elle se soumit alors à sa sentence, et offrit de répondre devant lui, sur la

mort de son époux. Voilà sans doute un exemple
éclatant de cette haute juridiction religieuse du
moyen âge, tant regrettée par quelques publi-
cistes modernes. Ce spectacle est grand : une
reine, accusée du meurtre de son mari, arrête
la guerre déchaînée contre ses peuples, en se
rendant au tribunal du pape. Elle est jugée, non
pas comme le sera Marie Stuart, par des ennemis, au gré d'une Élisabeth, plus occupée de se
défaire d'une rivale que de punir une coupable :
libre et reine, elle se présente, dans Avignon,
aux commissaires du pape. Une longue instruction commence ; Jeanne de Naples parla plusieurs fois devant ses juges ; Pétrarque écrivit
pour sa défense. La jeune reine avouait qu'elle
avait eu pour son époux une insurmontable
aversion ; mais elle attribuait ce sentiment, qui
avait encouragé les meurtriers, à quelque ma-
léfice jeté sur elle. Les cardinaux trouvèrent
l'excuse suffisante ; Jeanne fut acquittée.

Le frère et le vengeur du roi mort, ayant appris la sentence pontificale, sans objection, sans
plainte, retira ses troupes, et refusa même une
riche amende que les juges avaient imposée à
la reine. Cette fois, par l'autorité du pape, une
sentence fut mise à la place d'une guerre ; et les
peuples dûrent bénir la puissance protectrice

qui terminait leurs maux, et jugeait les diffé-
rends des rois.

Avec l'absolution pontificale, Jeanne remonta
paisiblement sur son trône. Je ne voulais que
faire connaître cette cour voluptueuse, et sanglante, où s'était formé le génie de Boccace. Je
ne suivrai pas davantage la vie de cette reine,
qui, perdant l'époux qu'elle s'était donné par un
crime, en choisit un troisième, guerrier aven-
tureux, dont l'ambition remuante harassa les
faibles Napolitains. Délivrée de ce maître impérieux, elle s'unit à un quatrième époux ; et enfin, comme la Providence est plus sévère que le
pape, elle périt, belle encore et puissante de séductions, par l'impitoyable barbarie de Charles
de Durazzo, l'héritier de son choix, qui la fit
étrangler en prison.

J'ai dit, Messieurs, que cette cour de Naples
fut l'école où se forma Boccace. Son père, adonné
au commerce, avait voulu l'élever pour sa profession; mais l'esprit de Boccace, libre, insouciant, ami des plaisirs, ne pouvait s'y plier : il
fut cependant quelques années à Paris, dans la
boutique d'un marchand. Je ne sais s'il y lut nos
vieux fabliaux, qu'on l'accuse d'avoir beaucoup
imités. Nul doute au moins qu'il n'ait parfaitement su la langue des *trouvères*, et qu'il n'ait

pu, dans la suite, facilement les étudier. Ils furent pour lui ce que les *troubadours* avaient été pour Pétrarque, des modèles infiniment surpassés. Boccace garda toujours souvenir de Paris, et il y fait de fréquentes allusions dans ses récits. Mais Paris, sale, mal bâti, ne pouvait l'inspirer, comme cette cour de Naples, dont il a retracé les délices dans ses romans, du reste assez médiocres, de *Filocopo* et de *Fiammetta*, et même dans son poëme de la *Théséide*.

C'est à la cour de Naples qu'il faut imputer la liberté excessive du *Decameron*. C'est aussi là qu'on doit trouver l'explication d'une chose qui m'a toujours choqué dans ce livre original, le plus ancien chef-d'œuvre de la prose moderne. Je veux parler de ce bizarre contraste entre le prologue et le sujet, ou plutôt de cette insouciance immorale qui place tant d'histoires frivoles et licencieuses, au milieu du tableau d'une peste. Thucydide, retraçant un fléau semblable, est partout austère et triste, et ne badine pas avec les vices et la corruption des mœurs, qu'il montre gravement comme une des suites de ce fléau. Mais Boccace, à côté de cette horrible contagion qu'il décrit avec tant de force, place une petite société qui, dans la plus charmante retraite, s'égaie à des récits d'amour.

Je reconnais là cette vie de Naples. Boccace est insouciant, comme les maîtres qu'il avait servis. Il avait vu cette cour de Jeanne, où les crimes se mêlaient aux fêtes, ces spectacles de sang et de supplices qui n'interrompaient pas les danses du palais; il avait vu cette reine intrépidement frivole à l'approche d'une invasion de barbares, abandonnant ses états à leur vengeance, et ramenant bientôt sa cour brillante dans Naples saccagée, fuyant et revenant encore. Cette persévérance dans les plaisirs, au milieu des périls et des malheurs d'un peuple, lui servit de modèle : c'est l'inspiration qui a dicté le singulier plan du *Decameron*.

Un savant littérateur a nié le défaut que j'accuse; il dit que les récits du *Decameron* ne forment pas toujours un si étrange contraste avec le terrible début de l'ouvrage; qu'il y a des histoires tragiques, des histoires touchantes et pures, comme celle de Grisélidis. N'importe : la licence occupe tant de place dans ce livre, que l'excuse me paraît faible. Seulement Jeanne de Naples et sa cour m'expliquent ce désordre et cet égoïsme de gaîté, au milieu de la peste.

Mais cela ne fit pas la perfection originale du *Decameron*. Boccace est de l'école du Dante et de Pétrarque, école qui nous rappelle ce que nous

oublions trop, combien l'étude de l'antiquité a
été salutaire, combien elle le sera toujours. On
semble croire que les anciens retrouvés ont pu
nuire au génie moderne; qu'ils nous ont embar-
rassés de leur présence, et nous ont empêchés
d'être aussi originaux que nous l'aurions été sans
eux, et qu'en les mettant aujourd'hui de côté,
on reprendrait cette originalité qu'on a manquée
longtemps, par leur faute. Rien de plus dou-
teux. Je vois dans le moyen âge des génies qui
se développent sans les anciens, et d'autres qui
ont reçu leur secours : la grandeur originale
appartient à ces derniers. Quel *troubadour* ou
quel *trouvère* peut se comparer au Dante et à Pétrarque ? C'est qu'en effet cette contemplation
inspirante de la littérature antique ne pouvait
pas détruire l'originalité native. Elle était ce que
l'éducation est, à toutes les époques, pour les
esprits vigoureux, une force et un moyen, bien
plus qu'un obstacle; elle ne les submergeait pas
dans de vieux souvenirs, toujours moins puissants sur l'imagination que les choses présentes;
mais elle préparait leur esprit et leur âme à sentir plus vivement, à rendre avec plus de force ce
qu'ils voyaient autour d'eux.

Cette heureuse influence se montrait surtout
lorsqu'ils parlaient en langue vulgaire, et sur

des sujets modernes. Pétrarque n'égale Virgile
que dans les sonnets italiens. Boccace n'a point
de génie lorsque, même en langue vulgaire, il
écrit son poëme grec de la *Théséide*. Son érudition latine, sa demi-connaissance du grec, son
savant traité *De la généalogie des Dieux*, tout cela,
fort admiré de son temps, serait ignoré du nôtre.
Mais Boccace n'avait pas impunément étudié
Cicéron, Virgile, Horace, Térence et presque
tous les grands écrivains de l'antiquité, qu'il
recherchait, transcrivait avec un soin merveilleux. Il puisa dans cette étude un goût exquis
d'élégance et de naturel, un art fin et délicat;
et, cet art se mêlant aux premières et vives al-
lures d'un idiome naissant, que l'auteur n'avait
pas besoin de forcer, pour le rendre original, de
là vint le style le plus savant, le plus naïf, le plus
gracieux que l'on eût encore vu dans nos langues
modernes. Savez-vous qu'il y a du Cicéron dans
Boccace. — Quoi! le style du grand orateur
dans les pages d'un faiseur de contes? — Oui;
ces formes périodiques, ces phrases si habilement prolongées, cet art de réunir et de grouper
une foule d'idées accessoires, ces liaisons savantes du style, cette élégance, cette harmonie
se retrouvent dans les descriptions et les récits
de Boccace. C'est son langage naturel, toutes les

fois qu'il n'est pas licencieux ou comique. Les
vengeances de l'amour, les combats de l'amitié,
la résignation de la vertu lui ont inspiré cette
éloquence. Je ne puis pas parler du reste.

Au xivᵉ siècle, les contes manuscrits de Boccace étaient lus en Italie de tous ceux qui savaient lire. Pétrarque, grave, sévère, religieux
même dans ses faiblesses, traita le *Decameron*
avec indulgence. Après l'avoir loué sur le commencement et sur la fin, la description de la
peste et la touchante histoire de Grisélidis : « Si
j'ai rencontré, écrivait-il à son ami, quelque
trace de licence, vous étiez excusé par votre
âge, à l'époque où vous avez écrit cet ouvrage,
par le style et la langue, par la frivolité des sujets et des lecteurs[1]. » Singulière excuse, il faut
l'avouer, que donne ce bon Pétrarque! Dans un
écrit dangereux pour les mœurs, il semble que
l'emploi de la langue vulgaire n'était qu'un tort
de plus.

Aussi, quand l'imprimerie commença, et que
les éditions de Boccace se multiplièrent, on devint plus rigoureux. La cour de Rome, en particulier, fut très-blessée du livre; elle y blâmait

---

[1] Delectatus sum in ipso transitu; et si quid lasciviæ liberioris occur-
reret, excusabat ætas tunc tua, dum id scriberes, stylus, idioma, ipsa
quoque rerum levitas et corum qui talia lecturi videbantur.

surtout la liberté de certains traits contre le
clergé. Choisissons un exemple.

Boccace raconte qu'il y avait à Paris un marchand juif, fort honnête homme, quoique juif,
et qui avait un ami fort bon chrétien. Le chrétien voulait toujours convertir le juif; celui-ci
se défendit longtemps; mais enfin, il annonce
à son ami le dessein d'aller à Rome.

> Rome est le siége de la chrétienté, la source de la reli-
> gion elle-même; si je ne me convertis pas à Rome, où me
> convertirai-je?

L'ami s'effraie de ce projet : aller à Rome, et
voir ce qui s'y passe, lui paraît un grand moyen
de ne pas se convertir. Le juif part, observe
tout dans Rome, et revient. L'ami chrétien, fort
inquiet, vient savoir le succès du voyage. Le
juif lui dit :

> J'ai vu qu'il n'y avait à Rome aucune piété, aucune
> dévotion, aucune bonne œuvre dans aucun prêtre; que
> l'avarice, la gourmandise, la fraude, l'envie, la débau-
> che, l'orgueil et des choses pires encore, s'il se peut,
> étaient toutes en faveur, et que c'était plutôt l'officine du
> diable que le temple de Dieu. Il m'a semblé que le souve-
> rain pasteur et ceux qui l'entouraient faisaient tout pour
> détruire le christianisme. Cependant je vois que le christia-
> nisme prospère et s'agrandit; qu'il s'élève chaque jour.
> J'en ai conclu que votre religion était vraie, puisque la
> cour de Rome et les cardinaux ne pouvaient pas la dé-

truire. J'en ai conclu qu'à défaut de ces hommes qui devraient en être les appuis, et qui en sont les fléaux, il faut que ce soit l'Esprit saint lui-même, la main de Dieu qui soutienne le christianisme. Ainsi, allons à l'église, et là, selon les usages de votre sainte foi, faites-moi vite baptiser.

Quelle profondeur de malice dans cette histoire!

Ce qui avait librement circulé avant la découverte de l'imprimerie excita les graves et tardives inquiétudes de la cour de Rome, au xvie siècle. Le livre fut censuré, prohibé, frappé d'anathème. Alors une grande négociation s'établit entre un Médicis, souverain de Florence, et la cour de Rome. On envoya quatre ambassadeurs florentins, citoyens considérables; et le pape nomma de son côté plusieurs commissaires. On passa deux ans à discuter le *Decameron*, à retrancher des passages, à supprimer des histoires, à remplacer des mots, à couper la moitié d'un récit. Il en résulta une édition solennellement publiée, qu'on appela l'*édition des députés,* en mémoire des grands travaux et des immortelles conférences qui avaient présidé à cette œuvre. Aussitôt que cette édition officielle fut publiée, tout le monde acheta des contrefaçons, où l'ouvrage original était complet.

Pour nous, Messieurs, nous n'aurions pas
même parlé de ce livre s'il n'avait pas fallu
achever la comparaison entre les diverses littératures de l'Europe, au moment où elles commençaient à se caractériser. De plus, l'extrême
popularité du *Decameron*, l'influence qu'il eut
dans le xvᵉ et le xviᵉ siècle, est un trait de mœurs
qui fait partie de l'histoire. Si l'on songe que
plus tard des récits semblables se sont trouvés
sous la plume et sous le nom d'une reine; si l'on
se souvient de la vie de cour que retrace Bran-
tôme, et que laisse deviner Marguerite de Valois, on avouera que Boccace est le peintre le
plus curieux et le plus vrai des mœurs que la
rude corruption du moyen âge avait léguées au
xviᵉ siècle.

Sous un autre rapport, on est surpris que,
tant d'années avant le grand schisme de Luther,
un Italien ait écrit si librement sur les saints et
les miracles. C'est un supplément populaire à la
hardiesse plus sérieuse du Dante; c'est le second signe de la grande révolution qui déjà se
préparait. Chez Boccace, cette audace est couverte par la licence des mœurs; singularité commune dans le moyen âge. La liberté philosophique toute seule aurait fait brûler l'auteur; elle
prit pour manteau la licence des mœurs; elle a

passé sous cette sauvegarde. La morale n'admet
point une telle excuse; mais, à part ce qu'elle
blâme dans Boccace, il reste une admirable
peinture sociale. Quand on cherche les hommes
qui ont eu du génie avant Molière, à la manière
de Molière, il faut nommer Boccace. Quand on
veut trouver des traits de comédie aussi bons
que ceux du *Tartufe*, il faut les chercher dans
Boccace; il faut relire l'histoire de cet hypocrite qui, après une vie désordonnée, s'avise
de vouloir mourir saint homme, trompe un
prêtre par une confession de novice, s'accuse
presque d'avoir tué une puce avec trop de colère, ment jusqu'à l'agonie, est canonisé après
sa mort, et « fait, dit Boccace, tout autant de
miracles qu'un autre saint. »

Voilà comment Boccace est devenu l'écrivain
le plus populaire de l'Italie; voilà pourquoi nous
n'essayerons pas de le traduire. Pour nous en
détourner, le scrupule littéraire suffirait, même
à défaut d'un autre; car on ne saurait atteindre
à ce style habile et moqueur, à cet art facile de
conter. Naïf comme le vieux français, ce style a
bien plus d'élégance; la forme en est correcte,
pure, classique; malheureusement le fond ne
l'est pas du tout. C'est un motif pour nous d'a-
bréger. Cependant, si l'on s'étonnait de m'en-

tendre ici parler de Boccace, je rappellerais qu'un respectable prélat italien, monsignor Bottari, a lu devant l'académie de la Crusca plusieurs dissertations où il établit que les intentions de Boccace avaient été toujours parfaitement innocentes; que ni la morale ni la religion ne pouvaient se plaindre de lui; qu'il était de tout point irréprochable. Je ne pense pas comme le prélat; aussi je ne cite pas Boccace. Mais si l'on me reprochait d'avoir nommé Boccace, même sans le citer, je citerais monsignor Bottari.

QUINZIÈME LEÇON.

Romanzo espagnol; comment dérivé du latin. — Longue influence de la langue latine en Espagne. — Vieux monuments de la poésie castillane. — Vers d'Alphonse le Sage. — Fragment d'un poëme du Cid. — *Romances* du Cid.

MESSIEURS,

Nous avons vu, des ruines fécondes de la civilisation romaine, sortir de nouveaux idiomes, de nouvelles littératures. Nous avons suivi cette grande révolution dans les Gaules du Nord et du Midi. Nous l'avons retrouvée dans l'Italie, dans ce chef-lieu de l'ancien monde, où les invasions barbares, tant de fois renouvelées, étaient aux prises avec tous les monuments et tous les souvenirs du génie romain, et où dès lors une langue nouvelle avait dû commencer plus tard, et se perfectionner plus vite que partout ailleurs. Pour achever ce tableau, et marquer l'espèce de synchronisme moral que nous avons annoncé, il faut nous occuper aussi d'un pays dont la langue n'est pas moins immédiatement dérivée du latin, qui, voisin de la France méridionale, en adopta longtemps l'idiome poétique, qui plus tard imita les Italiens, et qui cependant conserve un génie propre et une physionomie puissamment originale. Ce pays, c'est l'Espagne.

Rien, Messieurs, n'est arbitraire dans le cercle d'études que nous avons tracé. Partout se montre l'étroite parenté des langues de l'Europe méridionale; et mille rapprochements de mœurs et de génie se mêlent à cette première affinité, d'autant plus sensible qu'on la cherche dans un temps plus reculé.

Et d'abord, Messieurs, rappelons que, dans l'Espagne comme dans les Gaules, Rome avait mis la main partout; que ses usages militaires et civils, ses lois, ses mœurs, sa langue avaient pris, à la longue, possession du pays. De retour en Espagne, après trente-cinq ans d'absence, Martial trouvait dans sa petite ville de Bilbilis des *puristes* envieux qui censuraient ses épigrammes latines, et à Cordoue un poëte qui les récitait sous son nom[1]. Sénèque, Lucain, Florus, toute une école d'écrivains, attestent

---

[1]   Die, vestro, rogo, sit pudor poetæ,
       Ne gratis recitet meos libellos.
               (Lib. xii, epigr. 53.)

avec quelle distinction les natifs ou les colons
d'Espagne cultivèrent les lettres romaines. Là,
comme ailleurs, la prédication chrétienne for-
tifia l'œuvre de la conquête; et l'on compte
beaucoup d'Espagnols parmi les écrivains de
l'Église latine. Il semble cependant que le site
de l'Espagne avait dû permettre qu'il se conser-
vât quelques traces d'anciennes mœurs, à l'a-
bri des montagnes et des rochers. Quoique la
puissance romaine eût tout fait pour bannir
d'Espagne le nom carthaginois, il était resté
dans plusieurs cantons une tradition de l'idiome
punique; mais, dans les villes, la langue latine
avait prévalu.

Ainsi, Messieurs, aux derniers temps de l'empire, vers le viᵉ siècle, la langue et la civilisation
romaines dominaient exclusivement sur la Pé-
ninsule. Là, comme dans la Gaule, se reproduisit cette double prise de possession, exercée par
le pouvoir civil et par l'Église. Or, vous le savez, quand on cherche pourquoi le génie romain pénétra si profondément toutes les nations
qui furent touchées par lui, on n'en trouve pas
d'autre cause que ces deux envahissements suc-
cessifs des légions et de l'Église. Aux ivᵉ et vᵉ siècles, vous voyez l'Espagne chrétienne jeter un
grand éclat. Elle eut de nombreux docteurs, des

poëtes, des hérétiques. Elle fut le siége de plusieurs célèbres conciles. Ses évêques étaient re-
nommés pour leur foi, et souvent loués par saint
Augustin. Cette influence religieuse et savante
que l'Espagne avait d'abord reçue de l'Italie, elle
la recevait aussi de l'Afrique, dont les côtes sep-
tentrionales étaient alors un des pays les plus civilisés de la terre. Vous savez la gloire des églises
d'Afrique, à cette époque, leurs débats, leurs
cinq cents évêques, la splendeur de Carthage,
ses temples, ses écoles, ses théâtres, où l'on représentait d'anciennes tragédies latines et des
comédies de Plaute. De nos jours, un conquérant, pour injurier l'Espagne qu'il n'avait pu
soumettre, disait d'elle : « N'y pensons plus, l'Espagne est en Afrique. » Par une singulière vicis-
situde, au ve siècle, ce voisinage de l'Afrique
entretenait en Espagne la civilisation et la
science. Cet état se prolongea jusqu'au temps
des invasions qui, de toutes parts, entamèrent
l'empire romain. Les plus humains et, pour
ainsi dire, les plus dociles des barbares échu-
rent pour conquérants à l'Espagne; ce furent
les Visigoths. Ils adoptèrent le christianisme,
et prirent en même temps des principes de législation civile inconnus aux autres peuples.
Aussi, dès le vi^e siècle, vous voyez tout un sys-

tème de justice sociale s'élever en Espagne, et
succéder à l'administration romaine, abolie par
la défaite. L'Espagne vécut plusieurs siècles sous
ces maîtres nouveaux, qui reçurent sa religion.

Est-ce à l'époque de cet établissement des
Goths qu'il faut reporter l'origine de la langue
espagnole? Doit-on supposer, avec un savant
célèbre, que cette langue dérive d'une *langue romane, uniformément parlée dans l'Europe du Midi?* ou
ne faut-il pas croire plutôt qu'elle naquit de la
lutte et du mélange de la langue latine, ancien-
nement naturalisée en Espagne, avec quelques
restes d'anciens idiomes, et la langue des nouveaux envahisseurs? Cette seconde hypothèse
est, je crois, la seule vraisemblable, du moins
pour les parties de l'Espagne qui ne touchent pas
au midi de la France. Il est visible que, les éléments barbares qui se mêlaient à la langue romaine étant divers, l'altération ne devait pas
être uniforme. Une cause particulière voulait,
je crois, qu'en Espagne le type romain se dé-
fendît longtemps, et laissât de très-fortes empreintes dans la langue nouvelle. Encore aujourd'hui, en [espagnol comme en italien, on
peut écrire plusieurs lignes qui appartiennent
également à la langue latine et à la langue
vulgaire. Si la langue espagnole a conservé fré-

quemment les mots et les désinences sonores du
latin, il ne faut pas s'en étonner ; quelque chose
a dû rendre le latin plus puissant et plus durable
en Espagne que partout ailleurs : c'est le pouvoir et l'action législative des évêques.

Dès le vi⁰ siècle, vous voyez régulièrement
établies en Espagne des assemblées épiscopales,
où se discutaient les lois civiles. Ces conciles
politiques parlaient latin, beaucoup mieux sans
doute que les barons et les grands vassaux de
Charlemagne : le latin était la langue unique
de l'Église. Or, plus l'homme qui parlait latin
avait d'influence, plus les formes du latin se per-
pétuaient dans la nation. Ainsi je n'hésite pas à
dire que ces nombreuses assemblées d'évêques,
qui remplissent toute l'histoire d'Espagne, depuis le v⁰ jusqu'au viii⁰ siècle, furent une cause
permanente de domination pour le latin, et
qu'enfin, lorsque cette langue s'altéra, ses types
dûrent laisser une trace profonde dans la langue nouvelle. Un monument remarquable de
cette intervention épiscopale, c'est le recueil
de lois promulgué dans le seizième concile de
Tolède, vers la fin du vii⁰ siècle. Écrit en latin,
sous le titre de *Forum judicum,* ce recueil ne fut
traduit en castillan que dans le milieu du xiii⁰ siècle. Jusque-là, sans doute, il était, sous la forme

latine, suffisamment intelligible pour les juges
et le plus grand nombre des habitants. La conquête arabe même ne paraît pas avoir détruit
cet état de choses. En refoulant les peuples vaincus autour de leurs églises et de leurs prêtres,
elle dut même les rattacher, dans quelques provinces, à la langue latine, comme à une langue
sacrée, dans laquelle les vaincus pouvaient plus
librement invoquer leur Dieu, et maudire leurs
ennemis. Il est certain du moins que les rois
maures d'Espagne, au viiie siècle, empruntè-
rent souvent la langue latine dans les ordon-
nances et les actes publics qui s'adressaient à
leurs sujets chrétiens.

Ce que Bossuet a dit de la France, avec une
espèce de joie, qu'elle était une monarchie fondée par des évêques, serait bien plus vrai de
l'Espagne; mais, chose singulière! cette influence
prédominante du corps épiscopal y fondait, non
pas la monarchie absolue, comme le voulait Bossuet, mais une monarchie libre et tempérée.
C'est le caractère qui règne dans le *Forum judicum*. Cette loi est très-supérieure aux autres lois
des peuples barbares, presque toujours fondées
sur le droit du plus fort, entre le maître et l'esclave, et sur le droit de représailles entre les
égaux. Au contraire, la vieille loi espagnole

suppose une justice antérieure et générale, qui seule peut rendre le pouvoir légitime. Les évêques élisaient les rois, et les rois devaient gouverner selon les lois. Tel fut le régime sous lequel vécut l'Espagne jusqu'à l'invasion des Maures, au commencement du viiie siècle.

Cette côte d'Afrique, où étaient nés tant d'hommes célèbres dont l'éloquence avait agité les églises chrétiennes, envoyait maintenant à l'Europe un peuple nouveau, armé tout à la fois du fanatisme et de la science : les Arabes, déjà maîtres de l'Asie. Alors plusieurs civilisations, ou, si vous voulez, plusieurs barbaries, tantôt luttant, tantôt confondues, couvrirent à la fois le sol de l'Espagne. Quelle langue prédominait dans ce chaos? Un auteur du xe siècle, Liutprand nous dit que, « vers l'année 728, il y avait dix langues en Espagne : 1º le vieil espagnol; 2º le cantabre; 3º le grec; 4º le latin; 5º l'arabe; 6º le chaldéen; 7º l'hébreu; 8º le celtibérien; 9º le valencien; 10º le catalan. » On ne conçoit pas bien dans cette nomenclature quelle pouvait être la place du grec en Espagne. L'usage du chaldéen et de l'hébreu s'explique par la présence d'un grand nombre de Juifs. Le vieil espagnol, le cantabre, le celtibérien désignent d'anciens idiomes qui avaient survécu à la con-

quête romaine, et qui, sans doute, en se mêlant avec le latin, donnèrent naissance à un *romanzo* vulgaire, devenu le *castillan.* Quant à la
langue arabe, il paraît que d'abord elle envahit
une grande partie du territoire. Un écrivain du
ixe siècle, Alvaro de Cordoue, se plaint que les
chrétiens de son temps écrivaient, recueillaient,
publiaient les livres arabes. « Ils estiment moins,
dit-il, les ruisseaux abondants de l'Église, qui
coulent du paradis. Hélas! ô douleur! les chrétiens ne savent plus leur loi[1]. » Enfin les langues
valencienne et catalane étaient évidemment
identiques avec notre langue provençale.

Mais que cette langue ait été commune à
toutes les parties de l'Espagne, au ixe siècle,
voilà ce que nous ne pouvons croire, malgré
l'autorité d'un savant célèbre. Seulement, tous
les dialectes romans de cette époque, étant fort
voisins de la souche primitive, se touchaient,
se confondaient en beaucoup de points. Ainsi
vous trouvez dans le vieil espagnol des lignes
entières qui sont provençales; par exemple,
dans un poëme d'Alexandre, au xiie siècle, vous
lisez :

> Era esta Corinta una nobla cuzidad.
> Sobre todas las otras avia grant bontad....

[1] SANCHEZ, t. I, p. 48.

Et ailleurs :

Udieron una voz de grand tribulacion ;
Fo perturbada toda la procession.

Tout cela, vous le voyez, n'est que du latin
plus ou moins altéré.

Aussi, M. Raynouard, dans un admirable travail philologique, dans sa *Grammaire comparée
des langues du Midi*, a ramené sous un petit nombre de règles faciles et claires les diverses alté-
rations de la langue latine dans les différents
idiomes. C'est une clef pour ouvrir ces belles
littératures du Midi, trop négligées de nos
jours. Avec cette ingénieuse méthode, une
étude de quelques mois suffit à donner l'intelligence de ces langues, dans leurs monuments
les plus anciens.

La langue catalane ou provençale était parlée
dans la Catalogne, dans la Navarre et dans l'île
Majorque. Un autre *roman*, devenu le fond de
l'espagnol moderne, était usité dans la Castille.
La Galice et le Portugal avaient un dialecte particulier, comme ils l'ont encore aujourd'hui.

Quand vit-on enfin l'idiome castillan sortir de
la corruption du latin, et pousser, comme un
jeune rameau, sur cette souche antique ? Quand
cette nouvelle langue eut-elle une poésie dis-

tincte de celle des Catalans, qui se confond elle-
même avec le provençal? Certes, si la grandeur
romanesque des événements, l'ardeur patriotique et religieuse, les guerres étrangères et civiles, doivent agiter, enhardir l'imagination,
rien de tout cela ne manquait à la Castille. Cependant le premier réveil de la poésie populaire
y paraît assez tardif. Non-seulement la poétique
Provence, mais notre Picardie, notre Normandie, semblent avoir produit des romans et des
poëtes avant cette Espagne, où le climat devait
éveiller le génie. On peut croire que l'influence
arabe, dominant à la fois par les armes et par le
savoir, arrêta, dans une grande partie de l'Espagne, l'originalité native des esprits. On s'étu-
diait à parler et à écrire la langue des vainqueurs. Encore aujourd'hui, la bibliothèque
de l'Escurial renferme beaucoup de livres arabes, composés dans le xii⁰ siècle, par des Espagnols chrétiens. Ces hommes, qui ne s'étaient
pas convertis à l'Alcoran, se convertissaient,
pour ainsi dire, à la science et à la poésie orientales. Il savaient pour la langue arabe cet attrait
curieux qu'inspire la supériorité des connaissances. Il paraît même que l'arabe était la belle
langue à la cour de plusieurs de ces petits rois
de Castille, qui, tour à tour, luttaient contre

les Maures et s'unissaient à eux. Le castillan
ne se conservait plus que chez les chrétiens des
montagnes.

Ainsi l'invasion arabe avait accompli un des
plus grands effets de la conquête : elle avait, en
partie, arraché au peuple vaincu son idiome
national. Si la conversion religieuse avait suivi,
l'Espagne devenait entièrement arabe; car voici
la règle historique : tout peuple conquérant qui
impose sa religion impose aussi sa langue, et
absorbe dans son unité la nation qu'il a soumise; mais si le peuple conquérant n'impose
que sa langue, tôt ou tard le peuple vaincu re-
paraîtra.

Quoi qu'il en soit, l'époque où l'idiome national, qui semblait submergé sous la conquête
arabe, prit un caractère, ne remonte pas au
delà du xie siècle. C'est alors que vous voyez les
souverainetés chrétiennes se dégager du milieu
des Maures, grandir, se fortifier; c'est alors que
paraît ce grand Cid, dont le nom remplit toute
l'histoire d'Espagne, en fait longtemps tout le
merveilleux et toute la poésie : cependant il ne
semble pas qu'il se soit conservé de monuments,
en langue vulgaire, tout à fait contemporains
du Cid. Le poëme du Cid, qui, par la simplicité du récit et la barbarie gothique du lan-

gage, paraît plus ancien que toutes les *romances*
espagnoles, n'est peut-être que du xiiie siècle.
C'est vers ce temps que la monarchie castillane
s'affermit. Alphonse le Sage, ou plutôt le Savant, qui remonta sur le trône en 1252, protége et cultive les sciences, au milieu d'un règne
agité.

Ce prince est un des hommes extraordinaires
du moyen âge; il eut plus d'une fois à combattre
ses sujets et ses enfants; lié souvent par des traités avec les rois maures d'Espagne, il passa pour
un impie. Le premier des princes espagnols, il
se fit nommer empereur d'Allemagne. Pour ache-
ter cette dignité, il appauvrit, il épuisa ses sujets par des impôts, tout en se vantant d'avoir
trouvé par sa science la pierre philosophale.
Cette découverte eût été bien belle pour un roi,
et aurait facilité son gouvernement! il aurait
fait tout seul son budget, sans consulter les cortès! Mais il paraît que cette ressource prétendue
était vaine; car les peuples mécontents se soule-
vèrent contre Alphonse, qu'ils accusèrent d'a-
voir falsifié les monnaies : c'était là sans doute
tout son secret pour faire de l'or. Quoi qu'il en
soit, le roi, pour se justifier, a consigné dans
un poëme sa mystérieuse science. Il y raconte
qu'ayant appris qu'il vivait en la terre d'Égypte

un sage versé dans la connaissance de l'avenir,
il l'a consulté par ses messagers; qu'il lui a même
envoyé jusqu'au port d'Alexandrie le meilleur
de ses vaisseaux; que le sage astronome s'y est
embarqué, et est venu avec empressement à sa
cour. « Il savait faire, ajoute-t-il, la *pierre* qu'on
nomme *philosophale,* et il m'a enseigné cet art.
Nous l'avons faite ensemble; depuis, je l'ai faite
seul, et bien souvent mon trésor s'en est accru. »
Alphonse se compare, sous ce rapport, au roi
Midas; et il ajoute qu'il veut faire jouir de cette
découverte sa patrie et sa famille. « Je veux, dit-
il, vous donner un avis qui n'est pas de médiocre
importance; si vous devenez possesseur de ce
trésor, vous le devez tout entier à celui qui vous
le révèle. » Malheureusement, il exprime cette
merveilleuse recette par des hiéroglyphes et des
lignes, que personne n'a jamais su déchiffrer.

Quoi qu'il en soit, c'est de ce prince et de son
règne que datent les progrès de la langue espagnole vulgaire, du *roman* espagnol; car, remarquez-le bien, cette expression de *roman,* qui
n'indique pas l'unité de formes, mais l'unité
d'origine, s'applique à toutes les langues du
Midi. En 1220, Jacques Ier, prince de Catalogne,
avait défendu à ses sujets la lecture des livres

saints en langue romane . *ne quis libros veteris vel novi testamenti in* romancio *habeat.*

Alphonse le Savant, au contraire, fit traduire la Bible en langue romane, c'est-à-dire en castillan; car le même mot indique ici deux dialectes fort différents. Ce règne fut marqué par un autre travail mémorable qui, de bonne heure, dut fortifier et mûrir l'idiome espagnol. Déjà l'ancienne loi des Visigoths, cette loi humaine et sage rédigée en latin par les évêques, avait été traduite en langue vulgaire sous le titre de *Fuero juzgo.* Alphonse, la réunissant à d'autres dispositions politiques et civiles, en forma les *Siete Partidas,* recueil singulier et peut-être unique dans les origines des nations modernes. La gravité naturelle du langage espagnol, dégagée là de toute pompe, se montre seulement par une noble précision de termes, image de la justesse qui règne dans les pensées. « La loi, y est-il dit, est donnée aux hommes comme aux femmes, aux grands comme aux petits, aux savants comme aux ignorants, aux nobles comme aux vilains; elle brille comme le soleil en protégeant tout le monde. »

Cette législation, précisément par l'impartiale unité qu'elle annonçait, dut rencontrer une opiniâtre résistance dans les coutumes locales, les

anciennes concessions, les franchises qui, sous
le nom commun de *fueros*, appartenaient, avec des
différences plus ou moins grandes, aux villes et
aux provinces d'Espagne. Le code des *Siete Partidas* ne put prévaloir sur une foule d'usages souvent cruels ou bizarres. Mais ce qui ne devint
pas une loi puissante et obéie est demeuré un
monument intellectuel qui doit faire date dans
l'histoire du génie espagnol. La tentative d'Alphonse pour ramener sous une règle uniforme
les diverses provinces de la monarchie et les
diverses classes de son peuple, ne réussit pas.
Son recueil de lois ne fut qu'un livre; mais ce
livre donnait à la langue espagnole, dès le xiiie siècle, un caractère de force et de pureté vraiment
admirable.

L'Espagne n'avait pas encore de poésie. Le
Romancero, cette espèce d'*Iliade* populaire que le
goût de notre siècle admire avec raison, appartient à une époque plus récente, au moins
dans sa forme actuelle; les pièces éparses qui le
composent ont été retouchées et refaites, peut-
être dans le xve siècle. On y trouve des allusions
mythologiques peu conformes à la simplicité
chevaleresque et chrétienne des premiers temps;
mais il n'est pas moins vrai de dire que ces chants
populaires sont un des monuments les plus ori-

ginaux du génie moderne dans le moyen âge.
Difficilement on trouverait une poésie qui, sous
la négligence du mètre et du langage, eût plus
de vivacité; et, malgré quelques traces d'affecta-
tion et quelques jeux de mots dont nous igno-
rons la date, nulle part la simplicité des mœurs
primitives, ce mélange de générosité et de férocité, n'est plus remarquable et plus intéressant
par le contraste.

Ces romances, nous l'avons dit, sont loin d'ê-
tre le plus ancien témoignage qui nous reste du
Cid; peut-être ne sont-elles, en grande partie,
que des fragments altérés de quelque grand poëme
perdu. Les exploits du Cid avaient été racontés
par les Maures, comme par les chrétiens; on dit
même que ce héros, qui, dans les vicissitudes
de sa vie, tira plus d'une fois l'épée pour les ennemis de sa foi, avait près de lui deux écuyers
musulmans qui furent les premiers historiens de
sa vie. Ces récits furent répétés et traduits. Telle
est l'origine vraisemblable d'un fragment sur le
Cid, fort antérieur aux *romances*, si l'on en juge
par la rudesse de la versification et du langage.
Un savant littérateur a déjà fait connaître quelques passages de ce poëme, qui ne se rapporte
qu'à la vieillesse du Cid. Nous essayerons de
revenir après lui sur ce sujet, en choisissant

de préférence ce qu'il a négligé de traduire. Il
ne s'agit pas là du premier coup d'épée de don
Rodrigue ; ce n'est pas le Cid de Corneille, le
jeune amant de Chimène, avec son duel et son
amour. Le chroniqueur espagnol raconte le dernier exil du Cid, qui, à l'âge de soixante-quatre
ans, est banni par le roi Alphonse VI, et se sé-
pare de sa femme et de ses fils :

Pleurant[1] de ses yeux, malgré sa force d'âme, il tour-
nait la tête et regardait sa demeure. Il vit les portes ou-
vertes et les huis sans cadenas ; les perches de la faucon-
nerie vides, sans toiles et sans faucons et sans autours
apprivoisés. Mon Cid soupira ; car il eut de très-grands
soucis. Mon Cid parla bien, et d'une voix très-calme :
« Merci à toi, Seigneur père, qui es dans les cieux. Mes
ennemis méchants m'ont enlevé cela. » Alors il se hâta de
partir, et lâcha les rênes. A la sortie de Bivar, ils eurent
la corneille à droite ; et à l'entrée de Burgos, ils l'eurent
à gauche. Mon Cid conduisait les hommes et levait la tête.
Mon Cid Ruy Diaz entra dans Burgos. Il avait à sa suite

[1] De los sos oios tan fuerte mientre lorando
Tornaba la cabeza, e estabalos catando :
Vio puertas abiertas e uzos sin cañados
Alcandaras vacias sin pielles e sin mantos,
E sin falcones e sin adtores mudados.
Sospiro mio Cid ; ca mucho avie grandes cuidados :
Fablo mio Cid bien, e tan mesurado :
« Grado a ti Señor Padre que estás en alto :
Esto me han buelto mios enemigos malos. »
Alli piensan de aguijar, alli sueltan las riendas :
A la exida de Vivar ovieron la corneia diestra,
E entrando a Burgos ovieron la siniestra.
Mezió mio Cid los ombros, e engrameó la tiesta :

soixante lances ornées de bannières. Pour le voir, les hommes et les femmes s'étaient mis aux fenêtres, pleurant de leurs yeux : tant ils avaient de douleurs ! et ils disaient de leur bouche, pour toute parole : « Dieu, quel bon vassal, s'il avait eu un bon seigneur ! » Mais personne n'osait l'inviter, tant le roi Alphonse avait une grande puissance ! Car, avant la nuit, son ordre, écrit et scellé, était venu à Burgos avec un grand message annonçant que personne ne donnât logement à mon Cid, et que tout homme qui lui dirait une simple parole perdrait les oreilles et les yeux de la tête, et de plus, le corps et l'âme. Le peuple chrétien avait un grand tourment ; car il n'osait rien dire de mon Cid. Le Cid alla droit à son logement ; il trouva la porte bien verrouillée par la terreur du roi Alphonse, qui le voulait ainsi ; en sorte que si on ne les brisait par force,

Mio Cid Ruy Diaz por Burgos entraba,
En su compana LX pendones lebaba
Exienlo ver mugieres e varones,
Burgeses e Burgesas por las finiestras son puestas,
Plorando de los oios, tanto avien el dolor,
De las sus bocas todos dician una razon :
« Dios que buen vasalo, si oviese buen señor ! »
Convidarle yen de grado mas ninguno non osaba :
El rey don Alfonso tanto avie la grand' saña.
Antes de la noche en Burgos del entró su carta,
Con grand' recabdo e fuerte mientre sellada :
Que a mio Cid Ruy Diaz que nadi nol' diesen posada,
E aquel que gela diese sopiese vera palabra
Que perderie los averes e mas los oios de la cara,
E aun demas los cuerpos e las almas.
Grande duelo avien las yentes cristianas :
Ascondense de mio Cid ca nol' osan decir nada.
El campeador adelinó á su posada,
Asi como legó á la puerta falóla bien cerrada
Por miedo del rey Alfonso, que asi lo avie parado :
Que si non la quebrantas' por fuerza, que non gela abriese nadi.

nulle ne s'ouvrait. Les gens de mon Cid appelaient à haute voix. Les gens de la maison ne voulaient pas répondre une parole. Mon Cid s'approcha, tira son pied de l'étrier, et frappa un coup. La porte ne s'ouvrit pas ; car elle était bien fermée. Une petite fille de neuf ans se tenait l'œil au guet : « Cid, une autre fois, vous avez ceint l'épée dans un bon moment. Maintenant le roi a défendu de vous recevoir. A la nuit, son ordre est venu avec un grand message, et fortement scellé. Nous n'oserions vous ouvrir, ni vous recueillir pour rien. Sinon, nous perdrions notre avoir et nos maisons, et de plus, les yeux de la tête. Cid, vous ne gagneriez aucune chose à notre mal. Mais que le Créateur vous favorise de toutes ses bénédictions. » La petite fille dit cela, et tourna vers sa maison. Le Cid alors vit qu'il n'avait pas la bonne grâce du roi. S'étant retiré de la porte, il traversa Burgos.

Tout cela ne ressemble guère sans doute à nos idées romanesques sur la gloire du Cid : mais je

> Los de mio Cid á altas voces laman :
> Los de dentro non les querien tornar palabra :
> Aguiio mio Cid, á la puerta se legaba,
> Sacó el pie del' estribera, una feridal' daba :
> Non se abre la puerta, ca bien era cerrada.
> Una niña de nuef años á oio se paraba :
> « Ya campeador, en buen ora cinxiestes espada.
> El rey lo ha vedado, á noch del entró su carta
> Con grant recabdo é fuerte mientre sellada :
> Non vos osariemos abrir nin coger por nada,
> Si non, perderiemos los averes é las cazas,
> E demas los oios de las caras.
> Cid en el nuestro mal vos non ganades nada :
> Mas el Criador vos vala con todas sus virtudes sanctas. »
> Esto la niña dixo, é tornos' pora su casa.
> Ya lo vee el Cid que del rey non avie gracia :
> Partios' de la puerta por Burgos aguijaba.

ne sais s'il est possible de mieux exprimer le dé-
laissement de ce grand capitaine. Cette ville in-
hospitalière, ces maisons fermées, cette petite
fille de neuf ans qui seule ose parler au proscrit,
l'obéissance résignée du Cid qui s'éloigne, tout
cela forme, dans la rude négligence du chroniqueur, une peinture parfaitement originale.

Le Cid emprunte cinq cents marcs d'argent
à un Juif, rassemble quelques centaines de cavaliers, et va combattre les Maures. Après de
grands exploits, dont il fait hommage à l'in-
juste Alphonse, le Cid s'empare de Valence, où
il fait venir sa femme et ses filles. Assiégé dans
sa conquête par l'empereur de Maroc, il rem-
porte une grande victoire; il se promet d'y trouver le trousseau de ses filles, que, pour plaire
au roi Alphonse, il donne en mariage aux *infants*
de Carion. Je ne reproduirai pas la partie de cet
épisode habilement rendue par M. de Sismondi;
les filles du Cid, livrées à leurs indignes époux,
sont maltraitées par eux, et laissées pour mortes
dans les bois de *Corpès*. Ramenées à leur père,
leur vue excite sa vengeance; il réclame justice
auprès du roi Alphonse. Les cortès sont assemblés à Tolède : « on y voit, dit le chroniqueur,
les hommes les plus sages et les meilleurs de toute
la Castille. »

Le cinquième jour, arriva mon Cid le Batailleur. Il envoya devant Alvar Fanez, pour baiser les mains du roi, son seigneur, bien qu'il sût qu'il arriverait le même soir. Quand le roi l'apprit, il fut touché. Il monta à cheval avec des grands, et alla recevoir celui qui était né dans une heure prospère. Le Cid vint à la hâte, avec les siens, compagnies vaillantes qui ont un seigneur semblable à elles. Quand le bon roi Alphonse le vit, le Cid le Batailleur se jeta à terre. Il voulait s'abaisser, et honorer son seigneur. Quand le roi l'entendit, il ne tarda pas un moment : « Par saint Isidore, en vérité, cela ne sera pas aujourd'hui. A cheval, Cid; sinon, je ne serais pas content. Nous vous saluons d'âme et de cœur; mon cœur est affligé de ce qui vous pèse. Dieu veut que votre présence honoré aujourd'hui la cour. — *Amen*, » dit mon Cid le Batailleur.

Il baisa la main du roi, et il salua : « Grâces soient rendues à Dieu, quand je vous vois ! Je me soumets à vous et au comte don Henrique, et à tous ceux qui sont ici. Dieu sauve nos amis, et vous surtout, seigneur ! Mon épouse doña Ximena est une dame d'honneur ; elle vous baise les mains, parce que ce qui nous afflige vous pèse, seigneur. » — Le roi répondit : « Qu'il se fasse ainsi. »

Le roi retourna vers Tolède. « Cette nuit, dit mon Cid, je ne veux pas aller plus loin. Grâces soient rendues au roi, et que le Créateur vous favorise ! Rentrez dans la ville, seigneur. Moi, avec les miens, je m'arrêterai à Saint-Servan. Mes compagnies resteront là cette nuit ; je ferai la veille dans ce saint lieu. Demain matin, j'entrerai dans la ville, et j'irai à la cour, avant de déjeuner. » — Le roi dit : « Il me plaît. » Et il entra dans Tolède. Mon Cid Ruy Diaz était demeuré à Saint-Servan. Il ordonna d'allumer des cierges et de les poser sur l'autel. Il eut le désir de veiller dans le sanctuaire même, en priant le Créateur. Ils dirent les matines au point du jour ; la messe

fut achevée avant le lever du soleil ; l'offrande du Cid fut
bonne et complète.

Le poëte chroniqueur continue son récit avec
la même exactitude minutieuse :

Mon Cid partit de Saint-Servan pour la cour. A la porte
du dehors, il descendit de cheval, à son gré. Il entre prudemment avec tous les siens. Il marche entouré d'eux, au
nombre de cent. Quand on vit entrer celui qui était né
dans une heure prospère, le roi don Alphonse, le comte
don Henrique et le comte don Raymond se levèrent, et
après eux, tous les autres, et ils reçurent le Cid avec grand
honneur. Le roi dit au Cid : « Ça, venez, sire Batailleur,
sur ce siége que je vous dois ; bien qu'il déplaise à quelques-
uns, vous serez assis mieux que nous. » Alors celui qui
avait conquis Valence fit beaucoup de remercîments : « Sié-
gez sur votre banc, dit-il, comme roi et seigneur. Je m'as-
seoirai là avec les miens. »

Le roi approuva du cœur ce que disait le Cid, et mon
Cid se plaça sur un banc. Les cent hommes qui le gardaient
se mirent à l'entour. Tout ce qu'il y a de gens à la cour
regardaient mon Cid et sa barbe longue et liée par un
cordon. Dans ses mouvements, il semblait bien un homme.
Les *infants* de Carion, accablés de honte, ne pouvaient
le regarder. Alors se lève debout le bon roi don Alphonse :
« Écoutez, hommes d'armes, et que le Créateur vous favorise. Depuis que je suis roi, je n'ai pas fait plus de deux
assemblées de cortès : la première fut à Burgos, et l'autre
à Carion. Je tiens cette troisième à Tolède aujourd'hui,
pour l'amour de mon Cid, né dans une heure prospère,
afin qu'il ait justice des *infants* de Carion. Ils lui ont fait
un grand tort, nous le savons tous. Soient juges le comte
don Henrique, le comte don Raymond, et vous autres

comtes qui n'êtes d'aucun parti, avec sagesse et prudence,
parce que vous êtes examinateurs, pour choisir la justice.
De part et d'autre, soyons en paix aujourd'hui. Je jure
par saint Isidore, celui qui engagera mes cortès à me
quitter perdra mon affection. Maintenant, mon Cid, fais
ta demande; nous saurons ce que répondent les *infants*
de Carion. »

Mon Cid baisa la main du roi, et se levant : « Je vous
remercie beaucoup, comme roi et seigneur, de ce que vous
tenez cette assemblée par amour de moi. Voici ce que je
demande aux *infants* de Carion. Pour mes filles qu'ils ont
délaissées, je ne sens pas de déshonneur; car vous les
aviez mariées, roi. Mais quand ils emmenèrent mes filles
de Valence la grande, bien que je les aimasse d'âme et de
cœur, je leur donnai deux épées, *Colada* et *Tison*. Je les
avais gagnées à la manière d'un baron, pour me faire
honneur avec elles et vous servir. Quand ils abandonnè-
rent mes filles dans le bois de Corpès, ils ne voulurent
plus avoir rien de commun avec moi; et ils perdirent mon
affection. Qu'ils me donnent mes épées, puisqu'ils ne sont
plus mes gendres. »

Les juges dirent : « C'est raison.» Le comte de Garcia
dit : « Nous discuterons cela. » Alors les *infants* de Carion
se retirèrent à part avec tous leurs parents et le parti qu'ils
ont là. Ils traitèrent vite la chose, et l'accordèrent. « Le
Cid Batailleur nous fait grande amitié de ne nous rien demander aujourd'hui pour l'honneur de ses filles : nous
aurions traité avec le roi don Alphonse. Donnons-lui ces
épées, puisque telle est sa demande; et quand il les aura
reçues, la cour peut se séparer : le Cid Batailleur n'aura
plus d'autre justice de nous. »

Ayant ainsi parlé, ils revinrent à la cour : « Merci, roi
don Alphonse; vous êtes notre seigneur. Nous ne le pouvons nier, il nous a donné deux épées ; puisqu'il les de-

mande, et qu'il en a envie, nous voulons les rendre, devant vous. » Ils découvrirent les épées, *Colada* et *Tison*, et les posèrent dans la main du roi leur seigneur. Il tira les épées, et illumina toute l'assemblée. Les poignées et les garnitures sont tout en or. Tous les vaillants hommes de la cour en furent émerveillés.

.Le Cid reçut les épées, baisa les mains du roi, et retourna au banc d'où il s'était levé; il les tient dans ses mains, et les regarde de plus en plus. On n'avait pu les changer; car le Cid les connaît bien. Il tressaillit de joie dans tout son corps, et sourit. Il leva la main et se prit la barbe : « Par cette barbe que personne n'a arrachée, qu'elles aillent venger doña Elvire et doña Sol ! » Et il appelle son cousin, tend vers lui le bras, et lui donne *Tison*. « Prends la, cousin ; elle devient meilleure par son maître. » Il tend le bras à Martin Antolinez de Burgos, et lui donne *Colada*. « Martin Antolinez, preux vassal, prenez *Colada*; je l'ai gagnée sur un bon seigneur, le comte don Raymond Bérenger de Barcelonne ; je vous la donne pour que vous en ayez grand soin. S'il vous arrive de combattre avec elle, vous gagnerez grand prix et grande estime. » Antolinez lui baisa la main, il prit et reçut l'épée. Aussitôt mon Cid le Batailleur se lève : « Grâces soient rendues au Créateur et à vous, roi seigneur ! Je suis payé maintenant de mes épées *Colada* et *Tison*. J'ai autre chose à redemander aux *infants* de Carion. Quand ils emmenèrent de Valencemes deux filles, je leur donnai en or et en argent trois mille marcs d'argent. Moi faisant cela, ils ont agi comme vous le savez : qu'ils me donnent mon avoir, puisqu'ils ne sont plus mes gendres. »

Les infants, accablés, cèdent encore à cette juste demande, qu'ils croient la dernière. Alors le

Cid éclate en reproches plus violents; il réclame, non plus des restitutions, mais la vengeance de l'outrage de ses filles; et il presse la cour de lui accorder le combat contre ces traîtres. Tout cela sans doute, malgré la rude négligence du langage, nous paraît éclatant et poétique. Cette ruse du Cid, pour reprendre d'abord à ses ennemis ses propres bienfaits, ces deux épées remises aux deux champions que le Cid se destine, et qu'il charge tout à coup de venger sa cause, voilà un grand spectacle d'imagination ou d'histoire. Nous croirions le fait historique : tant le chroniqueur paraît peu capable d'inventer avec génie; mais peut-être n'a-t-il fait que copier une tradition populaire.

Après un débat sur la dernière demande du Cid, les infants sont assignés à paraître en champ clos, dans un délai de trois semaines. Le roi don Alphonse et toute sa cour viennent assister à ce combat, où les infants de Carion tombent vaincus par les champions du Cid. Enfin, pour achever la vengeance et la gloire du héros, ses deux filles outragées sont demandées en mariage par les infants de Navarre et d'Aragon.

Roman de chevalerie, pour ainsi dire historique, ce *poëme du Cid* est un des monuments les plus curieux du moyen âge. La langue dans la-

quelle il est écrit, facilement intelligible, touche
encore, de toutes parts, au latin. Les mots d'o-
rigine arabe y sont fort rares. On n'y trouve pas,
comme dans les *romances*, quelques-uns de ces
traits laborieux et recherchés qui décèlent une
époque plus récente. Tout y est simple et grossier; mais il y règne une véritable originalité de
mœurs et de langage.

D'une antiquité moins authentique, le recueil
des *romances du Cid* doit exciter cependant un vif
intérêt. Il abonde en traits poétiques. Souvent
on y retrouve aussi les traces de cette nature in-
culte qui éclate dans le poëme du Cid, et qu'a
défigurée plus tard la galanterie chevaleresque.
Je le dirai cependant, ce *Romancero*, formé de
chants accidentels, recueillis et remaniés à diverses époques, me paraît un des arguments que
l'on peut opposer à ceux qui donnent à l'*Iliade*
une origine semblable, et en font l'œuvre collective et populaire d'un siècle. Vous ne trouverez dans le *Romancero* du Cid rien de cette belle
ordonnance, de cette unité, de cet intérêt pro-
gressif qu'on admire dans l'épopée homérique.
On a beau dire, le hasard ne peut pas simuler le
génie.

Mais, si quelques-unes de ces romances sont
froides et communes, on trouve dans les autres

des scènes d'une admirable naïveté, une vive
expression de mœurs, des mots sortis du cœur.
Le caractère de don Diègue, tel que l'a tracé
Corneille, aurait pu s'emprunter à ces romances.
Ce désespoir de l'honneur outragé, cette dou·
leur de la vieillesse qui ne peut se venger, cet
honneur espagnol enfin, sont rendus avec une
force admirable dans les premières romances.
Corneille ne paraît en avoir connu que deux, et
même sous une forme très-inexacte. Son génie
a deviné et remplacé le reste. Cependant, ne nous
y trompons pas, si Corneille emprunte à ces romances la tradition si poétique des amours de
Chimène, il l'a bien embellie par son langage.

Nous parlerons avec détail de ce recueil, Messieurs. On l'a souvent défiguré, même en l'ad-
mirant. L'écrivain étranger qui, par ses éloges
et ses traductions, a jeté le plus d'éclat sur ces
romances, Herder, en détruit tout à fait la simplicité par son faux coloris germanique. On a
plus d'une fois loué ces romances d'après sa version, qui ne leur ressemble pas. Ainsi, dans la
première, il supprime l'épreuve toute matérielle
que don Diègue essaye sur les poignets et les
bras de ses fils, pour chercher un vengeur. A
cette torture, Corneille avait substitué un admirable dialogue : Herder est moins heureux.

Voici la traduction fidèle de l'original espagnol :

Diego Lainez songeait avec souci à la tache de sa maison, fidèle, riche et antique, plus que celle d'Inigo et d'Abarca ; et voyant que les forces lui manquent pour la vengeance, et que ses longs jours ne lui permettent pas de la prendre par lui-même, il ne peut plus dormir de nuit, ni goûter des aliments, ni lever de terre ses yeux ; il n'ose sortir de sa demeure, ni causer avec ses amis : il craint que le souffle de sa honte ne les offense. Étant à lutter avec ces nobles dégoûts, pour user d'une épreuve qui ne tournât point à mal, il fit appeler ses fils, et, sans leur dire une seule parole, il alla leur prenant, l'une après l'autre, leurs jeunes mains fidèles, non pour y chercher les lignes de la chiromancie, car cette mauvaise pratique n'était pas encore née en Espagne ; mais, malgré l'âge et ses cheveux blancs, l'honneur donnant des forces à son sang glacé, à ses veines, à ses nerfs et à ses froides artères, il serra leurs mains de telle sorte, que les jeunes hommes dirent : « Seigneur, c'est assez ; qu'essayes-tu ? que veux-tu ? Lâche-nous, car tu nous fais mourir. » Mais, quand il en vint à Rodrigue, l'espérance du secours qu'il cherchait étant comme morte, puisqu'il ne se trouve pas dans les deux premiers, celui-ci, les yeux rouges de sang, comme une tigresse d'Hyrcanie, avec beaucoup de fureur et d'audace, lui dit ces mots : « Lâche-les, mon père ; ou malheur à toi ! Lâche-les ; car il ne te suffirait pas d'être mon père, ni de me faire satisfaction en parole. Mais, avec ma main même, je t'arracherai les entrailles, mon doigt se faisant passage en place de dague ou de poignard. » Le vieillard, pleurant de joie, dit : « Fils de mon âme, ton courroux me soulage, et ton indignation me plaît. Ces bras, mon Rodrigue, montre-les pour la vengeance de mon honneur, qui était perdu, s'il n'est reconquis et gagné par toi. » Il lui conta son injure, et lui donna sa bénédiction, et l'épée, avec laquelle Rodrigue donna la mort au comte, et commencement à ses exploits.

Je ne prolongerai pas aujourd'hui cet examen du *Romancero*. J'ai mieux aimé traduire que raisonner. Je reviendrai sur ce sujet, et je tâcherai de faire connaître quelques fragments curieux de cette vieille littérature espagnole, où l'on trouve de si belles choses anonymes, et tant de poésie, sans un grand poëte.

SEIZIÈME LEÇON.

Caractère surtout historique de la vieille poésie castillane. — *Romance du roi Rodrigue*. — Nouvelles observations sur le *Romancero* du Cid. — Poésies morales. — Don Santo Rabby. — L'esprit religieux de l'Espagne au moyen âge, moins intolérant que dans la suite. — Légendes versifiées. — Prose castillane. — Don Juan Manoël. — Le chroniqueur Ayala.

MESSIEURS,

Je réunirai, dans cette séance, des souvenirs fort divers, toujours sur un même sujet, la vieille littérature castillane.

Lorsque la critique est moins une leçon de goût qu'une recherche d'érudition, lorsque, au lieu d'analyser des chefs-d'œuvre, elle s'attache à découvrir quelques singularités inédites, quelques rares échantillons d'une barbarie plus ou moins originale, l'intérêt doit quelquefois languir. Si pourtant cela nous arrive, Messieurs, la faute semble en être à moi. Est-il, au premier abord, une étude plus faite pour exciter l'intérêt et ranimer l'imagination, que cette histoire toute poétique de l'Espagne, ce mé-

lange de religion, de guerre, d'amour, comme
dans le reste du moyen âge, mais avec des nuances orientales et plus fortes? D'où vient cependant que les monuments de cette époque ne
répondront pas à toute l'attente éveillée dans
l'imagination par le nom de cette époque même?
C'est que, pour les contemporains, la réalité
n'avait pas tout le charme de grandeur et de
poésie que nous y supposons vaguement. Aujourd'hui, paisibles rêveurs, évoquez, dans les
palais de Grenade, dans les tours de l'Alhambra, les souvenirs de l'amour et de l'honneur,
vous croirez, au loin, entrevoir mille fantômes
poétiques. Il vous semblera que l'Espagne était,
au moyen âge, un pays d'enthousiasme et de génie. Mais il n'en va pas ainsi. La Castille est
moins féconde, moins variée dans ses vieux monuments littéraires, que ne le fut la Champagne
ou la Picardie, par exemple. Oui, feuilletez les
romans des *trouvères*, au XIIIe siècle; une foule
d'inventions heureuses, une abondance inépui-
sable d'imagination caractérisent ces provinces,
dont le nom, à force d'être national, est devenu
bourgeois et vulgaire à nos yeux. Au contraire,
l'esprit tout échauffé d'une vague admiration,
cherchez-vous ce que la longue lutte de deux
religions, le génie des Maures et celui des chré-

tiens ont dû produire de neuf et de hardi dans
les arts, hormis les belles romances du Cid, la
moisson ne sera pas abondante.

Cependant, quelques traits distinctifs mar-
queront la poésie espagnole à sa naissance. Le
premier, c'est un amour de la patrie, plus animé
que chez les autres peuples du même temps. Ce
besoin qu'avait l'Espagnol de regagner pied à
pied sa terre natale, cette présence assidue de
l'ennemi, cette croisade permanente pendant
cinq siècles, c'étaient là des aiguillons qui devaient exciter l'amour du pays jusqu'au fanatisme.

Aussi, dans cette littérature plus riche de l'I-
talie, de l'Angleterre, de la France, au moyen
âge, vous ne trouverez pas, comme en Espagne,
une suite de chants tout à fait nationaux ; vous
n'y trouverez pas, sur chaque événement, sur
chaque grand homme du pays, une romance populaire. C'est donc là le premier caractère de
cette littérature du moyen âge en Espagne :
moins variée, plus pauvre que celle des autres
pays de l'Europe, elle est plus indigène, plus
locale, plus historique.

L'imagination poétique de ce peuple semble
avoir été, pendant plusieurs siècles, absorbée
par cet unique soin de lui-même. Vous trou-

verez chez les Espagnols, beaucoup moins que chez les autres nations *romanes*, les longs poëmes, les longs récits chevaleresques et les fabliaux. Ce n'est qu'au sortir du moyen âge, quand l'Espagne eut échangé son patriotisme, multiple, divisé comme son territoire, contre la grande monarchie de Charles-Quint, que sa littérature devient si féconde et si puissante à la fois.

Cependant, après avoir fait prédominer, dans les origines de la littérature castillane, cette forme historique de la romance populaire, nous rappellerons quelques essais d'un autre genre, quelques imitations de nos romans de chevalerie, et surtout quelques poëmes mystiques naturels au génie espagnol, mais qui, sans doute, inspirés dans la monotonie du cloître, n'ont rien de la verve poétique des *romances*. Enfin, pour compléter cette revue de toutes les formes que la pensée recevait, à la même époque, dans les diverses contrées de l'Europe latine, nous opposerons à Villani et à Froissard, les premiers essais des chroniqueurs espagnols en langue vulgaire.

Le plus ancien monument de cette poésie espagnole, que j'appelle une suite d'annales retenues par l'imagination populaire, c'est la *Ro-*

mance du roi Rodrigue. Je la traduis avec une rigoureuse exactitude; je tâche d'en conserver
les expressions; et, dans quelques *idiotismes*,
vous reconnaîtrez plus d'une trace de la première et étroite affinité entre les dialectes *romans.*

Les armées de don Rodrigue perdaient courage et
fuyaient, tandis que, dans un huitième combat, ses ennemis étaient vainqueurs.

Rodrigue s'éloigne de son pays et de son camp royal.
Il va seul, le malheureux; nul compagnon ne lui restait.

Épuisé de fatigue, il ne pouvait plus conduire son cheval, qui chemine au hasard, comme il lui plaît; car il ne
dirige plus sa route.

Le roi marche si accablé, qu'il ne sent plus; il est mort
de soif et de faim, tellement que c'était pitié de le voir.
Il est si couvert de sang, qu'il paraissait rouge comme la
flamme.

Il portait toutes faussées ses armes qui étaient garnies
de riches pierreries; il portait une épée dentelée comme
une scie par les coups qu'elle a reçus. Son casque bosselé
s'enfonçait sur sa tête; son visage était gonflé par la souffrance.

Il monte sur la cime d'un coteau, le plus élevé qu'il
aperçoit. De là, il regarde son armée, comme elle est
vaincue. Il regarde ses bannières et les étendards qu'il
avait, comme ils sont tous foulés aux pieds et couverts
de poudre.

Il cherche des yeux ses capitaines, et aucun ne paraissait. Il regarde la plaine teinte d'un sang qui coule en
ruisseaux; et, triste de ce spectacle, il sentait en lui une
grande pitié.

Pleurant de ses yeux, il parlait ainsi :

« Hier, j'étais roi de l'Espagne ; aujourd'hui je ne le suis pas d'un seul village.

« Hier, j'avais des villes et des châteaux ; aujourd'hui je n'ai rien.

« Hier, j'avais des créatures et un peuple qui me servait ; aujourd'hui je n'ai pas un créneau que je puisse dire à moi.

« Malheureuse fut l'heure, malheureux fut le jour où je naquis et où j'héritai d'une si grande seigneurie, puisque j'avais à la perdre tout entière en un seul jour !

« O mort ! que ne viens-tu ! que n'enlèves-tu mon âme de ce corps misérable, puisqu'on t'en rendrait grâces ! »

La monarchie des Goths est tombée. Voilà le génie espagnol qui commence sous la servitude, et qui va grandir dans ce pénible apprentissage. Une résistance et un progrès continués pendant six siècles, jusqu'au moment où les bannières espagnoles viendront assiéger Grenade, et où l'on chantera les adieux du roi Boabdil, cette lente éducation d'un peuple, commencée par la défaite, achevée par la victoire, tout cela est marqué par autant de poésies, dont la simplicité fait la grandeur, où le poëte n'est rien, où l'événement est tout.

Parmi les héros divers de ces *chants*, il en est un qui éclate par-dessus tous les autres : le Cid ; son histoire est à la fois authentique et romanesque. Ailleurs, dans la France si guerrière, la chronique et le roman sont deux choses dis-

tinctes. A l'exception de Charlemagne et de sa
cour, dont l'histoire se perdait dans un passé
déjà lointain, nos héros véritables ne servaient
pas aux récits de nos *trouvères*. Les personnages
de tous ces romans, dont s'est amusé si longtemps l'esprit de l'Europe, et qui n'ont pu être
tués que par l'imagination plus forte et la raison
moqueuse de Cervantes, ces personnages, Cléo-
madès, Tristan de Léonois, etc., sont étrangers
au monde réel. Mais le Cid est un héros inter-
médiaire entre la fable et l'histoire. Ses grands
exploits, ses conquêtes, sa fière indépendance
de la suzeraineté de Castille, tout cela est historique ; et en même temps le *Romancero* fait du
grand capitaine un chevalier errant qui sauve
l'honneur des femmes et punit la déloyauté. La
grandeur historique et l'idéal du roman chevaleresque, voilà le Cid dans le *Romancero*.

Un jeune écrivain de talent et de goût pré-
pare une traduction complète de ce recueil. Je
désire beaucoup que son élégant travail soit
bientôt publié. Mais je n'essayerai pas de détacher quelque chose des cahiers qu'il a bien
voulu me confier : voulant toujours lier quelques idées aux exemples que je rapporte, il
faut bien que je traduise moi-même ces exemples, de peur que, sous une autre main, ils ne

contredisent mes idées. Je vais donc vous citer
encore les romances du Cid dans ma traduction, choisissant ce qui peut faire ressortir les diverses nuances de grandeur historique et de
beauté poétique. Je ne discute pas la question
d'ancienneté. Nul doute, je le répète, que ces
poésies longtemps traditionnelles n'aient subi
bien des variantes, par lesquelles chaque génération s'appropriait cette œuvre nationale. Cela
même prouve combien elles sont indigènes.
Elles se sont perpétuées en se modifiant, toujours sous l'empreinte du caractère espagnol.

Oui, sans esprit de système, sans admiration
paradoxale, il est impossible de ne pas goûter
vivement ces chants. Je regrette que notre
grand Corneille les ait à peine connus, et que,
hormis deux romances mutilées et confuses, il
n'ait eu qu'un reflet de cette poésie primitive à
travers des tragédies espagnoles du xvie siècle.
Plus on admire la passion, la poésie, qui éclatent dans le *Cid* de Corneille, cet amour de Chimène, si pur et si abandonné, ces caractères de
don Diègue et de Rodrigue, plus on sentira vivement les romances espagnoles.

Les *romances* esquissent rapidement ce que le
poëte français développe selon le génie de notre
théâtre. Tout y est plus simple et plus rude. Je

ne rappelle pas les vers de Corneille; mais que chacun se les récite à soi-même. Prenons le moment où le père envoie son fils à la vengeance, et où le fils hésite entre son amour et son honneur. Voici maintenant la romance :

Le Cid restait pensif, se voyant jeune d'âge pour venger son père, en tuant le comte de Lozano. Il regardait la bande redoutable du puissant ennemi, qui avait, dans les montagnes, mille Asturiens, ses partisans ; il considérait comment, dans les cortès du roi de Léon Fernand, le vote du comte était le premier, et son bras le meilleur dans les guerres. Tout cela lui paraissait peu devant une telle injure, la première qui se fût faite au sang de Lain le Chauve. Au ciel il demandait justice ; à la terre il demandait du champ ; à son vieux père, liberté de combattre; à l'honneur, du courage et un bras. Il ne s'inquiète pas de sa jeunesse, parce qu'en naissant le vaillant hidalgo est accoutumé à mourir pour les occasions d'honneur. Il découvrit une vieille épée de Mudarra le Castillan, qui restait là vieille et rouillée, par la mort de son maître ; et songeant qu'elle seule suffisait pour la décharge de son devoir, avant de la ceindre, il lui parla ainsi, tout agité : « Tiens compte, vaillante épée, que mon bras est celui de Mudarra, et qu'il va combattre lui-même avec ce bras, parce que l'offense est sienne. Je sais bien que tu auras honte de te voir ainsi dans ma main; mais tu ne pourras avoir la honte de reculer d'un pas : tu me verras sur le champ de bataille, aussi brave que tu es de bonne trempe. Tu as recouvré un second maître, aussi bon que le premier.

« Allons, allons au champ, parce que c'est l'heure de donner au comte Lozano le châtiment que méritent sa langue si infâme et sa main. » Déterminé, le Cid va ; et il va si déterminé, que, dans l'espace d'une heure, il demande vengeance au comte.

Le défi de Rodrigue au comte, la douleur et la joie du vieux don Diègue, tout cela n'est pas moins énergiquement rendu que dans Corneille. Rodrigue apporte à son père la tête sanglante du comte; puis commence ce drame de Chimène poursuivant la mort de Rodrigue. Mais la Chimène des romances espagnoles n'est pas combattue par l'amour. Un mot seul du roi donne l'idée que cet amour pourra naître. L'art du moyen âge n'avait pas imaginé ces contrastes passionnés, où triomphe la tragédie moderne. Écoutez le chanteur espagnol :

Le seigneur roi était assis dans son fauteuil à dos, jugeant les discordes de sa nation mal réglée : libéral et justicier, il récompense le bon et punit le méchant, parce que les châtiments et les récompenses font la sécurité des vassaux. Traînant de longs manteaux de deuil, entrèrent trente hidalgos, écuyers de Chimène, fille du comte Lozano. Elle demanda aux huissiers envoyés vers elle la suspension des jugements. En ce moment, le roi envoya à la chambre de doña Uraca un message; et Chimène commença ainsi ses plaintes, à genoux sur l'estrade : « 'Seigneur, il y a six mois que mon père est mort sous les mains d'un jeune homme, que les tiennes ont élevé pour être meurtrier. Quatre fois je suis venue à tes pieds, et quatre fois ma poursuite a obtenu des promesses, et justice, jamais. Don Rodrigue de Bivar, jeune homme orgueilleux

et vain, profane tes justes lois : et tu favorises ce profa-
nateur : tu le caches, tu le couvres ; et puis, l'ayant mis en
sûreté, tu gourmandes tes juges, parce qu'ils ne peuvent
le prendre. Si les bons rois représentent l'image de Dieu
et son office sur la terre envers les humbles humains, il
ne doit pas être roi bien craint et bien aimé, celui qui
manque à la justice et encourage les méchants. Tu vois
cela, tu en juges mal ; pardonne, si je te parle mal ; l'in-
justice change, dans une femme, le respect en colère. —
Gentille donzelle, répondit le roi Fernand, il n'est pas
que vos plaintes ne puissent adoucir un cœur d'acier et
de marbre. Si je garde don Rodrigue, pour votre bien je
le garde : un jour viendra que par lui tu changeras en
joie tes pleurs. »

Cette prédiction est le nœud du poëme. Bientôt Chimène, qui réclamait la punition de Rodrigue, voyant sa valeur et sa gloire, le demande
pour mari.

Grande était la renommée de Rodrigue de Bivar ; il
avait vaincu cinq rois maures du pays des Maures. Il les
délivra de la prison où il les avait mis ; ils se rendirent
ses vassaux ; leurs pairs promirent pour eux. Le roi, qui
s'appelait Fernand, était à Burgos : Chimène Gomez parut
devant le bon roi ; elle se tenait humble devant lui, et ex-
posa ses raisons. « Je suis fille de don Gomez, comte de
Gormaz ; don Rodrigue de Bivar l'a tué avec valeur. Je
viens demander que vous me fassiez une grâce en ce jour ;
et ce que je vous demande, c'est Rodrigue pour mari. Je
me tiendrai pour bien mariée, moi son honorable ennemie,
parce que je suis certaine que ses exploits iront en croissant,
et qu'il sera le plus grand, pour le rang, qu'il y ait dans

votre terre. Vous m'accorderez un grand bienfait de lui
faire grâce de bon cœur, parce que c'est le service de Dieu ;
moi-même je lui pardonnerai la mort qu'il a donnée à mon
père, s'il consent à cela. » Le roi trouva bien ce que Chimène demandait ; il écrivit au Cid ses lettres, lui disant
qu'il vînt à Valence, où il était, pour une chose qui le
comblerait de joie. Rodrigue, qui vit les lettres que le roi
Fernand lui envoyait, monta sur Babieça.

C'est partout la même naïveté, la même rudesse de mœurs. Les principaux incidents de la
glorieuse vie du Cid sont ainsi consignés dans
une suite de chants populaires. Sa fidélité pour
le roi don Sanche ; la mort de ce roi, assassiné
sous les murs de Zamora ; l'avénement du frère
de don Sanche, don Alphonse ; le refus altier
du Cid de lui prêter serment, tant que ce roi
n'aura pas déclaré qu'il est étranger à la mort
du frère, dont il prend la couronne ; la docilité
du roi, obligé d'obéir à un sujet si puissant, et
de jurer peut-être un mensonge pour obtenir
en revanche le serment du Cid ; les persécutions
suscitées à ce héros ; son exil, ses victoires ; sa
retraite chez les Maures ; son mariage avec une
seconde Chimène ; ses nouveaux exploits ; le mariage et l'affront de ses filles ; sa vengeance ; la
gloire de sa vieillesse ; les rois de l'Orient qui
lui envoient des ambassadeurs et des présents ;
sa mort ; son corps placé tout armé sur son fa-

meux cheval Babieça, et ce corps inanimé qui
gagne une dernière victoire et met en fuite les
ennemis; voilà l'épopée du Cid.

On doit regretter que le célèbre Herder, dans
sa traduction traduite par M. de Sismondi, ait
souvent altéré la simplicité rude de ces chants.
Sans doute, il ne faut pas, dans notre littérature
savante, habile, toujours un peu systématique,
contrefaire la simplicité gothique; il ne faut
pas, dans une composition moderne, écrire en
langue du moyen âge; mais une plus grande
faute, c'est, quand on traduit, de substituer
notre siècle au temps passé.

Vieillir nos inventions, en les fardant d'une
fausse simplicité; rajeunir les vieilles et rudes
inventions du moyen âge, en les animant d'un
coloris sentimental, à la moderne, double mensonge que le goût doit également repousser!
Traduisez le moyen âge, et ne la refaites pas.

Il ne faut pas mêler une élégance germanique
du xviiie siècle, un tour factice d'imagination, à
l'âpreté de ces vieilles poésies, à leurs répétitions, à leur négligence parfois prosaïque; car,
dans l'original, jamais l'expression n'a coûté
d'efforts; quand elle arrive toute poétique, l'auteur s'y plaît et la redit souvent; et quand elle
manque, les faits parlent.

Lisez-vous, par exemple, dans une version française faite sur la traduction de Herder, la romance où le Cid est présenté dans sa vieillesse, entouré de ses filles, et recevant un message et des présents du roi de Perse? tout est changé, tout embelli, tout gâté. Le poëte représente le Cid endormi dans son fauteuil, et Chimène du doigt faisant signe à ses filles de ne pas troubler le doux sommeil de leur père. Voilà bien les petits soins de sensibilité bourgeoise, que les poëtes allemands aiment à retracer. Mais cela ne va point à l'ardente activité du Cid. Ce grand capitaine ne dormait pas de jour. Rien de pareil dans l'original espagnol. Voici la vraie romance toute simple :

La renommée du Cid arriva jusqu'aux frontières de la Perse; car elle allait par tout le monde, disant ce qu'il était. Et comme le soudan l'apprit, et qu'il sut bien la vérité des actions du vaillant Cid, il lui prépara un présent. Il chargea plusieurs chariots de grenades, de pourpre

---

[1] Llegó la fama del Cid
A los confines de Persia,
Cuando andaba por el mundo,
Dando razon de quien era.
Y como lo oyó el soldan,
Y supo bien la certezza
De los fechos del brun Cid,
Un presente le apareja,
Cargó copia de camellos,

et de soie, d'or, d'encens et de myrrhe, et de beaucoup
d'autres richesses. Et avec un de ses parents, de sa maison
et de sa table, il envoya ce présent au Cid, en ajoutant
ces mots : « Tu diras à Ruy Diaz le Cid que le soudan se
recommande à lui, parce que j'ai grand désir d'apprendre
de ses nouvelles. Et par la vie de Mahomet, et par ma
tête royale, je lui donnerais ma couronne, seulement pour
le voir dans mon pays. Qu'il reçoive de ma grandeur ces
faibles dons, en signe que je suis son ami, et le serai
jusqu'à sa mort. »

L'Arabe se mit en route, et en peu parvint jusqu'à
Valence, où il demanda permission au Cid de lui parler
en face. Le Cid sortit pour le recevoir ; et quand le Maure
le vit, il trembla d'être en sa présence. Et comme il hésitait dans son trouble à faire son message, le Cid lui prit la
main, et dit :

« Tu es bienvenu, Maure, tu es bienvenu dans ma

De grana, purpura y sedas,
Oro, plata, incienso y mirra,
Con otras muchas riquezas;
Y con un pariente suyo
De los de su casa, y mesa
Le envia al Cid el presente,
Diciendo de esta manera :
« Diras á Ruiz Diaz el Cid,
Que el soldan se le encomienda,
Que de sus nuevas oir
Le tengo grande querencia;
Y por vida de Mahoma,
Y de mi real cabeza,
Que le diera mi corona,
Solo por verle en mi tierra
Y que aquese don pequeño
Reciba de mi grandeza,
En señal que soi su amigo,
Y lo seré, hasta que muera, etc., etc. »

ville de Valence. Si ton roi était chrétien, j'irais pour le voir dans son pays. »

Avec ces discours et d'autres semblables, ils allèrent tous deux à la ville, où les habitants firent une grande fête. Le Cid lui montra sa maison, ses filles et Chimène : de quoi le Maure était ébloui, voyant une si grande richesse. Le Maure y resta quelques jours à se reposer, jusqu'à ce qu'il voulut s'en aller, et qu'il demanda permission de partir. Et en retour du présent qu'il recevait du soudan, Rodrigue lui renvoya d'autres choses qu'il n'avait pas. Le Maure congédié, Rodrigue, avec sa Chimène et ses deux filles, rendit de grandes grâces à Dieu.

Ce n'est pas là le Cid assis dans un fauteuil, sans pouvoir remuer. Il montre sa femme et ses filles, comme un meuble : c'est la rudesse du moyen âge.

Je ne veux pas multiplier sans fin ces citations. Qu'il me suffise d'avoir caractérisé la vraie simplicité de ces œuvres primitives, simplicité admirable et historique, qu'on doit fidèlement traduire, mais qu'il ne faut pas simuler dans une œuvre moderne; car alors elle perdrait son premier mérite, la vérité.

Tandis que dans les Asturies, dans la Castille, dans le royaume de Valence, l'imagination populaire chantait les exploits du Cid, et que les poètes sans nom faisaient ces immortelles romances, une poésie plus savante et moins durable florissait dans la Catalogne et

l'Aragon. C'est un fait curieux que les efforts,
les libéralités, la protection politique employés
à cet usage. Rien ne prouvera mieux d'ailleurs
à quel point la poésie provençale était devenue
classique, pour une partie de l'Europe. Voici
comment s'exprime Zurita, dans ses *Annales
d'Aragon*, sous la date de 1398 :

> Aux armes et aux exercices de guerre, qui étaient les
> passe-temps ordinaires des anciens princes, succédèrent
> les inventions et la poésie vulgaire, et cet art qu'on appelle
> la *gaie-science*. On commença d'en établir des écoles pu-
> bliques. Et ce qui, dans les temps passés, avait été un
> honnête exercice et un délassement des travaux de la
> guerre, par lequel s'étaient signalés en langue *limosine*
> beaucoup de nobles esprits de la Catalogne et du Roussil-
> lon, s'avilit tellement que tous semblaient des jongleurs.
> Pour attester ce fait, il suffira de rappeler ce que dit le
> fameux cavalier don Henrique de Villena : « Que pour
> fonder dans le royaume une grande école de la *gaie-science*,
> à l'imitation des Provençaux, et pour attirer les plus excel-
> lents maîtres de cet art, une ambassade solennelle fut en-
> voyée au roi de France. »

Ainsi voilà, dans le xive siècle, en Espagne,
au milieu des guerres civiles, le goût de la poésie poussé jusqu'à la science et à l'abus. L'imitation de la Provence était complète, à la cour
des princes d'Aragon, des comtes de Barcelonne. Cette influence avait commencé au règne
d'Alphonse II, roi d'Aragon, vers la fin du

xiie siècle : elle se soutint longtemps ; elle survécut à la décadence même de la poésie proven-
çale sur son propre territoire. Mais les troubadours catalans se perdent, pour ainsi dire,
dans le grand nombre des troubadours, et ne
font pas une gloire particulière pour l'Espagne.
La poésie catalane s'est effacée devant l'idiome
et la poésie castillane, cultivés d'abord avec
moins d'étude et d'éclat, et qui, plus tard, ont
exclusivement prévalu.

Pendant ce règne de la poésie provençale au
delà des Pyrénées, la Castille, la Galice et le
Portugal avaient toujours gardé leurs dialectes
particuliers, immédiatement issus du latin. C'est
dans le castillan du xiiie et du xive siècle que sont
écrites les romances du Cid. C'est dans cet
idiome que nous trouverons encore quelques
compositions étrangères au reste de l'Europe,
ou du moins plus spécialement marquées du
caractère mystique de l'Espagne. Ce ne sont
pas des fabliaux pieux et moqueurs, comme
ceux qu'on faisait à Paris à la même époque ;
ce ne sont pas des légendes insipidement fabu-
leuses, comme quelques-unes d'Italie ; ce sont
des légendes mélancoliques et passionnées ;
quelquefois même ce sont des espèces de drames. Peut-être, sous ce rapport, l'Espagne

a-t-elle devancé les autres nations. Il est un de ces drames dont je dois dire quelques mots.

L'auteur, d'abord, est un personnage singulier du xiv⁰ siècle. Il était Juif, nourri dans la science des Arabes. Cependant, au milieu de cette Espagne renommée pour l'intolérance, il parvint aux emplois, aux honneurs; il fut protégé par plusieurs rois; il excita la jalousie des évêques, et se soutint par son talent. Il s'appelait *don Santo Rabby.* La singularité de sa fortune est expliquée par ces noms : il était un noble pour les Espagnols, et un saint pour les Juifs.

Quoi qu'il en soit, don Santo Rabby fut poëte en langue vulgaire. On cite des fragments d'une allégorie morale et dramatique qu'il a composée sous ce titre : *La danse générale.* Elle est écrite dans un vieux castillan, rapproché du latin, et facilement intelligible. Qu'est-ce que cette *danse?* direz-vous. — Un drame, dont les personnages sont : la Mort, un prédicateur, et des personnes de toute condition, hommes, femmes, jeunes filles.

La Mort ouvrait la scène :

Je suis, disait-elle, la Mort inévitable pour toutes les créatures qui sont et seront dans le monde. J'appelle chacun et je dis : « Hélas ! pourquoi t'inquiètes-tu de cette vie si courte, qui passe en un moment, puisqu'il n'est pas de géant si fort qui puisse se préserver de cet arc? Il convient que tu meures, quand je te frapperai de ma flèche cruelle. »

A ce *protagoniste* succède un prédicateur qui, dans un long sermon, conseille de faire de bonnes œuvres, et de se tenir prêt pour la danse générale de la Mort.

Après lui, la Mort reprend, et dit :

Tout ce qui naît dans ce monde, en quelque condition que ce soit, vient à la danse mortelle. Celui qui ne voudra pas, je suis prête à l'y faire venir, de force ou de gré. Puisque le frère vous a prêché que vous ayez tous à faire pénitence, quiconque ne voudra pas y mettre ses soins est désormais désespéré.

La ronde va commencer. La Mort, promenant ses regards sur toute cette foule, s'écrie :

J'appelle d'abord à ma danse ces deux jeunes filles que tu vois là si belles : elles sont venues à mauvaise intention, pour entendre mes chansons qui sont tristes; mais ni les fleurs, ni les roses, ni les parures qu'elles ont coutume de porter ne les défendent. Si elles le pouvaient, elles voudraient bien se séparer de moi; mais cela ne se peut, car elles sont mes fiancées.

Il y a, dans le poëte anglais Young, une imagination semblable, la Mort qui, parée de diamants, vient au bal. Ce thème mélancolique

avait couru le moyen âge. Le célèbre peintre
Holbein, au xviᵉ siècle, ne faisait que recueillir
cette vieille tradition peinte sur les murs d'un
cimetière de Bâle; on ne s'étonnera pas de la
retrouver sous le pinceau de Santo Rabby : elle
convenait à la gravité naturelle, à la tristesse
religieuse du caractère espagnol. L'identité nationale de chaque peuple se marque surtout dans
sa littérature. Dès l'origine et dans la rudesse de
notre vieille langue, vous trouvez déjà le badi-
nage, le tour léger, l'enjouement de l'esprit
français. L'idiome italien est élégant et gracieux,
dès la fin du xiiiᵉ siècle. La sévérité du génie espagnol est déjà tout empreinte dans les poésies
castillanes de la même époque.

S'il en est ainsi, ce que doit surtout nous offrir la vieille littérature espagnole, ce sont des
poésies pieuses. N'est-ce pas l'Espagne, en effet,
qui reste la dernière sous le poids de ces habitudes monacales du moyen âge, renversées,
dans l'Europe, par le schisme du xviᵉ siècle et
la philosophie du xviiiᵉ, et affaiblies, même en
Italie, par l'élégance sociale et l'esprit littéraire?
Rien de tout cela n'a pénétré l'Espagne, malgré
la double invasion des doctrines et des armes de
la France. Les idées nouvelles y ont agité quelques esprits; mais elles n'ont pas remué ces

masses profondes, qui restent dans l'admiration
et l'obéissance pour les moines. On doit donc
croire que c'est de bien loin que date un pareil
pouvoir. On se tromperait.

Dans les xiiiᵉ et xivᵉ siècles, il y avait une sorte
de liberté d'esprit chez les Espagnols. C'était
leur bon temps; c'était leur siècle d'indépendance religieuse. Malgré l'esprit austère et passionné du peuple, cette présence d'un si grand
nombre de musulmans au milieu des chrétiens,
ce long partage du même territoire, ce commerce habituel, cette richesse, ce génie indus-
trieux des Maures, tout cela avait adouci l'â-
preté de la haine religieuse. De là, dans les rois
chrétiens d'Espagne, au moyen âge, une disposition à l'indépendance civile contre la cour de
Rome; de là, chez le peuple espagnol, plus de
liberté en matière religieuse que dans tout
autre pays de l'Europe. C'est ainsi que l'Espagne
chrétienne défendit les Albigeois, et qu'elle ne
laissa point déposer ses rois par les excommuni-
cations du Vatican.

Les évêques d'Espagne, au xiiiᵉ et au xivᵉ siècle,
interviennent dans les affaires civiles, en hommes
d'état. Ce privilége qu'ils avaient eu, avant la conquête arabe, de concourir à l'élection des rois,
les avertit de respecter un titre qu'ils peuvent

donner eux-mêmes. On ne les voit point lutter
par des anathèmes contre la puissance civile : ils
aiment mieux la soutenir et la partager. Que
leur nation soit victorieuse ou vaincue, on les
voit, par politique, favoriser les traités qui,
dans une ville, assurent aux chrétiens des églises,
et aux Maures des mosquées. On les voit admettre
même des distinctions tolérantes entre les chrétiens qui ont été quelque temps sujets des Maures, et les chrétiens qui n'ont jamais subi ce joug :
ils exigent moins des premiers. Voilà le spectacle qu'offraient, au xive siècle, un grand nombre de villes d'Espagne reprises par les Castillans
sur les Maures.

Ainsi, à cette époque, rien de ce que vous
voyez au xvie siècle, lorsque le farouche, l'impitoyable Philippe II brise les libertés de la nation espagnole, et abat le courage, la hardiesse
d'esprit, par l'établissement de l'inquisition.
Au xive siècle, rien de ces hymnes barbares, de
ces exhortations au meurtre pour la foi, qui
remplissent les pièces de Lope de Vega et de
Calderon. La vieille poésie espagnole n'est pas
impitoyable dans sa superstition. Parlant de
quelques guerriers ennemis, elle dit qu'ils sont
« *Hidalgos*, quoique Maures. » Certes, pour l'or-
gueilleuse et nobiliaire Espagne, n'était-ce pas

une grande marque de tolérance, d'admettre qu'un mécréant, qu'un Maure fût gentil-homme?

Les légendes chrétiennes n'en étaient pas moins fort populaires. Après les romances his-toriques, la poésie mystique est ce qu'il y a de mieux dans la vieille Espagne. La piété était, en Espagne, indigène comme la valeur. On compte parmi les monuments de la langue castillane, au xiiie et au xive siècle, beaucoup de légendes ver-sifiées. C'était le *Romancero* de l'Église; il se com-pose de vies de saints, ou de gloses poétiques de l'Évangile. Ce sont des vers rudes, sans éclat dans le style, mais avec une sorte d'invention dans les faits, un tour d'esprit hardi : nulle trace de cette pompe, de ce faste de langage qui re-monte à Lucain et à Sénèque; l'hyperbole est dans la fable, et non dans le langage grossier, mais naturel. Le cadre de ces légendes est parfois très-poétique. Je ne sais si notre critique mo-derne, subtile par satiété, n'a pas une admira-tion trop complaisante pour quelques vieux mo-numents du moyen âge, qui n'ont d'autre mérite qu'une extrême différence avec tout ce que nous voyons. Ce qui était commun dans le moyen âge, nous paraissant singulier dans le nôtre, finit même par nous sembler original. Je ne sais

si je tombe dans ce défaut ; mais voici le début
d'un poëme mystique espagnol qui m'a frappé.
L'auteur veut raconter les douleurs de Marie
pendant la *Passion* :

Au nom précieux de la sainte reine, de qui est né salut
et soulagement pour le monde, si elle me guide par la
grâce divine, je voudrais composer un poëme sur ses douleurs, les douleurs qu'elle souffrit pour son divin fils, en
qui le péché n'eut jamais entrée, qui ne fit aucun mal, et
fut très-mal jugé. Saint Bernard, un bon moine, fort ami
de Dieu, voulut savoir l'excès de la douleur que je vous
raconte ; mais il ne put trouver une autre voie que de
s'adresser à celle à qui Gabriel dit : « Dieu soit avec vous. »
Plusieurs fois, l'homme pieux, versant de vives larmes
de son cœur affermi, fit à la glorieuse Vierge la demande
qu'elle lui envoyât cette consolation. L'homme de bien
disait de toute son âme : « Reine des cieux, avec qui le
Messie a partagé tout son pouvoir, ne perds pas l'apanage
de ta pitié. Toute la sainte Église y gagnera beaucoup, et
aura plus de gloire devant toi. On saura de plus grandes
nouvelles à ta louange que n'en publient tous les docteurs
de France. » Le moine appuya si bien ses raisons, que sa
voix monta jusqu'aux cieux. La sainte Marie dit : « Son-
geons à nous rendre là ; ce moine ne veut pas nous laisser
de loisir. » La Vierge glorieuse descendit, vint à la demeure où le moine priait, le capuchon baissé : « Dieu te
sauve, lui dit-elle. Mon âme déchirée me porte à te donner
secours et consolation. — Dame, dit le moine, si tu es
Marie, qui de tes mamelles a nourri le Messie, je voulais
savoir de toi ce que tu as souffert. Je m'occupais de cela ;
car en toi est toute mon espérance. — Frère, dit la dame,
ne doute pas de la chose ; je suis dame Marie, épouse de

Joseph. Ce que tu me demandes me rend curieuse et pen-
sive. Je veux que moi et toi nous composions un récit. —
Signora, dit le moine, je sais bien que la tristesse ni la
douleur ne te peuvent toucher ; car tu es dans la gloire de
Dieu notre Seigneur. Mais je cherche conseil ; fais-moi
cette grâce, je te prie, de me dire d'abord : Quand le
Christ fut saisi, étais-tu avec lui ? comment l'observais-tu ?
avec qui l'écoutais-tu ? Je te prie de m'en parler quelques
moments. — Frère, dit la dame, c'est chose pesante de
renouveler mes afflictions ; car je suis glorifiée. »

La Vierge alors commence son récit : c'est la
Passion racontée, non plus par un disciple, mais
par une mère. Le poëme est terminé par une apparition de Jésus-Christ, qui descend près de sa
mère, dans la cellule du saint homme. Cela est
bien supérieur aux représentations à demi bouf-
fonnes du xve siècle. Tout est grave et pathétique
dans la légende espagnole, avec une extrême
simplicité de langage.

Vous remarquez, par le choix que le poëte a
fait de saint Bernard, à quel point les grands
noms de France étaient alors célèbres. Il est visible qu'à cette époque c'était de la France que
les idées religieuses, poétiques, se répandaient
dans l'Europe. Plus tard, ce fut l'Italie que l'on
imita ; puis l'Espagne, au xvie siècle, quand elle
eut l'Amérique et Charles-Quint.

Aujourd'hui, nous n'en sommes qu'à l'époque

où l'Espagne, dans sa littérature encore peu féconde, inventait surtout de pieuses légendes et
des romances populaires. S'il existe en effet, en
langue castillane, de plus longs poëmes écrits
au xiv⁰ siècle, ce sont des traductions de nos romans versifiés du xiii⁰, du *Roman d'Alexandre,* du
Vœu du paon, et de quelques autres. L'*Amadis* seul
vient du Portugal. On trouve dans ces ouvrages
la même ignorance, le même anachronisme de
mœurs, qui caractérisent nos romans, et nulle
poésie véritable. Les beaux romans de chevalerie
espagnols sont du siècle suivant. Mais ce qui appartient à l'Espagne du xiv⁰ siècle, ce qui commence à marquer le progrès de la langue et des
esprits, ce sont quelques écrits solides et sérieux
en prose castillane. On y reconnaît l'influence
arabe; car les conquérants de l'Espagne étaient
ses instituteurs.

Un de ces écrits se compose de leçons allégoriques et de sentences, comme les aime l'imagination d'Orient. C'est, avec d'autres circon-
stances, la même forme que le *Dolopathos,* une
suite de récits divers, pour éclairer l'esprit d'un
prince. C'est un ministre qui joue là le rôle de
sage, et n'emploie d'autre intrigue, à chaque
occasion difficile, que de conter une histoire.
Ce recueil, intitulé *le Comte Lucanor,* est l'ouvrage

du prince don Juan Manoël, qui, allié à la famille royale de Castille, occupa de grands emplois et servit avec gloire contre les Maures, dans
le milieu du xiv⁰ siècle. Son livre est un monument curieux de la gravité espagnole et de l'esprit allégorique des Arabes.

Mais un monument plus important de la prose
castillane, une antiquité bien autrement nationale, c'est la chronique d'Ayala. Un peuple n'a
fait un grand progrès de civilisation que lorsqu'il possède sa propre histoire dans sa langue
vulgaire. Joinville et Froissard ont marqué cette
époque pour la France; les Villani, pour l'Italie. Ayala montre combien, sous l'apparente
uniformité de ses vieilles mœurs chrétiennes et
chevaleresques, l'Espagne avait changé, pour
être parvenue de ses traditions chantées à des
récits graves, impartiaux, politiques. Les temps
qu'il décrit ont d'ailleurs toute la grandeur de
l'histoire. C'est l'époque de Pierre le Cruel, roi
de Castille, et de son homonyme le roi d'Aragon,
auquel les peuples avaient donné le même surnom de Cruel. La Castille, que se disputaient
Pierre le Cruel et Henri de Transtamare, est un
champ de bataille où se rencontrent le Prince
Noir et Bertrand du Guesclin. La politique étrangère se mêle aux guerres civiles.

Un sujet semblable était ce qui convient le mieux à l'histoire, vaste dans son unité. Tout préparait Ayala pour la tâche d'historien; il avait été officier général, gouverneur de provinces frontières, chancelier du roi. Ainsi que Comines, avec lequel il a plus d'un rapport, il avait abandonné le prince qu'il servait, pour passer à la cour d'un plus heureux et d'un plus habile; mais ce double rôle, cette sorte de trahison, lui donnait de grandes lumières sur les événements. Rien de plus satisfaisant par la clarté, rien de plus net et de plus ferme que ses récits; on peut les opposer aux chroniques de Villani, et à la partie la plus sérieuse des chroniques de Froissard, incomparable comme historien amusant. Ayala est un narrateur correct, expressif, nourri de faits et de détails; chez lui, la beauté du récit consiste dans une simplicité qui ne permet aucun ornement ni aucune altération.

Êtes-vous curieux de savoir quelles étaient au xive siècle les cortès de Castille? Sans réflexions, une anecdote contée par Ayala nous dit comment le roi savait éluder déjà et réduire à un cérémonial le droit des députés des villes :

Un jour, le roi don Pèdre était assis dans les cortès qu'il

tenait à Valladolid ; et les députés du royaume avaient à
lui répondre ; et il y eut un grand débat entre les députés
de Tolède et ceux de Burgos, pour savoir qui d'eux ré-
pondraient les premiers à ce que le roi avait dit.... Don
Juan Lunez de Lara, seigneur de Biscaye, soutenait le
parti de Burgos, parce qu'elle est capitale de la Castille ;
et don Juan, fils de l'infant don Manuel, le parti de
Tolède, disant qu'elle avait été capitale de l'Espagne : et,
par cette raison, tous les grands qui étaient là se divisèrent
en deux partis. Le roi dit alors ces paroles que son père
avait dites, dans une semblable occasion, aux cortès d'Al-
cala : « Ceux de Tolède feront tout ce que j'ai recommandé,
et ainsi j'ai parlé pour elle ; par conséquent c'est à Burgos
à répondre. » Et il se fit ainsi ; et les deux partis se tinrent
pour satisfaits.

Mais ce qui frappe surtout dans Ayala, c'est
l'impassible fermeté avec laquelle il retrace les
cruautés et les souffrances de ses personnages.
Nulle part, la férocité du moyen âge n'est plus
fortement rendue. L'historien fait comprendre
par lui-même ses héros : sa piété les accuserait
trop et les ferait croire des monstres, tandis
qu'ils n'étaient que des hommes passionnés,
dans un temps encore barbare. Cette insensi-
bilité du récit tient à ces fibres grossières du
moyen âge, qui n'étaient pas plus remuées dans
celui qui racontait les crimes que dans celui qui
les avait faits. Cependant le récit même d'Ayala,
sans exprimer l'émotion de l'écrivain, montre,

avec une admirable force le progrès de la cruauté, le goût croissant du meurtre dans ce don Pèdre qui tue ses cinq frères, sa femme, ses ennemis, ses courtisans, et meurt poignardé.

On le devine tout entier dans les détails de sa première cruauté, la mort de Garci Laso, ennemi du gouverneur de don Pèdre.

Ce même jour[1], aussitôt, le samedi soir, après que le roi était à Burgos, la reine doña Maria, sa mère, envoya un écuyer à Garci Laso, qui lui dit que, pour rien au monde, il ne vînt au palais le lendemain dimanche : et Garsi Laso ne le voulut pas croire. Mais le lendemain dimanche, de grand matin, il fut au palais, et les portes étaient bien gardées; et Garci Laso entra; et avec lui Ruiz Gonzalez de Castaneda, et Pero Ruiz Carillo, ses beaux-frères, mariés à ses sœurs, et Gomez Carillo, fils de Pero Ruiz Carillo, et d'autres chevaliers et écuyers. Et dès qu'ils furent entrés où était le roi, la reine s'en fut dans une autre chambre; et avec elle était don Vasco, évêque de Palencia, son grand chancelier. Et aussitôt que la reine fut partie de là, on prit trois hommes de la cité de Burgos, qui s'appelaient, l'un Pero Ferrandez de Medina, l'autre Alfonso Ferrandez, greffier, et l'autre Alfonso Garcia de Camargo, et par surnom le *Gaucher*. Et après que ces hommes de la cité eurent été pris et tirés à part, don Juan Alfonso de Albuquerque dit à un alcade royal qui était là, et que l'on nommait Domingo Juan de Salamanza : « Alcade, savez-vous ce que vous avez à faire? » Et l'alcade

___

[1] *Cronica del rey don Pedro*, p. 40.

alors alla vers le roi, et lui dit tout bas, don Juan Alfonso
l'entendant : « Seigneur, vous ordonnez cela ; car je n'ose
dire ce que c'est. » Et alors le roi dit très-bas, parce que
ceux qui étaient là l'écoutaient : « Huissiers, saisissez Garci
Laso. » Et don Juan Alfonso avait là, ce même jour, trois
écuyers, ses créatures, auxquels il se fiait, avec d'autres
hommes à lui, qui étaient debout, prêts et armés, et
tenaient des épées et des poignards ; et on les nommait
Alfonso Ferrandez de Vargas, Ruy Ferrandez de Escobar
et Ferrand Garcia Medina. Et quand le roi eut donné cet
ordre de prendre Garci Laso, ces trois écuyers de don Juan
Alfonso aussitôt saisirent Garci Laso très-hardiment ; et
alors Garci Laso dit au roi : « Seigneur, que ce soit votre
merci de me faire donner un prêtre, pour me confesser. »
Et il dit à Ruy Ferrandez de Escobar : « Ruy Ferrandez,
mon ami, je vous prie d'aller à doña Léonore, ma femme,
et de m'apporter un billet d'absolution du pape, qu'elle
a. » Et Ruy Ferrandez s'en excusa, disant qu'il ne le pouvait faire ; et alors ils lui donnèrent un prêtre qu'ils trouvèrent par aventure. Et Garci Laso se retira vers un petit
portail, qui était, dans la maison, sur la rue, et là commença à parler avec lui de pénitence. Et le prêtre disait
depuis, qu'à l'instant où Garci Laso commençait à parler
de pénitence, il l'observait pour voir s'il avait quelque cou-
teau, et qu'il ne lui en trouva pas. A cette heure que Garci
Laso fut pris, Ruy Gonzalez de Castaneda, et Pero Ruiz
Carrillo, et Gomez Carrillo, son fils, et ceux qui tenaient
le parti de Garci Laso, se retirèrent dans un endroit du
palais, et restèrent tous ensemble. Et don Juan Alfonso de
Albuquerque dit au roi : « Seigneur, ordonnez ce qu'il y a
à faire. » Et alors le roi chargea Vasco Alfonso de Portugal,
et Alvar Gonzalez Moran, deux cavaliers de la garde d'Albuquerque, de dire aux huissiers qui tenaient Garci Laso
de le tuer. Et ils furent au portail où était Garci Laso, et

ils ordonnèrent cela aux huissiers. Et ceux-ci n'osaient le faire. Et ces huissiers s'appelaient, l'un Juan Ferrandez Chamorro, un autre Rodrigo Alfonso de Salamanca, un autre Juan Ruiz de Ona; et ce Juan Ruiz courut au roi, et dit : « Seigneur, qu'ordonnez-vous de faire de Garci Laso? » Et le roi dit : « Je vous ordonne de le tuer. » Et alors l'huissier revint, et lui donna d'une massue sur la tête; et Juan Ferrandez Chamorro lui donna d'un poignard [1]. Et ils le frappèrent de beaucoup de blessures, jusqu'à ce qu'il mourût. Et le roi ordonna qu'ils le jetassent dans la rue; et cela se fit. Et ce même jour de dimanche, pour ce que le roi venait d'entrer dans la cité de Burgos, il y avait une course de taureaux sur la place, devant le palais de l'évêque, au lieu où gisait Garci Laso. Et on ne l'enleva point de là; et le roi vit comme le corps de Garci Laso était couché par terre, et comme les taureaux passaient sur lui. Et il ordonna de le mettre sur un banc; et ainsi tout ce jour il resta là [2].

Le seul remords de don Pèdre, son seul acte d'humanité est de faire ôter un cadavre de dessous les pieds des taureaux. Du reste, comme ce court récit est complet dans son horreur! Cette absolution du pape gardée en portefeuille, ce meurtre dans un palais, le combat de taureaux :

---

[1]   Dióle con una porra,.... dióle con una broncha.

Lui donne, au lieu d'encens, d'un poignard dans le sein.
(CORNEILLE.)

On a conservé, en traduisant, ces idiotismes qui marquent l'affinité des deux langues.

[2] Un homme de talent, M. Chasles, avait déjà traduit ce morceau, dans une dissertation piquante sur Ayala. Je n'ai pas adopté sa version, qui m'a paru s'éloigner quelquefois du texte.

en une page, vous avez toute l'Espagne, sa politique, sa religion, ses crimes et ses fêtes.

D'autres faits caractéristiques sortent du récit
d'Ayala. Ainsi vous disserteriez beaucoup pour
savoir quelle était la civilisation des Arabes,
comparée à celle des Espagnols, de quel côté
était la supériorité. Un fait va vous le dire.

Cet abominable Pierre le Cruel est vainqueur,
avec l'assistance du Prince Noir. Il a tué impunément ses cinq frères et repoussé du Guesclin.
Que fait-il alors ? il écrit à un sage docteur
arabe, pour lui demander des avis. Il semble
qu'il veuille devenir honnête homme, autant
qu'il le peut. Le docteur arabe lui répond une
lettre empreinte de l'imagination et de la gravité
orientales, pleine, au fond, de la philosophie la
plus humaine et la plus sage. Il examine ce qu'a
fait don Pèdre. Il lui dit : « Vous avez été tenté; »
et sur chaque crime, il lui donne un conseil.

Après ce récit, l'historien continue à raconter toutes les cruautés de don Pèdre. Il dit seulement que cette lettre l'avait touché, mais qu'il
n'en tint compte. Ainsi il semble que, dans cette
épopée historique, si simplement racontée,
vous avez une vision de sagesse, qui s'est mon-
trée à Pierre le Cruel, l'a averti vainement et
se retire.

C'est un guerrier généreux, c'est du Guesclin
qui est l'instrument à demi volontaire de la trahison par laquelle tant de crimes sont vengés.
La guerre a recommencé. Du Guesclin délivré a
réduit aux abois le parti de don Pèdre. Il tient
ce roi assiégé dans le château de Montiel. Don
Pèdre, sans espoir, et trompé par de faux ser-
ments, vient, une nuit, à la tente de du Guesclin, et se met en son pouvoir.

Il s'aventura une nuit [1], et s'en vint à la demeure de
messire Bertrand, et se mit en son pouvoir, armé d'une
épée et sur son cheval. Et comme il était là, descendu de
cheval, sur lequel il était venu à la demeure de messire
Bertrand, il dit à Bertrand : « Monte à cheval. Il est temps
que nous allions.... » Personne ne lui répondit, parce qu'ils
avaient fait savoir au roi Henrique comment le roi don
Pèdre était dans la demeure de messire Bertrand. Quand
le roi don Pèdre vit cela, il pensa que la chose allait mal,
et voulut monter sur le cheval sur lequel il était venu ; et
un de ceux qui étaient avec messire Bertrand se mit à la
traverse, et dit : « Attendez un peu ; » et il lui montra qu'il
ne le laissait point partir. Et cette même nuit vinrent avec
le roi don Fernando de Castro, et Diego Gonzalez d'Oviedo,
fils du maître d'Alcantara, et Rodriguez de Senabria, et
d'autres. Et lorsque le roi don Pèdre fut venu là, et lorsqu'il fut entré dans la demeure de messire Bertrand, comme
nous l'avons dit, le roi don Henrique le sut, parce qu'il
était déjà là, averti et armé de toutes ses armes, et le

[1] *Cronica del rey don Pedro*, p. 554.
Aventurose una noche, e vinose para la posada de mosen Beltran, etc.

bassinet en tête, attendant ce fait. Et il vint là armé, et
il entra dans la demeure de messire Bertrand. Et comme
le roi don Henrique vint, il se mit à la traverse du roi
don Pèdre ; et il ne le connaissait pas, car il y avait un
long temps qu'il ne l'avait vu. Et on raconte qu'un cavalier
de ceux de messire Bertrand dit : « Prenez garde, voici
votre ennemi ; » et le roi don Henrique doutait encore si
c'était lui. Et on raconte que le roi don Pèdre dit deux
fois : « Je le suis, je le suis. » Et alors le roi don Henrique
le reconnut, et le frappa avec une dague au visage ; et on
dit que le roi don Pèdre et le roi don Henrique tombèrent
à terre, et que le roi don Henrique le frappa, étant à
terre, d'autres blessures.

Quelle était l'émotion de l'historien dans ce
récit terrible ? Il continue par ces mots : « Et là
mourut le roi don Pèdre, le 23 mars de ladite
année ; » et il fait tranquillement un portrait de
sa personne. Seulement un mot échappe et révèle le sentiment de l'historien. « Il avait, dit-
il, tué beaucoup d'hommes dans son royaume,
par quoi lui arriva tout ce malheur. » Voilà
toute la morale de cette terrible histoire, et le
génie du moyen âge.

DIX-SEPTIÈME LEÇON.

Situation de la France au xiv⁰ siècle. — Progrés politique des esprits ;
importance nouvelle du *tiers état.* — Poésie satirique ; le *Roman de
la Rose.* — Influence des événements sur le talent historique. —
Froissard ; ses premières occupations ; sa vie errante ; détails tirés
de ses poésies. — Composition de ses chroniques. — En quoi plus
vrai que les historiens de l'antiquité. — Sa manière de peindre.

MESSIEURS,

Le talent historique, en langue vulgaire, qui
signale au xiv⁰ siècle l'Italie et l'Espagne, se retrouve sous la même date en France, avec non
moins de bon sens et plus de charme. Ce synchronisme entre les littératures *romanes* serait
complet, si nous pouvions y comprendre une
province d'Espagne qui eut sa couronne et son
idiome à part, le Portugal ; mais le Portugal,
qui devança l'Espagne dans la carrière des découvertes aventureuses, eut plus tard qu'elle des
chroniqueurs et des historiens. Ce n'est qu'au
milieu du xv⁰ siècle que la langue et l'esprit de
la nation sont assez fixés pour que l'histoire

soit écrite avec une supériorité digne des événements.

Il est, à cette époque, un chroniqueur portugais qui eut à raconter cette tragédie si touchante d'Inès de Castro, et à peindre cet implacable amour de don Pèdre. C'est Bertram
Lopes, gardien des archives du Portugal déposées dans la *Tour du Tombeau,* historiographe,
et pourtant narrateur sincère et pathétique.
Mais, fidèles à la chronologie, non moins importante pour les idées que pour les faits, nous ne
voulons pas antidater un examen des éloquentes chroniques de Lopes. Nous en parlerons ailleurs. Aujourd'hui, nous sommes au xive siècle
et en France.

Combien l'Italie était déjà brillante et cultivée! quel beau réveil de l'esprit humain que
cette poésie sublime, cette élévation métaphysique, cet art délicat et passionné! Pourquoi
la France en était-elle si loin, elle dont la langue, dont la poésie semblaient d'abord plus hâ-
tives que la langue et la poésie italiennes? Nous
retrouvons ici la nécessaire alliance de l'histoire et de la littérature; nous sommes obligés
de demander aux événements la cause de cette
inégalité dans le progrès des nations vers les
arts.

La France, au xive siècle, fut livrée à l'anarchie, à la guerre civile, aux invasions étrangères. Quand on voit les règnes malheureux de
Philippe de Valois et de Jean, cette captivité
du roi, cette prise de possession de la France
par les Anglais, la folie de Charles VI et les
crimes d'Isabeau de Bavière, on explique comment deux siècles ont séparé l'époque littéraire
de la France et celle de l'Italie.

Gardons-nous de penser toutefois que, dans
cette infériorité où elle était retenue par ses
malheurs, la France n'ait pas montré plusieurs
signes de progrès social. Un premier fait l'atteste : je parle de l'assemblée des *états* sous le
roi Jean. Jusqu'à présent, nous nous sommes
avancés dans l'histoire littéraire du moyen âge,
sans trouver encore ce grand symptôme du développement d'un peuple, la puissance politique
de la parole, le talent appliqué à autre chose
que la distraction des esprits, et servant à gouverner les peuples.

Les silencieuses *cortès* de Castille ne nous ont
rien offert : un court passage d'Ayala a pu faire
présumer que leur liberté était presque un cérémonial. Nul monument d'éloquence républicaine dans les républiques d'Italie. L'Angleterre, nommée ici par anticipation, l'Angleterre,

dans les luttes de ses barons contre Jean-sans-Terre, agit beaucoup plus qu'elle ne parla; ou du moins, s'il est vraisemblable que, dès cette époque, la forme du. gouvernement y produisit l'éloquence, des documents mutilés ne permettent pas de juger quels furent alors chez les Anglais le caractère et l'effet de cette puissance nouvelle.

Il semble qu'en France, au milieu du xiv⁰ siècle, de plus grands périls, de plus grandes épreuves pour le patriotisme devaient animer les assemblées alors si fréquentes. Jean II, menacé d'une nouvelle guerre contre les Anglais, convoque les *états* en 1355. Les députés de la noblesse, du clergé et des bonnes villes sont réunis dans les salles du parlement de Paris. Le chancelier ouvre les *états* par un discours, où il déclare, entre autres promesses, que le roi n'altérera point les monnaies : c'était alors la ressource la plus habituelle des rois, et l'abus qui excitait davantage l'inquiétude et la révolte des esprits. Puis le chancelier demande des troupes et de l'argent. Les trois ordres répondirent, chacun par l'organe d'un seul orateur, qu'ils étaient *appareillés de vivre et de mourir avec le roi;* mais ils décrétèrent que l'unanimité des trois ordres était nécessaire pour toute proposition.

Ainsi, Messieurs, sous l'immobilité apparente
de la société française, un grand progrès s'était
accompli. Le tiers état, si longtemps inférieur
et opprimé, était devenu l'égal des deux autres
ordres.

Maintenant (le croiriez-vous ?), dans les historiens du temps, dans le plus ingénieux de tous,
cette déclaration si importante est à peine indi-
quée. Froissard, avec sa légèreté de troubadour,
se borne à dire que les états mirent « corps et
avoir au service du roi ; » et il calcule le nombre
des hommes d'armes et l'argent de l'impôt. Le
grand événement qui se passait dans ces *états*
est comme indifférent à l'imagination de l'historien ; il disparaît, à ses yeux, devant le bruit
militaire, l'esprit de chevalerie et la domination royale. Ce n'est pas tout cependant. Le roi
déclara, par une ordonnance, que les fonds al-
loués pour la guerre seraient levés par des commissaires, et surveillés par des intendants que
nommeraient les *états* ; que nulle somme ne serait distraite de cet usage ; et que, si on tentait
de le faire, les députés étaient tenus, sous la
foi du serment, de résister à cette violence. Il
renonça désormais à toutes les vexations qui faisaient le privilége de sa maison et de sa cour, au
droit de prendre sur les gens du peuple, *blé*,

vin, vivres, charrettes, chevaux, et soumit ses officiers au payement et à la poursuite, pour les
choses qu'on leur aurait fournies. Il s'engagea,
pour lui-même et pour toute sa maison, à ne
jamais exiger de prêts par force; il interdit aux
créanciers la faculté de transférer leurs droits à
des personnes privilégiées. Il promit que nul
sujet du royaume ne serait plus enlevé à ses juges ordinaires, etc., etc. Voilà quelques-unes
des nombreuses réformes et des garanties de justice que renfermait cette ordonnance, espèce
de charte, presque semblable à celle que les barons anglais venaient d'imposer à Jean-sans-
Terre.

La captivité du roi de France et la nouvelle
convocation des états par le jeune dauphin ac-
crurent encore cet esprit de liberté. Les débats
de cette époque orageuse, s'ils s'étaient fidèlement conservés, offriraient sans doute un curieux monument du génie français; on y verrait
combien le tiers état s'était élevé depuis deux
siècles, pour être entré en partage avec les deux
ordres qui avaient eu si longtemps le privilége
de la guerre et de la science. Nous aurions vu
là ce qu'il est difficile de trouver ailleurs, une
expression vive de l'esprit du *tiers état,* une éloquence sérieuse, et pourtant populaire.

Les livres de cette époque, excepté les fabliaux, sont toujours de la littérature ecclésiastique ou chevaleresque; ce sont toujours des
raisonnements théologiques, ou des descriptions de beaux faits d'armes, de tournois et de
fêtes seigneuriales. La part du peuple, bien
moins grande dans la littérature qu'elle ne dut
l'être dans les assemblées des *états*, se bornait à
des vers malins, où l'on satirisait plutôt les vices
du clergé que l'insolence et la tyrannie des nobles. Le monument le plus curieux de cette libre poésie, c'est le *Roman de la Rose*, commencé
dans le xiii° siècle par Jean de Meung, achevé
dans le xiv° par Guillaume de Lorris. Un défaut
du *Roman de la Rose*, c'est qu'il est difficile de le
lire, et peu séant quelquefois d'en parler. C'est
un ouvrage singulier, spirituel et docte pour le
temps. Il n'appartient plus à cette littérature
naïve qui ne se souciait pas de l'antiquité, et
qui, dans son style gaulois, dérivait de la langue latine, sans le savoir.

Remarquez-le, Messieurs, lorsque, dans nos
projets d'innovations, nous accusons les deux
derniers siècles d'avoir intercepté la poésie nationale des siècles antérieurs, et d'avoir, en se
faisant Grecs et Romains, supprimé cet esprit
indigène, ces croyances naïves de notre vieille

France, nous nous méprenons sur un fait. Cette littérature née du sol, cette fleur des champs, n'a guère existé ; toujours quelque germe étranger était là.

Dès le milieu du xiiiᵉ siècle, vous voyez l'antiquité surgir de toutes parts et pénétrer en tous sens cette littérature qu'à sa rudesse on serait tenté de croire indistinctive et originale. Le *Roman de la Rose,* par exemple, est surchargé de souvenirs antiques; c'est la glose de l'*Art d'aimer* d'Ovide, avec un mélange d'abstractions, d'allégories, de subtilités scolastiques. Dans ce cadre, que l'esprit galant et chevaleresques du siècle avait choisi, le poëte a jeté mille traits malicieux. Il en est quelques-uns qui expliquent comment La Fontaine aimait si fort le *Roman de la Rose.* La Fontaine le lisait patiemment, curieusement; ce vieux style le faisait travailler. Il arrivait à quelques traits piquants contre les moines, contre le clergé ; cela soutenait son attention. Un peu à la gêne dans la gravité de son siècle, il était reconnaissant de trouver dans un vieil auteur ce qu'il aurait bien voulu dire, ce qu'il laisse quelquefois deviner dans ses fables. Cela lui inspirait trop de faveur pour cette poésie, dont il aimait les malices bien plus que les négligences. Je suis sûr que le jour où, lisant le

Roman de la Rose, il a trouvé ce petit passage :

> Le dieu d'amour, cil qui départ
> Amourettes à sa devise,
> C'est cil qui les amans attise,
> Cil qui abat l'orgueil des braves,
> Cil fait les grands seigneurs esclaves,
> Et fait servir royne et princesse,
> Et repentir none et abesse,

La Fontaine a été fort satisfait.

Voilà les beautés du *Roman de la Rose.*

Maintenant essayerai-je une analyse? dirai-je que dans ce poëme le principal personnage, en quête pour obtenir le but de ses vœux, est traversé par *Male-Bouche* et *Dangier,* et autres acteurs allégoriques ; qu'il est rassuré par *Bel-Accueil;* qu'il s'entretient avec des amis, discute avec des dames ; qu'une foule d'histoires sont racontées ; qu'on trouve là, je ne sais pourquoi, les cruautés de Néron, la mort de Sénèque, ailleurs celle de Lucrèce, un morceau sur l'alchimie, des digressions sur Boëce et son livre, des épisodes de chevalerie, un éloge de saint Augustin? C'est une bibliothèque mal rangée. Il y règne quelque chose de cette singulière variété de souvenirs qui préoccupait le Dante, lorsque, libre, à la faveur de son cadre immense, il mêlait Saladin et Virgile, Tristan et Charlemagne, tout enfin.

C'était le caractère du temps. L'homme de génie savait tirer de cette confusion un effet sublime : le conteur agréable, comme Guillaume de Lorris ou Jean de Meung, en profitait pour débiter, à tort et à travers, tout ce qu'il avait appris.

Sur ce point, les deux auteurs du *Roman de la Rose* n'ont rien à se reprocher l'un à l'autre. Du reste, ce qui est rare, le continuateur paraît avoir plus de talent que l'inventeur. Jean de Meung écrit avec diffusion, mais beaucoup d'esprit ; ses satires devaient singulièrement amuser les contemporains ; il a quelques traits de cette moquerie dont Rabelais fut un si grand maître. On raconte de lui que, voulant obtenir les honneurs d'une belle sépulture ecclésiastique, il avait légué au couvent des cordeliers deux coffres pesants et qui semblaient remplis de choses précieuses. Après toutes les cérémonies faites en grande pompe, quand on ouvrit les coffres, on n'y trouva que des ardoises chargées de figures et de signes géométriques. Les moines trompés voulaient reprendre à Jean de Meung ce qu'ils lui avaient donné, la sépulture ; mais un arrêt du parlement, dit-on, prévint ce scandale. Que l'anecdote soit plus ou moins douteuse, Jean de Meung, s'il n'a pas attrapé les moines après sa mort, s'en est du moins fort moqué de son vi-

vant. Nulle part l'oisiveté, le luxe, l'avarice
que l'on reprochait aux gens d'église, ne sont
attaqués plus vivement. Ces épigrammes, fus-
sent-elles injustes parfois, sont historiques ; elles
montrent surtout que la lutte contre l'Église
était, au moyen âge, beaucoup plus tolérée
qu'on ne le croirait ; qu'il y avait même dès lors,
ce que l'on vit éclater en Allemagne au xvi⁰ siècle, un secret accord entre les princes et les libres esprits ; que les princes, fatigués des menaces et des extorsions de la cour de Rome,
ménageaient la hardiesse de quelques trouvères
et de quelques savants, comme une arme à opposer à cette puissance. La société moderne a
offert, depuis le xiii⁰ siècle jusqu'au xvii⁰, ces alliances accidentelles du pouvoir avec l'esprit,
ces tentatives de libre examen, tacitement pro-
tégées.

Mais le *Roman de la Rose* et la *Bible Guyot*, cette
autre satire grossière et fidèle des mœurs du
temps, tout cela ne peut se comparer à l'éclat
poétique de l'Italie. Le premier écrivain de la
France, alors, ce fut un chroniqueur. On peut
le remarquer : tout siècle de révolutions développe le talent historique. Voyez notre époque :
ce n'est pas simplement par l'étude, c'est, pour
ainsi dire, par le contre-coup des faits, que les

esprits sont portés aujourd'hui vers l'histoire.
Dans les derniers siècles de grands talents écri-
virent l'histoire; mais le spectacle de grands événements leur manquait. La supériorité même de
leur esprit, en les rendant juges sévères du passé,
satiriques ingénieux, ne les rendait pas peintres
expressifs et naturels d'événements qu'ils n'a-
vaient pas vus, et dont rien ne leur donnait l'idée,
dans l'élégance sociale et la douce tranquillité de
leur temps. Au xive siècle, époque d'ignorance,
où les arts se développèrent peu dans la France
agitée de révolutions et de guerres, il était naturel, au contraire, que le talent d'écrire l'histoire
naquît des événements. Ainsi, tandis que vous
voyez les Villani s'élever en Italie, Ayala porter
dans les chroniques espagnoles un naturel âpre,
une éloquence nue et simple, en France, la vivacité du coloris, l'enjouement de l'imagination anime le récit historique : Froissard a commencé d'écrire.

Quel était Froissard ? un homme d'église, un
bon chanoine, qui même avait été quelque temps
curé; et cependant son histoire et ses poésies ne
sont, comme il le dit, que récits de guerre et
d'amour. Il faut prendre le xive siècle comme il
a été; il ne faut pas s'effaroucher de voir un clerc
tonsuré faire un volume de poésies galantes, ne

rester en place nulle part, être toujours à la suite
des fêtes et des noces, mener joyeuse vie, laisser
son argent chez les taverniers, par exemple,
cinq cents écus chez les taverniers de Lestines,
village où il était curé. Tout cela était fort simple. Deux choses manquaient alors, le sentiment
de la décence et celui de l'humanité.

Né à Valenciennes dans le Hainaut, vers
l'an 1337, Froissard était fils d'un peintre d'ar-
moiries. Il étudia pour devenir prêtre, bien qu'il
parût avoir peu de vocation ; car il nous dit lui-
même que dès douze ans il n'aimait que

> Veoir danses et carolles,
> Oïr ménestrels et parolles
> Qui s'apertiennent à déduit.

Ses goûts allèrent se fortifiant avec l'âge.

> Au boire je prens grant plaisir :
> Aussi fai-je en beaus draps vestir.
> En viande fresche et nouvelle,
> Quant à table me voy servir,
> Mon esperit se renouvelle.
> Violettes en leurs saisons,
> Et roses blanches et vermeilles
> Voy volentiers; car c'est raisons;
> Et chambres pleines de candeilles,
> Jeux et danses et longues veilles,
> Et beaus licts pour li rafreschir,
> Et au couchier, pour mieulx dormir,
> Épices, clairet et rocelle;
> En toutes ces choses véir
> Mon esperit se renouvelle.

Avec ces inclinations, aussitôt qu'il eut pris les ordres sacrés, il s'attacha d'abord à la maison de sire Robert de Namur, seigneur de Montfort. Ce seigneur, qui remarquait en lui une curiosité naturelle, une perpétuelle attention à s'enquérir des faits d'armes, l'engagea, fort jeune encore, à composer la chronique des guerres du temps. Froissard se fit *historien* : c'est le titre qu'il se donnait lui-même. Je suis un historien, disait-il en se présentant ; et il faisait des questions sur toutes choses. Être un historien à cette époque n'était pas condition facile. Que raconter? le passé, on l'ignorait faute de livres; le présent? mais nulle communication régulière entre les peuples; du secret autour des princes (car plusieurs étaient absolus déjà); peu de liberté; les troubadours avaient péri, depuis la croisade sanglante des Albigeois. Pour savoir, il fallait courir les aventures, être un historien errant, comme il y avait des chevaliers errants. Il fallait aller de ville en ville, de château en château, et voir sur les lieux, apprendre des personnages mêmes tout ce qu'on voulait dire. Cette ambulante étude convenait à l'humeur libre et hardie de Froissard; et, s'il voyagea pour écrire l'histoire, je crois qu'il se fit historien pour voyager. Il se mit à l'œuvre dès

l'âge de vingt ans; mais il eut quelques distractions qu'il nous raconte :

>. . . . . Sur l'eure de prime,
> S'esbatoit une damoiselle
> A lire un rommant; moi, vers elle
> M'en vins, et li dis doucement
> Par son nom : « Ce rommant, comment
> L'appellés-vous, ma belle et douce? »
> Elle cloï atant la bouche;
> Sa main dessus le livre adoise.
> Lors respondi, comme courtoise,
> Et me dit : « De Cléomadés
> Est appellés; il fut bien fés,
> Et dictés amoureusement.
> Vous l'orés; si dire comment
> Vous plaira dessus vostre avis. »

Froissard consentit sans peine à dire son avis.
La dame à son tour lui demanda des livres.

>. . . . Jeune homs, je vous prie
> Qu'un rommant me prestés pour lire.
> Bien véés, ne vous le fault dire,
> Que je m'y esbas volontiers;
> Car lires est un douls mestiers.

Froissard, en prêtant ses livres, y joignait des
vers; il allait au bal et dans les compagnies.
Tout à coup il apprit que la jeune demoiselle,
qui était riche et de noble maison, allait se marier. Il en fut malade de chagrin trois mois durant, fit des vers bien tristes, et enfin il lui prit

envie d'aller outre mer, hors du pays, pour se remettre un peu en santé. Il partit pour l'Angleterre, où il fut très-bien accueilli par les seigneurs, les dames et demoiselles. La reine, Philippe de Hainaut, le protégeait beaucoup. Il faisait des vers ; et, malgré la mélancolie qu'il avait apportée de France, il passait assez bien son temps. Il s'ennuyait toutefois. La reine, qui en devina le motif, lui dit :

> Dorénavant congié vous donne,
> Mais je le voeil et si l'ordonne
> Qu'encor vous reveniez vers nous.

Puis, elle lui fit présent de chevaux, argent et joyaux. Il partit, retrouva en France tous ses chagrins, et résolut de s'éloigner encore. Il revint en Angleterre, auprès de la reine, qui le reçut mieux que jamais, et le fit son *clerc*. En cette qualité, il faisait des poésies d'amour. Mais il s'occupait toujours de sa grande chronique, et il profitait de la faveur des princes pour voyager et s'instruire. Il alla visiter l'Écosse, alors pays perdu. Il approcha familièrement du prince de Galles, le grand homme de ce siècle. Il suivit à Milan le duc de Clarence, qui allait épouser la fille de Galéas II. Des fêtes, voilà ce qu'il fallait à Froissard! Celles de Milan eurent

quelque chose de plus remarquable que les tournois et les parures : c'était la présence des trois
esprits les plus agréables du temps, Froissard,
Boccace et Chaucer. Il paraît que Froissard se
mêla beaucoup des préparatifs du bal, et qu'on
y dansa même un *virelai* dont il était l'auteur,
et qui fut très-applaudi. En rappelant ces succès
et ces plaisirs de cour, Froissard n'oublie pas
les florins d'or et les ducats que lui donnèrent
gracieusement le comte de Savoie et le roi de
Chypre.

Froissard avait bien envie de retourner en
Angleterre et d'y retrouver la protection de
cette bonne reine Philippe; mais il apprit sa
mort. Désolé, il revint à son pays, et on lui
donna la cure de Lestines, dans le diocèse de
Cambrai. Il la garda peu de temps, et reprit la
vie plus agréable des cours. Il alla près de Wen-
ceslas, duc de Brabant, prince généreux et qui
faisait des vers. Froissard lui servit de secrétaire
et de poëte; il retouchait les vers du duc, et y
mêlait les siens. Il réunit le tout dans un roman
de *Méliador,* ou du *Chevalier au soleil d'or.* Wences-
las mourut : Froissard chercha une autre cour
et un autre maître. Il passa au service du comte
de Blois, qui le fit clerc de sa chapelle; et il composa pour sa cour des pastourelles et des épitha-

lames. De là il eut envie d'aller voir la cour de
Gaston Phœbus, comte de Foix. Il se mit en
route sur un bon cheval, avec une lettre du
comte de Blois, et menant en laisse quatre lévriers. En cet équipage, il arrive à la cour de
Béarn et y reçoit le plus gracieux accueil. Il assistait tous les soirs au souper du comte :

> Là, toutes les nuits, je lisoie
> Devant lui, et le solaçoie
> D'un livre de Melyador,
> Le chevalier au soleil d'or,
> Lequel il ooit volentiers;
> Et me dist : « C'est un beaus mestiers,
> Beaus maistres, de faire tels choses. »
> Dedens ce romans sont encloses
> Toutes les chançons que jadis
> Fesoit le bon duc de Braibant,
> Dont l'âme soit en paradys!

Le comte de Foix aimait les vers; il passait
pour le prince le plus vaillant, le plus aimable
et le plus généreux de son temps. On vantait sa
courtoisie et sa magnificence. Enfin, on ne pouvait lui reprocher qu'une seule action : il avait
tué son fils. Il n'y a pas, Messieurs, dans ce langage une surprise préméditée, mais une expression des mœurs du temps. Il est vrai, ce crime
épouvantable, qui ajoute tant à l'infamie de Philippe II, et qui souille toute la renommée de
Pierre le Grand, le comte de Foix l'avait commis;

et telle était encore la barbarie des mœurs au
xivᵉ siècle, que l'horreur naturellement attachée
à un tel forfait disparaissait presque dans les
qualités chevaleresque du prince, et que Froissard vous raconte cela sans indignation, sans
effroi. Froissard avait été trois mois de l'*hostel* du
comte; il avait admiré sa bonne mine, son humeur libérale, sa sagesse, sa piété même; du
reste, nul souci.

En quittant cet *excellent prince,* Froissard partit
à la suite de la comtesse de Boulogne, qui allait
épouser le duc de Berri. Il fut encore là de toutes
les fêtes, et fit une pastourelle pour le lendemain
des noces.

Il obtint, vers ce temps, le *canonicat de Chimay;*
puis il se remit à voyager plus que jamais, pour
la composition de son histoire. Il allait de la
Hollande en Picardie, de Paris à Valenciennes,
se trouvait aux conférences de Lollinghen, à
l'entrée d'Isabeau de Bavière à Paris, à l'entrevue du pape et de Charles VI dans Avignon, au
serment de Gaston de Foix dans Toulouse, regardant, écoutant, questionnant.

Il lui restait quelque chose à dire sur les
guerres d'Espagne, et il lui manquait pour cela
le témoignage des Portugais. On l'avait assuré
que plusieurs chevaliers de cette nation se trou-

vaïent à Bruges. Il part pour Bruges; il apprend
là qu'un autre chevalier portugais, vaillant et
sage, était en Zélande; et le voilà qui se met en
route, pour aller en Zélande savoir des nouvelles du Portugal. Il y trouve son homme, *gracieux* et *accointable*, et le tient six jours de suite,
lui faisant raconter des histoires et anecdotes,
qu'il couche par écrit. Après avoir épuisé la mémoire de ce chevalier, il part pour une autre
recherche. Il vieillissait; et son ardeur de savoir
et de courir n'en était que plus vive. Il s'embar-
qua de nouveau pour l'Angleterre. Il a conté
lui-même sa réception à la cour, et comment il
présenta au roi Richard II son roman de *Méliador* :

Si le vis en sa chambre, dit-il, car tout pourveu je l'avoie,
et luy mis sur son lict; et lors l'ouvrit et regarda dedens,
et luy plut très-grandement ; et plaire bien luy devoit ; car
il estoit enluminé, escrit et historié, et couvert de vermeil
veloux à dix clous d'argent dorez d'or, et rose d'or au milieu, à deux gros fermaux dorez, et richement ouvrez, au
milieu rosiers d'or. Adonc, demanda le roy de quoy il
traitoit, et je luy dy : d'amour. De ceste responce fut tout
resjouy ; et regarda dedens le livre en plusieurs lieux, et y
lisit, car moult bien parloit et lisoit françois; et puis le fit
prendre par un sien chevalier qui se nommoit messire
Richard Credon, et porter en sa chambre de retrait, dont
il me fit bonne chère.

N'est-il pas édifiant, Messieurs, d'entendre

un poëte dire que son livre a dû plaire, à cause
de la reliure, et parce qu'il était enluminé et
historié? C'est une joie d'auteur bien modeste.
Mais à cette époque la beauté du manuscrit avait
grande part dans le mérite de l'ouvrage.

C'était au petit lever du roi d'Angleterre que
ce livre avait été présenté, et tout le monde entourait Froissard. Un écuyer du roi, imaginant
alors que ce poëte était de plus un historien,
s'approche et lui dit : « Messire Jehan, n'avez-
vous pas trouvé quelqu'un qui vous ait parlé
du voyage que le roi a fait en Irlande. — Nenni,
répond Froissard. » Et voilà ce personnage qui
lui raconte tout ce qui s'est fait en Irlande ; et
Froissard le met dans sa chronique.

Ainsi figurez-vous ce poëte de cour, et ce
chroniqueur ambulant, toujours en quête d'é-
vénements qu'il recueille tantôt par hasard,
tantôt avec beaucoup de peine. Je ne sais s'il
portait avec lui des livres, ni où ni comment
il travaillait ; mais, à force de voyages, d'allées
et de venues, cette grande chronique se trouva
faite, au milieu de la vie la plus remuante qui
fut jamais. Seulement vous me demanderez ce
que devenait, pendant ce temps, son canonicat
de Chimay. Ce canonicat, il n'y allait jamais,
excepté dans les deux ou trois dernières années

de sa vie, quand il ne fut plus homme de fêtes et
de plaisirs. Ce fut sans doute dans cette retraite
qu'il écrivit la dernière copie de ses chroniques,
on ne sait pas vers quelle année.

On a soupçonné Froissard d'avoir fait des variantes dans ses récits. On a dit que, changeant
de maîtres, allant d'une cour à l'autre, il altérait
parfois les manuscrits de son histoire, selon les
lieux et les temps. Aucuns ont prétendu que,
lorsqu'il passait le détroit et visitait la cour de
Richard, la chronique avait quelques pages de
plus, où les Anglais étaient toujours vainqueurs
et fort aimés dans les provinces conquises; puis,
de retour en France, il abrégeait, changeait,
ajoutait, dit-on. Le reproche nous paraît peu
fondé. Froissard travailla partout à son histoire;
mais ce qu'il lisait à la cour des princes, c'était
surtout romans et vers d'amour. Quoi qu'il en
soit, la chronique de Froissard, dans l'état où
elle nous a été rendue par un habile éditeur,
offre une assez grande impartialité. Il y a sans
doute peu d'indignation pour les pillages et les
cruautés des Anglais; mais ce n'est point par
une traîtresse complaisance pour le plus fort,
ce n'est point par une lâche désertion du vaincu :
c'est qu'un certain sens moral, une certaine
chaleur d'humanité, manquait à l'historien

comme à ses personnages. Les faits hideux de vengeance, de perfidie qui nous révoltent, excitaient alors assez peu d'étonnement; et l'historien serait infidèle à son temps s'il avait marqué pour son compte plus d'émotion et de colère. Il aime les Anglais, cela est vrai; mais il aime aussi la bravoure des Français. Il est pour le Prince Noir. Il est aussi pour Bertrand du Guesclin; et quand du Guesclin, avec ses compagnies franches et ses habitudes d'homme de guerre, fait de mauvaises actions, ce qui lui arrive parfois, quand ce rude chevalier laisse assassiner don Pèdre dans sa tente, Froissard jette le manteau là-dessus; cela ne l'indigne pas; il est tout aussi indulgent pour du Guesclin qu'il peut l'être même pour un roi d'Angleterre.

Nous avons indiqué, bien ou mal, comment l'homme a vécu, et comment il a fait son livre; comment ses distractions furent son travail, son étude; comment c'est sur les grands chemins et dans les cours, dans les fêtes, qu'il a recueilli les documents de son ouvrage.

Maintenant, ce livre, que nous paraît-il? une histoire presque universelle des états de l'Europe, depuis l'année 1322 jusqu'à la fin du XIVe siècle. Je dis presque universelle; car, dans la pensée de l'auteur, ce qui prédomine, c'est l'Angleterre et la France : l'Angleterre, avec ses victoires, son invasion; la France, avec la défaite de son roi Jean, les victoires et la sagesse de Charles V, les malheurs et l'égarement de Charles VI. Autour de ce centre de récit premier objet de l'historien, venaient se réunir des histoires tout entières, amenées là comme par épisode. Du Guesclin et le Prince Noir, après s'être heurtés en France, se rencontrent en Espagne. Froissard suit ses héros. L'Espagne le fait penser au Portugal. Ainsi, nulle distribution savante et systématique, la préoccupation de l'historien devenant la règle de son récit. Quelquefois d'heureux contrastes, d'adroites transitions, l'historien mis en scène, ses aventures mêlées aux faits de l'histoire. Par exemple, dans ce voyage qu'il fit pour conduire quatre lévriers à Gaston de Foix, il rencontra sur la route un chevalier, nommé messire d'Espaing du Lion, homme habile dans les négociations et dans les guerres. Il l'accoste, et, tout en chevauchant de concert, il l'interroge. Il rencontre une ville fortifiée, un château fort : il questionne le chevalier, qui raconte à Froissard que cette ville a été emportée d'assaut, que ce château fort a été pris par ruse; enfin, tout ce qui s'est passé. Froissard met cela dans son récit, avec tout le dialogue. Quand on

lit Hérodote, on aime qu'il vous parle de son
voyage en Égypte, de ses questions aux prêtres
des dieux et de leurs réponses. Froissard, qui
n'avait pas lu Hérodote, fait comme lui ; il inter-
calle dans ses *chroniques* son voyage de Blois à
Orthez, et tous les récits que lui fait le chevalier :

En chevauchant, le gentilhomme et beau chevalier, dès
qu'il avoit dit au matin les oraisons, devisoit tout le jour
avec moi, demandant nouvelle, et aussi quand je lui en
demandois, il m'en répondoit....

Après disner, le chevalier me dit : « Chevauchons ensemble tout souef, nous n'avons que deux lieues de ce
pays, qui valent bien trois de France, jusques à notre gîte. »
Je répondis : « Je le vueil. »

Et ailleurs :

Messire Espaing du Lion me dit : « Messire Jean, allons
voir la ville. — Sire, dis-je, je le vueil. » Nous passâmes
au long de la ville et vînmes à une porte qui siéd de vers
Palamininch, et passâmes, et outre, vînmes sur les fossés.
Le chevalier me montra un pan de mur de la ville, et me
dit : « Véez-vous ce mur illec ? — Oil, sire, dis-je, pourquoi le dites-vous ? — Je le dis pourtant, dit le chevalier,
vous véez bien que il est plus neuf que les autres. — C'est
vérité, répondis-je. — Or, dit-il, je le vous contrai, par
quelle incidence ce fut, et quelle chose, il y a environ dix
ans, ilen avint. Autres fois vous avez bien ouï parler,... etc. »

Cette forme est employée tout un demi-vo-
lume; et bien qu'elle soit accidentelle, l'art

n'aurait pas mieux imaginé. C'est un passage de
la narration générale à une foule de petits détails, qu'il eût été difficile de semer dans cette
narration. Les pauvres historiens modernes sont
accablés sous le nombre des faits et des circon-
stances; ils sont obligés de les exposer dans un
récit bien long, ou de les résumer en réflexions
abstraites. Froissard ne suspend jamais le récit;
mais il change le narrateur : tantôt c'est lui,
tantôt un personnage. Il se réserve les grands
événements, les batailles, les fêtes; il les raconte comme s'il en avait été spectateur. Puis
cette foule de menus faits et d'anecdotes qui gê-
neraient sa marche, il en charge parfois un in-
terlocuteur; et la vivacité de l'entretien ajoute
une nuance au récit et pique l'attention du lecteur. Conter est tout le génie de Froissard; mais
il conte admirablement.

Nous avons noté dans Villani les recherches
instructives, la précision de détails, le soin de
la vérité, non-seulement dans la peinture, mais
dans l'explication des événements. Rien de tel
dans Froissard; il ne s'inquiète pas des causes
et des moyens. Son livre en ressemble d'autant
plus aux romans de chevalerie, où l'on ne dit
jamais les détails prosaïques de la vie. Vous ne
trouverez rien d'exact, dans Froissard, sur les

impôts, le commerce, les provisions de guerre ;
mais il décrit parfaitement les drapeaux, les de-
vises, les champs de bataille et les cours, tout
ce qui frappait l'imagination et les yeux. Il ne
donne pas la statistique du camp, mais il donne
le tableau des tournois. Quant à la peinture des
hommes, elle est admirable. Édouard III, le
Prince Noir, le roi Jean, Charles V, le connétable
de Clisson, Bertrand du Guesclin, Gaston, toutes
ces physionomies sont là : vous entendez les
discours de ces hommes, soit que l'historien les
répète littéralement, ou qu'il les invente, dans
un parfait rapport avec leurs caractères et avec
leur temps, qui est le sien. Le dirai-je? à cet
égard, il me paraît avoir un avantage sur les
anciens. Dans les discours qui parsèment leur
histoire, vous reconnaissez l'écrivain plus que
le personnage. L'élégance de Tite-Live, la précision ornée et brillante de Tacite ont empreint
d'un caractère à peu près semblable tous les discours qu'ils rapportent ; mais les paroles que
Froissard met dans la bouche de Charles V, au
lit de mort, ont dû être prononcées ; l'auteur
n'y est pour rien. S'agit-il de personnages inférieurs, de bourgeois, pour lesquels Froissard
n'a pas grand goût, l'historien conserve leur
langage avec une parfaite simplicité, malgré

sa préférence pour les tournois et le beau monde de la chevalerie.

Dans le dernier siècle, on a voulu mettre en scène le dévouement des six bourgeois de Calais. On a fait une tragédie qui est la chose du monde la plus fausse, bien qu'elle ait eu grand succès. Tous ces bourgeois sont plus que des chevaliers; ils paraissent uniformément guindés à un ton d'héroïsme. Lisez Froissard; tous les personnages y sont vrais. Le gouverneur de Calais aura son courage et sa fierté à lui; c'est un homme d'un autre ordre que les bourgeois; il parlera autrement. Les bourgeois, qui ne sont pas des citoyens d'Athènes ou de Rome, n'auront pas cette rage de mourir que leur a donnée Dubelloy : et c'est là le sublime de leur action; avec un cœur d'homme, un cœur de bourgeois, si vous voulez, avec peu d'envie d'être tué, ils se sont offerts pour leur pays. Ils craignent d'être pendus; et, malgré la peine que cela leur fait, ils vont chercher le roi qui est bien capable de les faire pendre sur place. Quand ils arrivent devant le roi d'Angleterre qui est fort irrité, et veut qu'ils meurent, rien ne les défend, que la pitié de la reine; elle est là enceinte, et la vue de ces six hommes, *la hart au col*, lui fait

mal ; elle pleure , et demande si bien leur grâce
que le roi l'accorde , tout en grondant.

Il y a un fait que Froissard n'a pas dit : cette
bonne reine d'Angleterre , tout en larmes à la
vue de ces six hommes qu'on va pendre , quand
le roi très-clément leur a pardonné et a seulement pris tous leurs biens, elle accepte une
part de la confiscation, et garde à son profit la
maison d'un de ces malheureux, qu'elle a fait
renvoyer la vie sauve.

Toujours ce même défaut de délicatesse morale dans le moyen âge. J'imagine que Froissard
a négligé ce fait, parce qu'il n'a pas été blessé
du contraste. On mettait les vaincus à rançon ;
ils n'étaient pas pendus ; c'était bien assez pour
eux : du reste, leurs maisons étaient bonnes à
prendre.

Mais écoutons le récit de Froissard, admirable, à cette nuance près :

..... Lors messire Jean de Vienne vint au marché, et
fit sonner la cloche pour assembler toutes manieres de gens
à la halle. Au son de la cloche, vinrent hommes et femmes ;
car moult desiroient à ouïr nouvelles. Quand ils furent
tous venus et assemblez en la halle, hommes et femmes,
messire Jean de Vienne leur demontra moult doucement
les paroles toutes telles que ci-devant sont recitées, et leur
dit que aultrement ne pouvoit estre, et eussent sur ce avis
et breve réponse. Quand ils ouïrent ce rapport, ils com-

mencerent tous à crier et pleurer, et n'eurent pour l'heure pouvoir de répondre ni de parler, et mesmement messire Jean de Vienne larmoyoit moult tendrement.

Une espace aprez se leva en pied le plus riche bourgeois de la ville, que on appelloit sire Eustache de Saint-Pierre, et dit devant tous ainssi : « Seigneur, grand'pitié et grand méchief seroit de laisser mourir un tel peuple, que ici a, par famine ou aultrement, quand on y peut trouver aucun moyen.... J'ai si grand'esperance d'avoir grace et pardon envers Notre-Seigneur, si je meurs pour ce peuple sauver, que je veuil estre le premier; et me mettrois volentiers en ma chemise, à nud chef, et la hart au col, en la mercy du roy d'Angleterre. » Quand sire Eustache de Saint-Pierre eut dit cette parolle, chacun l'alla adorer de pitié; et plusieurs hommes et femmes se jetoient à ses piés, pleurants tendrement; et estoit grand'pitié de là estre, et eux ouïr, écouter et regarder.

Secondement, un autre tres-honneste bourgeois et de grand'affaire, et qui avoit deux belles damoiselles à filles, se leva et dit tout ainssi qu'il feroit compagnie à son compere sire Eustache de Saint-Pierre; et appelloit-on icelui sire Jean d'Air.

Aprez, se leva le tiers, qui s'appelloit sire Jacques de Vissant, qui estoit riche homme de meuble et d'héritage, et dit qu'il feroit à ses deux cousins compaignie.

Ainsi fit sire Pierre de Vissant, son frere; et puis le cinquieme, et puis le sixieme, et se devestirent là ces six bourgeois tous nus en leurs brais et leurs chemises, en la ville de Calais, et mirent hart en leur col, ainsi que l'ordonnance le portoit, et prirent les clefs de la ville et du chastel, chacun en tenoit une poignée....

Si s'en allerent les six bourgeois en cet estat que je vous dis, avec messire Gautier de Manny, qui les amena tout bellement devers le palais du roy....

Le roy estoit à cette heure en sa chambre, à grand'compaignie de comtes, de barons et de chevaliers. Si entendit que ceux de Calais venoient en l'arroy qu'il avoit devisé et ordoné; et se mit hors, et s'en vint en la place devant son hostel; et tous ces seigneurs aprez lui, et encore grand' foison qui y survinrent pour veoir ceux de Calais, ni comment ils finiroient, et mesmement la royne d'Angleterre, qui moult estoit enceinte, suivit le roy, son seigneur. Si vint messire Gautier de Manny, et les bourgeois près lui qui le suivoient.... Le roy se tint tout coi, et les regarda moult cruellement; car moult haïssoit les habitants de Calais. Ces six bourgeois se mirent tantost à genoux par devant le roy, et dirent ainssi, en joignant leurs mains : « Gentil sire et gentil roy, véez nous cy six qui avons été d'ancienneté bourgeois de Calais et grands marchands : si vous apportons les clefs de la ville et du chastel.... Si veuillez avoir de nous pitié et mercy par votre tres-haute noblesse....» Le roy les regarda tres-ireusement : et, quand il parla, il commanda que on leur coupast tantost les testes.

Tous les barons et les chevaliers qui là estoient en pleurant prioient si acertes que faire pouvoient au roy qu'il en voulust avoir pitié et mercy; mais il n'y vouloit entendre. Grinça le roy les dents, et dit : « Qu'on fasse venir le coupe-teste. »

A donc fit la noble royne d'Angleterre grand humilité, qui estoit durement enceinte, et pleuroit si tendrement de pitié, que elle ne se pouvoit soutenir. Si se jeta à genoux par devant le roy, son seigneur, et dit ainssi : « Ha, gentil sire, depuis que je repassai la mer en grand péril, si comme vous savez, je ne vous ai rien réquis ni demandé; or, vous prie-je humblement et requiers en propre don, que pour le fils de sainte Marie, et pour l'amour de moi, vous veuillez avoir de ces six hommes mercy. »

Le roy attendit un petit à parler, et regarda la bonne

dame, sa femme, qui pleuroit à genoux moult tendrement ;
si lui amollit le cœur ; car enuis l'eust courroucée, au point
où elle estoit ; si dit : « Ha, dame, j'aimasse trop mieux
que vous fussiez autre part que cy. Vous me priez si acertes
que je ne le vous ose esconduire ; et combien que je le fasse
avec peine, tenez, je les vous donne ; si en faites votre
plaisir. » La bonne dame dit : « Monseigneur, tres-grand
mercy ! » Lors se leva la royne, et fit lever les six bourgeois
et leur oster les cordes d'entour leur col, et les emmena
avec li en sa chambre, et les fit revestir et donner à disner
tout aise, et puis donna à chacun six nobles et les fit conduire hors de l'ost à sauveté.

Les peintures de la vie féodale tracées par
Froissard présentent tous les contrastes de rudesse et de courtoisie chevaleresque, de barbarie et d'humanité. Une infinie variété naît de
sa naïve exactitude. Son âme vive et mobile,
enjouée plutôt que forte, est un miroir fidèle
où se reflète tout le moyen âge. Vous a-t-il raconté quelque grand événement, a-t-il peint cet
héroïsme des bourgeois de Calais, dont il ne paraît pas fort attendri pour son compte, mais
qu'il a rendu si touchant par l'émotion des spectateurs, il vous dira d'aussi bonne foi un conte
de fées. Oui, un conte de fées ; le mot n'est pas
exagéré. Pendant son séjour à Orthez, Froissard
était étonné de voir à quel point le comte de Foix
était promptement instruit de tout ce qui se passait en pays étranger. Il s'enquiert auprès d'un

écuyer du comte, qui se prend à rire, et lui dit : « Voirement faut qu'il le sache par voie de nécromancie. » A ce mot, l'historien ouvre les deux oreilles, et presse l'écuyer de s'expliquer, promettant bien de n'en dire mot, tant qu'il sera en ce pays. L'écuyer le tirant à part, dans un angle de la chapelle du châtel d'Orthez, commence son conte, dont Froissard n'a rien perdu. « Il y avait en ce pays un sire de Corasse, qui savait à point nommé tout ce qui se faisait en Angleterre, en Allemagne, en Hongrie, et le rapportait à notre bon seigneur Gaston de Foix. —Comment cela ? — Il avait à ses ordres un esprit malin qui venait lui tout conter; cet esprit s'appelait Orton. (Quand on sait le nom d'un génie, on est bien sûr de son existence.)

Mais d'où venait ce génie? — Le sire de Corasse disputait quelques dîmes de son église à un clerc de Catalogne. Il fut condamné par le pape à Avignon. Le clerc vint avec la sentence pour se mettre en possession ; mais le chevalier n'en tint compte, et renvoya le clerc avec menaces. Quelque temps après, une nuit qu'il dormait, il est réveillé par un bruit affreux dans son château; et le lendemain ses gens lui dirent que toute sa vaisselle était brisée. Même noise, même désordre la nuit d'après dans la chambre

du chevalier. Il ne peut se tenir de crier : « Qu'est-
ce ? » et le tapageur invisible lui répond : « C'est
le clerc de Catalogne qui m'envoie : tu lui fais
grand tort, car tu lui ôtes les droits de son héritage ; et je ne te lairray en paix que tu lui aies
fait bon compte. — Ah! lui dit le sire de Corasse, le service d'un clerc ne vaut rien, laisse-
le en paix et me sers. » Le malin esprit, en
effet, change de condition, et se donne au chevalier, qu'il venait visiter toutes les nuits, lui
apportant nouvelles de tous les lieux du monde.
Le sire de Corasse tenait au courant Gaston,
qui approuvait fort l'emploi d'un émissaire aussi
prompt, et surtout aussi peu dispendieux. Malheureusement, par le conseil de Gaston, le sire
de Corasse voulut connaître la figure de son mes-
sager. (Nouvel incident conté longuement.) Orton se déguise en deux fétus de paille, puis apparaît sous la forme d'une truie maigre. Le sire
de Corasse lâche sur elle ses chiens. Le malin
esprit, indigné d'un tel procédé, ne revint plus
faire de rapport au sire de Corasse, qui mourut
l'année suivante. » Voilà ce que s'est laissé conter et ce que redit sérieusement le bon Froissard. Villani aurait su que Gaston de Foix entretenait des espions dans les cours d'Europe, et
l'argent que cela lui coûtait. Froissard, endoc-

triné par le récit de l'écuyer, soupçonne seulement que le comte Gaston, depuis la mort du
sire de Corasse, s'est procuré quelque autre mes-
sager diabolique.

Heureusement, de ces contes à dormir debout, Froissard passe à des récits de la plus
expressive vérité.

J'ai cité la mort de Charles V; il y a beaucoup
d'autres tableaux non moins grands. Le roi
Jean, prisonnier dans la tente du prince de
Galles, offre une peinture admirable. Vous vous
souvenez de l'entrevue de Paul-Émile et de Persée
dans Tite-Live. Paul-Émile n'y paraît qu'un vainqueur dur et dédaigneux, auquel l'historien a
prêté quelques lieux communs de morale philosophique. Froissard est bien supérieur, en
étant plus simple.

Quand ce vint au soir, le prince de Galles donna à souper au roy de France et à monseigneur Philippe, son fils,
à monseigneur Jacques de Bourbon, et à la plus grande
partie des comtes et des barons de France qui prisonniers
estoient. Et assit le prince le roy de France et son fils monseigneur Philippe, monseigneur Jacques de Bourbon,
monseigneur Jean d'Artois, le comte de Tancarville, etc.,
à une table moult haulte et bien couverte; et tous les autres barons et chevaliers aux autres tables. Et servoit toujours le prince au devant de la table du roy, et par toutes
les autres tables, si humblement comme il pouvoit. Ni
oncques ne se voulut seoir à la table du roy, pour prière

que le roy lui sçut faire ; ainssi disoit toujours qu'il n'estoit
encores mie encores si suffisant qu'il appartenist de lui seoir
à la table d'un si hault prince et de si vaillant homme que
le corps de lui estoit, et que montré avoit la journée.

C'est que le prince de Galles, bien que vainqueur du roi Jean, se souvenait qu'il était son
vassal. Ainsi, du milieu de cette féodalité si
cruelle, si barbare, sortait une urbanité nouvelle. Le souvenir d'un certain devoir faisait
que le vassal victorieux dans une bataille servait à table humblement son seigneur vaincu et
prisonnier.

Et toujours s'agenouilloit par devant le roy, et disoit
bien : « Cher sire, ne veuillez mie faire simple chere, pour
tant si Dieu n'a voulu consentir huy votre vouloir ; car
certainement monseigneur mon pere vous fera toute l'honneur et amitié qu'il pourra, et s'accordera à vous si rai-
sonnablement que vous demeurerez bons amis ensemble
à toujours. Et m'est avis que vous avez grand'raison de
vous réjouir, combien que la besoigne ne soit tournée à
votre gré ; car vous avez aujourd'hui conquis le hault nom
de prouesse, et avez passé tous les mieux fesants de votre
costé. Je ne le dis mie, cher sire, sachez, pour vous railler ;
car tous ceux de notre partie et qui ont vu les uns et les
autres, se sont par pleine science à ce accordés, et vous
en donnent le prix et le chappelet, si vous le voulez porter. »
A ce point commença chascun à murmurer ; et disoient
entre eux, François et Anglois, que noblement et à point
le prince avoit parlé. Si le prisoient durement, et disoient
communément que en lui avoient et auroient encores gentil

seigneur, s'il pouvoit longuement durer et vivre, et en telle fortune perseverer.

Dans certains récits de bataille, dans le récit de la bataille de Crécy, Froissard est véritablement homérique. On ne saurait décrire avec plus de force le choc de ces deux masses d'hommes d'armes qui se heurtent. Arrivez-vous dans le château de Gaston de Foix, il est impossible de peindre avec plus de grâce la vie oiseuse, les délices, les fêtes de cette cour. Passez-vous en Espagne, la tyrannie de Pierre le Cruel, la hardiesse de Henri de Transtamare, le génie du Prince Noir, sont devant vous. Rentrez-vous en France, la sagesse de Charles V, son activité, son administration habile et réparatrice, sont décrites avec un soin et un sérieux que fait ressortir l'enjouement habituel de Froissard. Grands événements, anecdotes familières, nations diverses, Anglais, Flamands, Français, tout se mêle et se succède sans confusion; et jamais les couleurs de l'historien ne sont semblables, quoiqu'il soit toujours naïf, naturel, abandonné.

DIX-HUITIÈME LEÇON.

Étude nécessairement simultanée de l'Angleterre et de la France au moyen âge. — Faible influence de la civilisation romaine sur l'Angleterre. — Race teutonique incessamment renouvelée. — Efforts de Guillaume le Conquérant pour faire prévaloir l'idiome français en Angleterre. — Résistance de la langue nationale. — Monuments de cette langue au XIIᵉ siècle. — Poésies des ménestrels. — Chants populaires. — Robin Hood. — Imitation de nos romans et de nos fabliaux. — Imitation de l'Italie. — Chaucer; de lui et de ses ouvrages.

MESSIEURS,

La France est trop mêlée à l'Angleterre dans le XIVᵉ siècle, pour que nous puissions bien connaître la littérature de l'un de ces pays sans étudier celle de l'autre. Avant d'aller plus loin en France, nous sommes pressés de voir quels germes la conquête de Guillaume, c'est-à-dire l'invasion guerrière et politique du génie français, avait laissés en Angleterre, et quelle influence à son tour l'Angleterre, par ses victoires, exerça sur notre patrie.

Cette réciprocité d'invasions entre la France et l'Angleterre, ce contact perpétuel d'alliances ou d'hostilités pendant plusieurs siècles, est un des grands spectacles du moyen âge. De là vint qu'une nation du Nord, une race teutonique reçut de bonne heure une forte empreinte de la civilisation *romane;* de là cette singularité qui nous montre les inventions et les formes des troubadours et des trouvères dans l'idiome tout germanique de la vieille Angleterre. Ainsi, se touchent et se réunissent les diverses parties du vaste sujet que nous avons essayé de parcourir.

En effet, Messieurs, vit-on jamais deux pays, se détestant davantage, plus intimement unis ? La langue, les lois, les usages, les familles françaises occupent le sol anglais avec Guillaume; la nation anglo-normande possède à son tour une partie de la France, et voit son roi couronné dans Paris.

Durant ce long intervalle et cette lutte opiniâtre qui change de terrain, les langues indigènes des deux pays se sont mêlées; le français a d'abord prévalu comme langue du vainqueur et comme langue savante; puis le vieil idiome anglais a refleuri sur sa souche teutonique, d'abord tout ébranchée par le glaive des Angevins et des Poitevins qui suivaient Guillaume.

Mais avant de suivre les époques de cette ré-

volution, il faut chercher quel était l'ancien dépôt de civilisation romaine laissé dans la Grande-
Bretagne. Les Romains n'avaient jamais conquis
et possédé ce pays au même point que les contrées méridionales de l'Europe. Ils y avaient
rencontré, dans les provinces du Nord, une in-
vincible résistance, et partout une soumission
incertaine et agitée. Ils n'avaient pu y faire dominer leurs mœurs; les Bretons rejetèrent longtemps l'idiome latin : *linguam romanam abnuebant;*
et, bien que les nobles du pays eussent fini par
l'apprendre, il n'y devint pas d'un usage fréquent
et populaire. Aussi, à l'époque de l'affranchissement du monde par les barbares, lorsque le
joug romain fut levé, nul peuple ne redressa la
tête plus promptement que les Bretons. Il faut
entendre là-dessus leurs vieilles chroniques.

Les Césariens, disent-elles (car les Romains ne furent
jamais pour les Bretons qu'un poste de soldats étrangers),
ayant opprimé l'île pendant quatre cents ans, et extorqué
par an trois mille livres d'argent, repartirent pour la
terre de Rome, afin de repousser l'invasion de la horde
noire. Ils ne laissèrent, à leur départ, que des femmes et
de petits enfants, qui tous devinrent Cambriens.

Ainsi la vieille race barbare et indigène reparaît en un moment sur le sol breton. Cet événement est accompli dès le v° siècle; et on pour-

rait supposer que toute trace de la langue et de
la civilisation romaine disparut en même temps
de la Grande-Bretagne. Mais depuis la première
entrée des légions, une autre cause avait agi ; et
si elle ne servit pas là comme ailleurs à compléter et à doubler, pour ainsi dire, la prise de possession des Romains, elle devait en maintenir
du moins quelques restes.

Avec les proconsuls, les généraux, les soldats,
les percepteurs d'impôts, étaient venus, dès le
second siècle, les prêtres d'une religion nouvelle. Sous le César Constance, qui commandait
l'armée romaine en Bretagne, ils eurent beaucoup de puissance ; et la foi, secrètement proté-
gée, fit de grands progrès. Cependant, leur action
n'étant pas aidée par une entière soumission du
pays aux usages de Rome, elle fut moins complète que dans les Gaules. Les églises chrétiennes
qui se conservèrent dans la Grande-Bretagne
firent des schismes à leur manière, et furent de
bonne heure séparées de l'Église de Rome.

Vous le savez, le christianisme, presque à sa
naissance, avait vu les hérésies se multiplier en
Orient, parce que la culture des lettres, les pré-
tentions orgueilleuses de l'esprit et le talent so-
phistique y faisaient naître les disputes. L'Occident, au contraire, moins savant, avait été moins

divisé. La foi était aidée par l'ignorance des peuples et la difficulté qu'ils avaient à imaginer eux-mêmes une erreur. Ce que le savoir et la métaphysique faisaient en Grèce, l'indépendance d'esprit, la haine du joug et de l'idiome romains, l'attachement aux usages nationaux, le firent en Angleterre.

Ainsi, dès la première conquête, médiocre influence de l'esprit romain sur celui de la Grande-Bretagne, action du christianisme, tardive, inégale, indépendante de l'Église romaine : voilà ce qui doit expliquer comment ce pays, voisin de la Gaule, subjugué comme elle par les Romains, et depuis conquis par elle, a gardé dans sa langue une nationalité si distincte et si fortement marquée.

Cette nationalité ne cessa de se fortifier par les invasions et les mélanges de peuples qui survinrent après l'éloignement des Romains. C'étaient comme autant de couches homogènes, malgré quelques variétés apparentes, qui s'amoncelaient sur le même sol. Ainsi les invasions saxonnes se mêlèrent à la race cambrienne, sans l'altérer ; ainsi les Danois, qui succédèrent aux Saxons, n'étaient qu'une autre famille de la même race du Nord ; ainsi les Normands, qui vinrent après les Saxons et les Danois, n'étaient eux-

mêmes que des Danois adoucis par le ciel de
France et recrutés par des Français. A ces révolutions se rattachent trois époques du langage
parlé dans la Grande-Bretagne. Dans la première,
qui dure trois cent trente ans, depuis l'invasion
saxonne, ce langage est appelé *british-saxo*. Les
Danois parurent ensuite : c'était une variante de
la première conquête. Là commence la deuxième
époque de la langue, le *danish-saxo*, dans lequel
furent écrits les ouvrages du roi Alfred. Puis
vinrent les Normands transformés en Français,
comme des voleurs qui auraient pris les habits
de ceux qu'ils avaient tués. A leur suite ils amenaient des hommes de toutes les provinces de
France, et se confondaient avec eux par la langue et les usages. De là date une troisième époque dans la langue de la Grande-Bretagne, le
normand-saxo, principe de la langue actuelle.

Vous le voyez, l'Angleterre fut sans cesse ra-
menée à son origine par les causes mêmes qui
altèrent celle des autres peuples, par les invasions
étrangères. Ces invasions lui amenaient autant
de nuances de sa propre nature. Elle se retrou-
vait toujours, en s'alliant, même par force, à
des parents un peu éloignés.

Voilà comment ce fond de nationalité anglaise,
sans cesse surchargé par des éléments qui, dans

leur hostilité même, avaient quelque chose de
sympathique avec lui, a survécu à tout, et, à
travers quelques influences véritablement étrangères, s'est maintenu toujours. Voilà, pour nous
réduire à la question littéraire, comment la langue anglaise est encore aujourd'hui une langue
tout à fait teutonique, malgré ce que la conquête
normande devait y laisser de formes françaises.

Pendant les luttes des Saxons contre les Danois, l'Angleterre avait eu un grand homme; et
soudain s'était opéré le mouvement que produira
toujours un grand homme dans un siècle barbare. Plus savant que Charlemagne, Alfred avait
lui-même cultivé les lettres, et traduit en langue
vulgaire Paul Orose et Boëce, les deux auteurs
favoris du moyen âge. Mais ces hommes que la
nature jette par hasard au milieu d'un siècle qui
n'est pas fait pour eux, obtiennent beaucoup de
gloire et n'exercent qu'une influence peu durable. Cependant au nom d'Alfred viennent se
lier les noms d'Alcuin et du vénérable Bède. Les
lettres latines furent cultivées avec soin dans les
monastères anglais; et la théologie servit à ranimer le goût de l'étude. C'est une réponse à
l'opinion de ceux qui ont regardé le règne de la
théologie dans le moyen âge comme une époque perdue pour l'intelligence humaine. La

théologie a été la forme que prenait alors la
pensée. De même que, dans un autre temps,
toutes les idées se traduiront en idées politiques,
et s'appliqueront aux grands problèmes de la
société ; ainsi, dans le moyen âge, les esprits se
faisant une occupation à la fois plus subtile et
plus désintéressée, toutes les idées, toutes les
forces du raisonnement s'appliquaient à la vie
future. Mais, par cela même que cette occupation
toute métaphysique avait quelque chose de vague
et d'incertain, elle avait aussi quelque chose de
grand, de hardi, de singulièrement favorable à
l'élévation et à l'originalité de la pensée. Ne
vous étonnez donc pas que sous cet amas théologique on trouve parfois une étonnante sagacité,
un grand esprit stérilement consumé. Le théolo-
gien d'une époque eût été le philosophe d'une
autre. Les théologiens anglo-normands du XIIᵉ siècle nous offriraient plus d'une marque de cette
vérité. Mais ils ont écrit en langue latine ; et
c'est surtout dans la langue vulgaire que nous
cherchons à constater les travaux et les progrès
de l'intelligence ; c'est là qu'elle nous paraît indigène et moderne.

La langue vulgaire anglaise, telle que la conquête la trouve et la modifie, voilà notre étude.

Guillaume est arrivé ; il a gagné la grande

bataille d'Hastings; tout tombe devant lui; il
fait périr plusieurs des grands d'origine saxonne
qui ont échappé au champ de bataille; il dépouille les couvents, les églises; il chasse les
évêques; il fait dresser un grand livre noir où
sont inscrits les gens suspects, c'est-à-dire les
nobles, les riches; il les dépouille, et met à leur
place des Normands, des Français, des gens de
la conquête. Tout cela, Messieurs, a été supé-
rieurement retracé par un habile écrivain; et je
ne veux pas essayer une contrefaçon de ses vives
peintures. Mais ce qu'il n'a pas décrit, ou du
moins ce que l'on peut décrire avec plus de détails, c'est la révolution du langage après cette
invasion. C'est là, sans doute, le plus faible, le
plus imperceptible des intérêts, dans l'histoire
de la conquête; cependant ce point de vue peut
offrir aussi quelque importance historique.

   Voulez-vous savoir jusqu'à quel point l'esprit
des conquérants a transformé la nation conquise? regardez à l'idiome du pays. Dans un
mélange de plusieurs peuples, il y a, vous le savez, un singulier rapport entre la prédominance
des mots et celle des races. Le sang anglais a
prévalu, puisque aujourd'hui la langue anglaise
est seule restée maîtresse. La grammaire ici nous
apprend l'histoire. D'abord le conquérant, un

des plus impérieux dominateurs qui aient jamais pesé sur le monde, en même temps qu'il
s'emparait des couvents, des châteaux, des terres, de l'argent, des femmes du peuple vaincu,
en même temps qu'il s'ingérait dans tout, réglait
tout, forçait ses nouveaux sujets d'éteindre
leurs feux à six heures du soir, voulut aussi les
dépouiller de leurs souvenirs et leur prendre
leur idiome natal.

On vit là cette naturelle résistance de l'homme
aux influences excessives, illimitées, que la force
veut exercer sur lui. Malgré tous les efforts du
vainqueur pour décréditer la langue anglaise,
elle prévalut. Un évêque savant et pieux était
chassé de son siége parce qu'il ne parlait point
français. Des témoins déposaient-ils en anglais
devant les tribunaux, c'était merveille si on les
écoutait. Il ne s'agissait pas là d'interprètes jurés ;
on mentait quand on ne parlait pas français.
Aussi tous ceux qui voulaient avoir quelque faveur ou même quelque repos, les ambitieux, les
gens paisibles parlaient français comme ils pouvaient. Les couvents, ou du moins tous les emplois supérieurs des couvents étaient donnés à
des Français qui avaient importé leur langue, et
exigeaient qu'on la parlât autour d'eux. Tant
que la main de fer de Guillaume fut là, on pro-

nonça fort mal le français en Angleterre; on y
mêla beaucoup d'incorrections; mais on le parla.
Cela se soutint encore sous ses premiers successeurs. La vanité même finit par s'accommoder
de ce qui d'abord semblait un joug onéreux.
Beaucoup d'Anglais indigènes croyaient à ce prix
se confondre avec la race des conquérants. « Les
hommes de province, dit un chroniqueur, oublient leurs dialectes de Cornouailles, de Galles
et de Devonshire, et s'étudient à parler français
pour paraître nobles. » Le chef-lieu de ce français qu'on parlait en Angleterre, était Rouen.
C'était de là que venaient incessamment à la
cour de Londres des trouvères qui entretenaient
le goût de la langue et de la poésie romane.

La conquête de la Normandie sous Philippe-
Auguste fut le premier coup porté à cette influence; la communication des deux pays ne fut
plus aussi fréquente; le français d'Angleterre,
séparé de sa souche continentale, fut moins
jeune, moins vivant; il eut bientôt quelque
chose d'étrange et de suranné, dont en France
on se moquait. Cependant la cour du roi d'Angleterre et la plupart des seigneurs maintenaient
toujours l'usage exclusif du français, et, dans les
écoles publiques, le français seul était enseigné
et parlé. Voilà ce qui me paraît prouvé par un

passage très-curieux d'un auteur anglais du
XIVe siècle :

Les enfants à l'école , contre l'usage de toutes les autres
nations , sont forcés d'abandonner leur propre langue, et
de dire leurs leçons, et tout ce qui les occupe , en français :
ainsi l'ont établi les Normands , depuis leur première venue
en Angleterre. Les enfants de gentilshommes sont instruits
à parler français, du jour où on les remue dans leur ber-
ceau, et où ils peuvent parler et jouer avec un hochet. Les
gens du pays veulent ressembler aux gentilshommes, et
se plaisent à parler français, pour être crus tels. Cette mode
était fort usitée, depuis le premier temps ; elle commence
à s'affaiblir un peu : car John de Cornouailles, un maître
de grammaire, a changé la leçon dans son école , et l'étude
du français en celle de l'anglais. Richard de Laincry et
d'autres ont appris de lui cette manière d'enseigner ; de
manière qu'aujourd'hui, l'an de Notre-Seigneur 1385, et
la neuvième année du roi Richard II , dans toutes les écoles
d'Angleterre, les enfants abandonnent le français et ap-
prennent l'anglais.

Ainsi, vous le voyez, c'est seulement trois
siècles après la conquête que la loi tyrannique
de Guillaume commence à fléchir, et que les
enfants des Anglais peuvent apprendre à lire
dans leur langue.

Il faut que l'instinct national soit bien fort
pour que cette domination si longue d'un
idiome étranger n'ait pas laissé dans la langue
anglaise des traces plus nombreuses. Il est vrai,
la langue nationale, chassée des écoles publi-

ques, avait continué de lutter dans les familles contre l'idiome étranger des vainqueurs. Le maintien obstiné du langage et des mœurs faisait partie de la résistance du peuple. Nul doute que cette portion de l'Angleterre qui répugna si longtemps au pouvoir des Normands ne s'attachât à la vieille langue du pays, comme au symbole même de sa liberté et de sa défense. Il semble que ce puissant intérêt a dû produire quelques poésies, quelques chants populaires, où le vieil anglais, le *british-saxo*, se retrouverait d'autant plus pur, et préservé par une haine patriotique de la contagion de l'idiome normand. Toutefois il subsiste peu de ces monuments originaux, de ces protestations en langue nationale contre l'invasion étrangère ; je n'en connais aucune qui date des premiers jours de la conquête. Les plus anciens essais de poésie anglaise qui nous aient été conservés offrent un tout autre caractère. En même temps que Guillaume le Conquérant employait la rigueur de ses édits pour proscrire l'idiome national, il faisait servir la langue anglaise même à sa politique Voici comment.

Travaillait-il à dépouiller les riches monastères saxons, ou à les transférer à des hommes de race normande, il chargeait sans doute quelque

ménestrel de faire en langue anglaise des vers
moqueurs contre les moines, et préparait ainsi
leur spoliation aux yeux du peuple. On est fort
tenté d'admettre cette conjecture, lorsqu'en re-
muant les plus anciens débris de l'idiome anglais,
on trouve, au lieu de chants populaires contre
l'avarice et la tyrannie des vainqueurs, un conte
satirique sur les moines, qui fut chanté dans un
festin public, à la cour de Guillaume. Quoi qu'il
en soit, la langue de ce conte est le *british-saxo*,
légèrement modifié par la nouvelle conquête;
on y reconnaît tous les types de l'anglais actuel,
avec des variantes d'orthographe :

Au loin sur la mer, près l'Espagne occidentale, est une
île de Cocagne : nulle terre sous le ciel n'abonde en autant de biens. Quoique le paradis soit joyeux et brillant,
Cocagne est d'un plus bel aspect. Qu'y a-t-il dans le paradis, que verdure et fleurs ? Malgré le plaisir qu'on y trouve,
il n'y a pas de viande, mais du fruit; il n'y a pas de salle
à manger, mais beaucoup d'eau pour éteindre la soif.

Le poëte contait alors que dans cette île de
Cocagne, symbole des couvents anglais, et su-
périeure au paradis, on trouvait de grands châteaux bâtis tout en pâtés de perdrix et en pow-
dings, etc., etc. Voilà les plaisanteries satiriques
d'un temps grossier. Elles n'ont d'autre intérêt
pour nous que d'avoir servi les projets du conquérant.

Cet idiome anglais et cette poésie populaire, que les vainqueurs employaient contre les vaincus, devaient aussi donner aux vaincus plus d'une arme contre leurs maîtres. Si les Normands plaisantaient les riches abbés du pays, pour les dépouiller, les Anglo-Saxons tâchaient de mettre leurs églises à couvert, en célébrant la gloire et les miracles des saints qu'elles avaient eus. De là, grand nombre de légendes versifiées au xiie siècle. Les saints de ces légendes étaient toujours de race saxonne, de bonne vieille race. L'imagination du pauvre peuple semblait les invoquer contre les Normands.

Aux faits merveilleux qui remplissent ces histoires, il se mêle parfois de touchantes anecdotes. J'aime mieux les pieuses fictions des vaincus que les durs sarcasmes commandés par les vainqueurs. Il est, par exemple, une légende de Thomas Beckett, qui offre un début, sous la rudesse du vieux style anglo-normand, plein de charme et d'intérêt. Vous savez que Thomas Beckett, dont l'histoire a été de nos jours habilement restaurée par la vive imagination de M. Thierry, était un homme de race anglaise, qui devint favori d'un roi normand, archevêque de Cantorbéry, lutta contre ceux qui l'avaient protégé, fut martyr de son courage ou, si l'on

veut, de son ambition. La légende raconte la
naissance de Thomas Beckett, et rapporte à ce
sujet une anecdote gracieusement romanesque.

Le père de Thomas Beckett, Gilbert, Anglais
de race et homme assez obscur, était parti pour
la croisade, dans l'espérance d'acquérir quelque
gloire sous la bannière normande. Il fut fait prisonnier, et retenu dans la maison du chef sar-
rasin. Il intéressa vivement la fille de son maître, et par le secours de cette jeune femme, qui
d'abord sacrifia son amour à la liberté de celui
qu'elle aimait, il s'échappa. Mais il laissait après
lui de trop puissants souvenirs. La jeune fille,
ennuyée de son absence, s'enfuit aussi pour le
retrouver. Elle ne savait que deux mots d'anglais, *London* et *Gilbert,* le nom de son amant et
le nom de la ville où il était né. Suivant la légende, elle s'embarque avec ce secours dans
un port d'Asie, et répétant toujours *London* et
Gilbert, elle arriva jusqu'à Londres. Perdue dans
cette grande ville, et redisant ces deux mots,
elle attire la foule autour d'elle. Les uns voulaient l'exorciser; d'autres cherchèrent Gilbert.
Enfin, l'homme qui était appelé de si loin connut cette voix.

Les plus graves personnages de l'Église furent consultés sur cet événement, ce voyage ex-

traordinaire, cette persévérance; ils déclarèrent
tout d'une voix qu'il fallait baptiser la jeune
fille et l'épouser. Et c'est de ce mariage que naquit le grand martyr Thomas Beckett. Voilà une
histoire fort gracieuse, si elle n'est pas véridi-
que. Il y a deux ballades populaires qui la ra-
content, et une vie des saints qui la consacre;
ainsi n'en doutez pas.

Voilà quelques essais de l'imagination du
peuple conquis. Longtemps les vainqueurs en
firent peu d'estime. A la cour de Guillaume et
de ses premiers successeurs, on n'accueillait
que la poésie française des trouvères, ou les
chants méridionaux des troubadours.

Richard Cœur-de-Lion faisait, nous l'avons
dit, des vers dans les deux dialectes *romans*. La
pièce célèbre qui lui est attribuée se conserve
sous les deux formes; et si Blondel, qui, suivant la chronique, découvrit par ses chants le
roi prisonnier, était un trouvère, il est certain
que Richard eut souvent à sa cour et dans son
camp des troubadours, dont il était le protecteur
et le rival, tandis qu'il paraissait, au contraire,
négliger fort la langue et la poésie du peuple anglais. Cependant ce prince, qui dédaignait ses
sujets, et qui, dans sa vie aventureuse, habita
si peu l'Angleterre, fut l'homme dont les ex-

ploits remuèrent le plus fortement l'imagination des Normands et des Anglais. Il força deux peuples, divisés sur tant de choses, à s'accorder en un point, l'admiration pour le roi Richard.

Aussi c'est surtout à dater de son règne, et à l'occasion des souvenirs de sa vie, que se manifestent les premiers signes du talent poétique en langue anglaise. Au commencement du XII° siècle, lorsqu'on écrivait un roman de chevalerie en Angleterre, on l'écrivait en français, parce que ce n'était qu'un homme de race normande, ou un protégé des Normands à qui venait une telle idée. Depuis le roi Richard, je vois le goût de la chevalerie, l'imagination chevaleresque se répandre, s'étendre à toutes les classes du peuple, et les récits des aventures, les romans, se multiplier dans la langue du pays. Je vois alors un grand nombre de romans français traduits en anglais.

On avait en Angleterre ce roman d'Alexandre le Grand, qui se retrouve dans tous les pays de l'Europe ; on avait des romans d'Hector et d'Achille, de Jason et d'Hercule, de Charlemagne, de Roland, d'Olivier, des douze Pairs, des chevaliers de la Table-Ronde, de l'enchanteur Merlin, de Lancelot du Lac, etc. ; les uns, traditions défigurées de la poésie antique ; d'autres

imités de la France; d'autres nés du sol anglais.
Parmi ces derniers, rien n'offre plus d'intérêt
et de poésie que le roman historique de Richard
Cœur-de-Lion : c'est un reflet des croisades et
de l'Orient. On y voit quelle vive impression le
ciel de Syrie avait faite sur les guerriers septentrionaux ; c'était pour eux le pays des merveilles et de la magie. Le roman de Richard est
presque contemporain du héros; et cependant
les faits y sont partout altérés, pour faire place
à l'Orient. Richard, vous le savez, était né du
second mariage d'Éléonore de Guienne. Nul fait
plus connu et plus difficile à oublier que ce mariage, qui avait valu de belles provinces aux
Anglais et coûté tant de maux à la France. Le
poëte n'en tient compte. Il n'hésite pas à donner
pour mère à Richard une princesse de Syrie,
que le roi d'Angleterre a fait demander en mariage par ambassadeurs. On voit, au premier livre du roman, la fille du soudan remonter la
Tamise, dans toute la pompe de son cortége
oriental. Ce sont des fêtes merveilleuses, des
trésors extraordinaires, des talismans, des mi-
roirs magiques, toute la féerie des *Mille et une
Nuits*. Cette influence arabe, qui naissait en
Espagne de la conquête, les septentrionaux
allaient la chercher eux-mêmes à sa source ; et

elle se reproduit dans toute la littérature chrétienne qui suivit les croisades.

Parmi les poëmes chevaleresques, alors si
multipliés chez les Anglais, il en est où l'on
trouve un caractère de liberté qui appartient au
génie particulier de cette nation. Le roi Alfred
avait dit dans son testament, que les Anglais
doivent être aussi libres que la pensée. La trace
de ce vœu d'un bon roi se retrouve dans les plus
anciens monuments de la poésie anglaise, après
la conquête. Les Anglais portèrent un esprit d'indépendance politique jusque dans leurs fictions
chevaleresques. Ce peuple, qui semble avoir
emprunté à l'esprit litigieux des Normands, ses
vainqueurs, de nouvelles forces pour défendre
ses droits, et qui fit servir la procédure à la liberté, montre ce caractère dès le XIIIᵉ siècle. Il
est indocile, frondeur, peu ébloui de la pompe
des cours, et très-empressé à relever les fautes
des rois et les vices des évêques. Ses fictions les
plus frivoles en apparence ont un but moral.
Ses romans de chevalerie ont quelque chose de
plus sérieux que les nôtres. L'écrivain ne se borne
pas à entasser des aventures merveilleuses; il
tâche d'en faire sortir quelque instruction utile
et souvent hardie. Un de ces romans m'a frappé
sous ce rapport. On y raconte les infortunes d'un

roi puni de son orgueil par la plus étrange mystification. Le début seul suffira pour indiquer
la forme de l'ouvrage :

En Sicile était un noble roi, beau, fort et vaillant jeune
homme. Il avait dans la grande Rome un frère, pape
de toute la chrétienté, et en Allemagne un autre frère,
empereur, qui battait les Sarrasins. Ce roi était appelé le
roi Robert. Personne ne le vit jamais avoir peur; on le
nommait le *Victorieux*. En aucun pays il n'y avait son
pareil, roi ou duc, de loin ou de près ; car il était la fleur
de la chevalerie. Son frère était empereur; son autre frère
vicaire de Dieu, pape de Rome, comme je l'ai dit aupara-
vant : il se nommait le pape Urbain. Il aimait également
Dieu et les hommes. L'empereur s'appelait Valamon. Il
n'y avait pas un plus vaillant guerrier après son frère de
Sicile, dont je vais parler quelque peu.
Ce roi pensa qu'il n'avait d'égal dans le monde, de loin
ni de près ; et, dans sa pensée, il eut de l'orgueil : car il
n'avait d'égal nulle part. Une nuit de la Saint-Jean, il
voulut aller à l'église pour entendre les vêpres; et il lui
sembla qu'il était là trop longtemps : son esprit était plus
occupé des honneurs du monde que de Jésus, notre Sau-
veur. A *Magnificat*, il entendit un vers qu'il fit répéter au
clerc dans sa propre langue ; car il ne savait pas ce qu'on
chantait en latin. Le vers était ce que je vous dis :

> Deposuit potentes de sede,
> Et exaltavit humiles.

Le clerc dit tout franchement : « Sire, telle est la puissance de Dieu, qu'il peut élever ce qui est bas, et abaisser
ce qui est élevé, en un moment. Sans mentir, Dieu peut
faire sa volonté en un clin d'œil. » Le roi dit, avec une
folle pensée : « Vous lisez et chantez des fables. Qui pour-

rait me réduire à telle extrémité? Mon nom est fleur de
chevalerie. Je puis détruire mes ennemis, il n'est pas
d'hommes sur terre qui puissent tenir contre moi : donc
c'est une chanson frivole. » Il pensa follement ainsi, et,
dans cette pensée, le sommeille prit sur son siége, comme
raconte le livre.

Quand les vêpres furent achevées, un roi tout semblable à lui se leva et sortit. Tout le monde le suivit, tandis
que le véritable roi était oublié. Le nouveau roi, je vous
le dirai, était un ange divin, envoyé pour abattre son
orgueil. L'ange mena joyeux déduit dans la salle du palais.
Chaque homme était content de lui. Le roi se réveilla. Il
crut qu'il était arrivé un malheur à ses gens ; car il était
là tout seul ; et une nuit noire tombait sur lui. Il appela
ses hommes : il n'y eut personne qui dit *oui*. Mais le sa-
cristain de l'église, à la fin, vint tout doucement près de
lui, et dit : « Que fais-tu ici, mauvais larron? Tu es ici
pour commettre félonie, pour voler Dieu et la sainte église. »
Le roi s'enfuit bien vite, comme un homme qui serait
égaré ; il s'arrêta devant son palais, et appela le concierge :
« Faux traître, ouvre les portes, vite. » Le portier dit :
« Qui appelle ainsi? » Il répondit : « Tu verras bien qui
nous sommes ; tu sauras bien que je suis ton maître. Tu
seras couché bien bas en prison, et pendu comme un
traître, au nom de la loi. » Enfin le roi entre et arrive
dans la salle, où il trouve sa place occupée par l'ange,
qui lui fait mettre un habit de fou ; et il est le fou de la
salle.

Nous ne suivrons pas cette singulière histoire.
L'empereur Valamon fait inviter le roi de Sicile
à se rendre à Rome auprès de leur frère le pape.
L'ange reçoit l'invitation, et fait le voyage en

grande pompe, avec le pauvre fou à sa suite.
L'épreuve est longue et fort diversifiée ; Rome
et l'Église ne sont pas épargnées par le malin
romancier ; et le roi, transformé en fou, apprend plus de choses dans sa nouvelle profession qu'il n'en avait su pendant tout son règne.
Enfin, l'ange trouvant la leçon suffisante, se
fait connaître, et remet le roi de Sicile sur son
trône.

Voilà, ce me semble, Messieurs, dans un roman du xmᵉ siècle, le germe de l'exemple de
cette sorte de gaîté maligne et sérieuse que les
Anglais s'approprient sous le nom caractéristi-
que d'*humour*, gaîté qui fait le principal mérite
de Swift et de Sterne, et semble naturellement
appartenir à un peuple spirituel occupé de ses
affaires, et se servant de l'esprit pour aiguiser
le bon sens, et non pour s'en passer.

Presque tous les romans de chevalerie qui furent remaniés par les poëtes anglais du xmᵉ et
du xivᵉ siècle, reçurent quelque chose de cette
teinte ironique et hardie.

Il est une autre poésie plus indigène, mais
d'un intérêt fort limité, qui naquit alors des
suites de la conquête. Elle n'a pas le caractère
élevé, la grandeur de patriotisme que l'imagination moderne se plaît à y supposer. C'est tout

simplement la poésie des braconniers et des ban-
dits que la rigueur des lois refoulait dans les
forêts de la Grande-Bretagne.

Il y a seulement cette différence que, dans le
moyen âge et dans un pays subjugué, un bandit
avait quelque chose d'un chevalier et d'un proscrit, deux caractères honorables et poétiques.

On l'a bien compris de notre temps, parce
que l'exemple était sous nos yeux. Nous avons
lu les poésies des *Klephtes*, pendant que les
Klephtes, de voleurs devenus citoyens, se bat-
taient pour leur pays.

La conquête de Guillaume, la domination de
ses successeurs, les insolences des seigneurs
normands, avaient créé dans l'Angleterre un
grand nombre de fugitifs et de mécontents, hors
la loi du pays, dont ils étaient les défenseurs.
Cantonnés dans les bois, les marais, les montagnes, ils faisaient la guerre au gibier du roi,
et parfois aussi se vengeaient du gouvernement
par le pillage des voyageurs. Le peuple, accablé
de taxes et de corvées par les Normands, admirait l'audace de ces hardis braconniers, et les
aidait, quand il pouvait, à échapper à la tyrannie commune.

Il est un des héros de cette vie aventureuse,
dont le nom est resté très-célèbre en Angle-

terre : Robin Hood. C'était, vous le savez, un
braconnier par état, chef de voleurs par accident. Parmi les attributs de la domination normande, un de ceux auxquels les vainqueurs tenaient le plus, c'était la chasse exclusive. Des
lois terribles punissaient les infracteurs de ce
privilége. Chasseur intrépide, bientôt voleur
entreprenant, Robin Hood fut célèbre par l'i-
magination populaire dans toute la Grande-Bretagne. Son nom retentissait, comme de nos
jours, dans les îles de l'Archipel et dans la Morée, les noms de Nikitas, de Colocotroni et d'autres chefs, qui avaient acquis beaucoup de
gloire, en enlevant des moutons et parfois des
pachas.

Les romances du Cid nous retracent l'Espagne héroïque et chrétienne du moyen âge. Les
fabliaux de *Rudbeuf* et des autres trouvères pari-
siens nous montrent la sournoiserie moqueuse
des mœurs bourgeoises. Les vieilles ballades sur
Robin Hood et ses compagnons offrent un caractère d'originalité fort différent, et propre
à l'Angleterre. Sous l'extérieur uniforme de la
poésie du moyen âge, sous ce coloris identique
de barbarie, tâchons de saisir ces nuances diverses, ces variantes de la situation et de l'imagination des personnages. Toute la poésie nor-

mande et picarde ne donnerait rien de semblable
à tel chant sur les braconniers anglais du xiii° siècle. Ce n'est plus ni l'imagination chevaleresque, ni la galanterie provençale, ni la malice
bourgeoise, bien paisible dans les rues étroites
de la cité, se raillant des prieurs et des moines.
C'est la poésie du montagnard ; c'est la libre audace de l'homme des bois qui n'a que son arc et
ses flèches, et le sentiment de cette vive et fraî-
che nature d'Angleterre et d'Écosse.

Marquons soigneusement ces différences dans
l'uniformité du moyen âge : car, il faut l'avouer
en passant, Messieurs, toute cette littérature
des siècles d'ignorance est un peu monotone. Il
n'y a que l'art qui sache produire la variété.
C'est le charme de ces grandes époques de lumières et de bon goût, que notre satiété moderne se plaît à critiquer.

Voici une vieille ballade qui peut-être a subi
quelques corrections de siècle en siècle, et a été
plus ou moins refaite par l'imagination qui la
chantait, mais dont le fond est bien anglais,
bien montagnard :

Quand le taillis est brillant et le gazon beau, et les
feuilles larges et longues, il est doux, en se promenant
dans la forêt, d'écouter le chant des petits oiseaux.

Le merle chantait, perché sur une branche, si fort qu'il réveilla Robin Hood, dans le bois où il était couché.

« Ma foi, dit le gentil Robin, j'ai fait cette nuit un rêve : j'ai songé de deux robustes bourgeois qui pouvaient se battre corps à corps avec moi.

« Il m'a semblé qu'ils me frappaient, et me liaient, et me prenaient mon arc. Si je suis Robin en vie sur cette terre, je me vengerai d'eux.

— Les rêves sont légers, dit Petit-Jean, comme le vent qui souffle sur la colline. Si le vent a été plus fort que jamais cette nuit, demain il peut se tenir coi.

— Levez-vous, tenez-vous prêts, mes braves hommes; Jean viendra avec moi. Je vais chercher là-bas ces robustes bourgeois, dans la verte forêt où ils sont. »

Alors ils jetèrent sur eux leurs habits verts, et prirent chacun son arc; et ils s'avancèrent pour chasser dans la forêt, jusqu'à un bouquet de bois, où ils se plaisaient le plus d'ordinaire.

Là, ils aperçurent un robuste *yeoman* qui s'appuyait contre un arbre. Il portait à son côté une épée et une dague, qui avaient tué bien des gens; et il était enveloppé dans un manteau, qui couvrait sa tête et sa taille.

« Tenez-vous là, maître, dit Petit-Jean, sous cet arbre; et j'irai à ce robuste *yeoman* là-bas, pour savoir ce qu'il veut. — Ah! Jean, tu ne tiens pas garnison près de moi; je trouve cela singulier. Quand donc ai-je envoyé mes hommes en avant, et me suis-je tenu derrière? N'était la peur de faire éclater mon arc, Jean, je te briserais la tête. »

Comme souvent les paroles engendrent la haine, Robin et Jean se séparèrent. Et Jean est parti pour Barnesdale. Il connaît tous les chemins. Et quand il vint à Barnesdale, il y eut grande douleur; car il trouva deux de ses compagnons tués sur une pelouse; et Scarlett fuyait à pied, à travers les troncs d'arbres et les pierres; car le fier sheriff, avec cent quarante hommes, courait après lui.

« Je vais tirer un coup, dit Jean; avec la force du Christ, je ferai que ce sheriff, qui court si vite, voudra s'arrêter. »

Alors Jean banda son arc, et le prépara pour tirer. L'arc était d'un bois tendre, et tomba à ses pieds. « Malheur à toi, maudit bois, le plus maudit qui soit jamais venu sur un arbre! tu es ma perte aujourd'hui, quand tu devrais être mon secours. »

Le coup ne fut que faiblement tiré. Cependant la flèche ne partit pas en vain; car elle rencontra un des hommes du sheriff, et William A Trent fut tué.

Il aurait mieux valu pour William A Trent d'avoir été au lit bien triste, que d'être ce jour sur la pelouse verte du bois, pour rencontrer la flèche de Petit-Jean.

Mais, comme on dit, quand les hommes viennent aux mains, cinq valent mieux que trois. Le sheriff eut bientôt pris Petit-Jean, et l'attacha contre un arbre.

« Tu seras traîné dans la plaine et pendu haut sur la colline. — Mais tu peux manquer ton dessein, dit Jean, si c'est le vouloir du Christ. »

Ne parlons plus de Petit-Jean, et pensons à Robin Hood, comment il est allé vers le robuste *yeoman*, là où il se tenait sous le feuillage.

« Bonjour, bon compagnon, dit Robin. — Bonjour, bon compagnon, dit celui-ci. Il me semble, par cet arc que tu portes dans ta main, que tu dois être un bon archer.

« J'ai perdu mon chemin et ma matinée, dit l'*yeoman*. — Je te conduirai à travers le bois, dit Robin; bon compagnon, je serai ton guide.

— Je cherche un banni, dit l'étranger; on l'appelle Robin Hood; j'aimerais mieux trouver ce fier banni que quarante bonnes livres sterling.

— Maintenant viens avec moi, vigoureux gentilhomme,

et tu verras tôt Robin. Mais d'abord prenons quelque passe-
temps sous ces arbres verts; faisons quelque épreuve au
plus fort, dans le bois. Nous avons chance de rencontrer
ici Robin Hood, au premier moment. »

Ils coupèrent deux branches d'épines qui poussaient
sous un buisson, et ils les passèrent entrelacées, pour
faire un but à leurs flèches. « Commence, bon camarade,
dit Robin Hood. — Non, par ma foi, bon camarade, dit
l'autre; tu seras mon guide. »

Robin tira le premier, et ne manqua le but que de la
largeur du doigt. L'homme était un bon archer; mais il
ne pouvait en faire autant. Le second coup qu'il tira, il
mit dans la guirlande; mais Robin tira beaucoup mieux
que lui; car il perça la branche du milieu.

« Bénédiction sur toi, dit l'homme, bon compagnon!
Si ton cerf était aussi bon que ta main, tu vaudrais mieux
que Robin Hood. Maintenant, dis-moi ton nom, sous les
feuilles du bois.

— Non! ma foi, dit Robin, jusqu'à ce que tu m'aies
dit le tien. — Je demeure dans la vallée, dit celui-ci, et
j'ai juré de prendre Robin; et quand on m'appelle par mon
vrai nom, je suis Guy de Gisborn.

— Ma demeure est dans ce bois, dit Robin; je suis
Robin Hood de Barnesdale, que tu as si longtemps cherché. »

Quiconque ne leur est ni allié ni parent aurait eu beau
spectacle de voir ces deux hommes se rencontrer avec
leurs sabres flamboyants, de voir comment ils combattirent
deux heures d'un jour d'été, etc.

L'adversaire de Robin Hood est un *yeoman*,
c'est-à-dire un homme de cette riche bourgeoi-
sie qui forme encore aujourd'hui la garde na-

tionale de l'Angleterre, et qui monte à cheval,
dans l'occasion, pour repousser les *briseurs de
métiers*. Le *yeoman* est tué, comme vous le croyez
bien. Le héros braconnier, Robin Hood, sort
du bois tenant à la main la tête de son ennemi,
comme Rodrigue, dans les romances espagnoles, apporte celle du comte de Gormaz. Il tue
le sheriff, et délivre Petit-Jean qu'on allait
pendre. Et vive Robin Hood, vivent les braconniers! Mort au sheriff! Voilà la morale du
poëme.

Ainsi, Messieurs, dans cette revue fort im-
complète, nous avons déjà noté divers genres de
poésie : fabliaux satiriques, dictés par les conquérants, contre les moines du pays ; poésie religieuse, pieuses légendes de saints, destinées à
lutter contre l'invasion guerrière, ecclésiastique et civile des Normands ; poésie populaire à
la gloire des braconniers hardis et des chefs de
bandes. Nul de ces essais ne marque encore la
naissance d'une littérature. Les romans de chevalerie, indigènes ou imités, étaient les seuls
ouvrages de quelque importance qu'eût produits
la langue anglaise ; mais la poésie en était fort
rude et sans aucun art.

Au XIIIe siècle, la France, comparée à l'Angleterre, était plus développée pour les lettres

et pour le goût, et bien moins avancée dans la pratique de la liberté et l'art du gouvernement.

Cet esprit de liberté inspirait dès lors, il est vrai, une originalité piquante même sous la rudesse du vieux style anglo-saxon qui lutta quelque temps contre un progrès nouveau de la langue anglaise devenue commune aux vainqueurs normands. C'est ainsi qu'au milieu du xive siècle, l'auteur de la vision de Pierre Plowmann, dans la violente satire qu'il fait de toutes les professions et surtout de celle des clercs et des moines si bien rentés par la conquête, semble un de ces braves Saxons enterrés sous le champ de bataille d'Hastings dont le spectre vient, d'un rire sardonique, narguer les possesseurs des châteaux et des abbayes.

A cette vision il faut joindre le *Credo* de Pierre Plowmann, également inspiré par la haine des moines et déjà plein de cette gaîté amère et triste qui fait l'humeur de Swift et de Sterne. C'est alors qu'enfin l'Angleterre possède un écrivain, un poëte, un homme en qui on ne peut méconnaître beaucoup d'esprit, l'art de conter, et ce mélange d'érudition et de naïveté qui rend si piquants plusieurs écrivains du moyen âge. Je parle de Chaucer. C'est de lui que la plupart des critiques anglais datent le premier âge de leur

poésie littéraire. Bien plus récent que les troubadours, venu après le Dante, Pétrarque et Boccace, Chaucer, qui fut leur élève, ne saurait
leur être comparé. Il a cependant son mérite et
son tour original. Mais il est fort difficile à traduire, ou pour la langue ou pour la bienséance.
Il a de plus beaucoup écrit; et j'avoue qu'embarrassé souvent par son vieux style, ses idiotismes, ses allusions, je ne l'ai pas lu tout entier.
Tâchons du moins de démêler quelques-uns des
caractères de son époque et de son talent.

Né à Londres, en 1328, Chaucer s'éleva par
l'esprit de cour et de flatterie. Il fut de bonne
heure page d'Édouard III, puis confident du duc
de Lancastre, puis envoyé d'Angleterre à Paris,
ensuite à Gênes. Il vit, il connut Pétrarque en
Italie. C'est de lui qu'il emprunta le sujet de
cette touchante histoire de Grisélidis, si bien
racontée par Boccace. Il en met à son tour le
récit dans la bouche d'un clerc d'Oxford, avec
un prologue de quelques vers à la gloire de Pétrarque :

Je veux vous dire un conte que j'ai appris à Padoue
d'un digne clerc, qui a mérité ce titre par ses discours et
ses œuvres; il est maintenant mort et cloué dans sa bière.
Je prie Dieu de donner le repos à son âme, François Pétrarque, le poëte lauréat, ce clerc illustre, dont la douce

éloquence illumina l'Italie d'un éclat poétique, comme Tite-Live l'avait éclairée par la philosophie, les lois et toute autre science....

Ainsi c'est un homme du Nord qui vient puiser à la belle civilisation du Midi. Ce n'est plus l'esprit natif de la vieille Angleterre, plus ou moins mélangé d'esprit normand; c'est un lettré anglais qui connaît bien les deux *Italies*, et a devant lui plusieurs modèles. Chaucer savait à fond la langue latine, et l'écrivait avec goût; il traduisit la *Consolation* de Boëce. On voit qu'il avait lu tous les ouvrages latins de Pétrarque; et quand il imite les poëmes italiens, où Boccace avait lui-même imité les Latins, souvent il abandonne la copie pour s'attacher à l'original, qu'il rend avec plus d'énergie et de fidélité que ne l'avait fait Boccace. Ainsi dans *Arcite* et *Palémon*, épisode emprunté de la *Théséide*, il reproduit d'après Stace la belle description du temple de Mars, faiblement esquissée par Boccace :

> Terrarum exuviæ circum, et fastigia templi
> Captæ insignibant gentes, cælataque ferro
> Fragmina portarum, bellatricesque carinæ.
> . . . . , ...
> . . . . Bellorum solus in aris
> Sanguis, et incensis qui raptus ab urbibus ignis.

Tous ces traits revivent avec une grande force dans le vieil anglais de Chaucer.

Malgré cette étude et ce goût d'imitation classique, il n'est pas de meilleur peintre que lui
du moyen âge; pas d'écrivain où les mœurs,
l'esprit, le langage de ce temps soient mieux
conservés. Voilà son originalité. C'est un *trouvère* anglais; c'est un conteur de la cité de Londres. Il imite nos fabliaux et les chants amoureux des troubadours. Mais il a son caractère
propre de liberté politique et religieuse; et son
imagination savante est nourrie de fables orientales, comme de réminiscences latines.

Aujourd'hui, Messieurs, j'effleure à peine
cette analyse sur laquelle nous reviendrons. In-
diquons seulement quelques points.

C'est Chaucer qui marque le premier développement de la poésie anglaise. Le *français* n'est
plus pour lui la langue de la conquête, mais une
langue littéraire. C'est ainsi qu'il a traduit en
vers le *Roman de la Rose*, comme il aurait imité un
ouvrage classique des anciens. Dans cette version, il lutte habilement contre le style de ses
deux modèles, et semble parfois l'emporter, soit
que son anglais paraisse moins vieilli que le français de Jean de Meung, soit qu'il ait ajouté quelques traits de hardiesse : car, il faut le dire, à
ses titres d'homme de cour, de savant, d'ami de
Pétrarque, d'imitateur de Boccace, il joignait

celui d'hérétique. Il fut un des premiers disciples de Wiclef, dont la secte alors naissante
hâta l'émancipation de l'esprit anglais.

Rappelez-vous quelle place la religion occupait dans les esprits au moyen âge, combien elle
était plus puissante même que la chevalerie. Or,
tandis que, dans les pays tout à fait catholiques,
l'Église de Rome retenait les vérités chrétiennes
sous le voile de la langue latine, et ne permet-
tait pas qu'elles fussent exposées en langue vulgaire, le premier signe, le premier effort de
l'hérésie, fut de traduire la Bible pour tout le
monde; et la popularité de la religion accrut
ainsi celle de la langue. De même que la traduction de la Bible par Luther servit puissamment
à fixer l'allemand, je ne doute pas que les ver-
sions de Wiclef et de ses disciples n'aient hâté
le perfectionnement et étendu l'action de la
langue anglaise. Chaucer se fit le poëte de cette
réforme; c'est-à-dire toutes les pensées hardies
qui étaient enveloppées dans la théologie de
Wiclef, toutes les inductions, toutes les consé-
quences que les esprits libres pouvaient tirer de
la lecture immédiate de la Bible, Chaucer les
exprimait vivement, et les animait par des
satires contre la cour de Rome et les abus de
la vie monacale.

La chevalerie même n'est pas épargnée par
le bon sens épigrammatique de Chaucer. Les
romans de chevalerie régnaient partout; eh
bien, dans Chaucer, vous trouvez, sous une
forme ironique, la protestation de la saine raison
et du goût contre ce genre d'imagination stérile
à force d'être extravagant. Son *sir Thopas* est le
précurseur de Don Quichotte. Cette parodie fait
partie des *Contes de Cantorbéry*, recueil d'histo-
riettes, dans le goût du *Decameron*, mais écrites
en vers, avec moins de charme et de poésie que
n'en offre la prose de Boccace.

Le cadre de ce recueil est, du reste, ingénieux.
Chaucer ne suppose pas, comme l'a fait Boccace avec une insouciance immorale, des récits
amoureux, au milieu d'une peste; il rassemble
à *Southwark*, dans une auberge, divers pèlerins,
venus pour honorer la châsse de Thomas Beckett.
Dans l'inaction de la soirée, ces pèlerins se content des histoires touchantes ou gaies. Leur
réunion seule est assez dramatique. Elle offre
tous les états, tous les personnages du moyen
âge : un chevalier, un écuyer, un médecin, une
abbesse, un moine, un huissier de la cour ecclésiastique, un étudiant, un vendeur d'indulgen-
ces, etc., etc. Chaucer, parlant à son tour, commence l'histoire de *sir Thopas*. Il accumule les

enchantements et les prodiges. Mais au milieu
du récit, lorsqu'il avait déjà tué grand nombre
de géants, un des auditeurs l'arrête et lui dit :
« Plus de ces contes pour l'amour de Dieu ; vous
ne faites que perdre le temps ; ne rimez pas davantage. Dites-nous en prose seulement quelque
chose, où il y ait un peu de gaîté et d'instruction. » Chaucer laisse là son histoire, et commence une allégorie morale de Mélibée, qui a
pour épouse la *Prudence,* et pour fille la *Sa-
gess.*

Toute cette histoire est assez commune, mais
elle renferme de sages conseils et une excellente
morale pour un faiseur de contes, parfois licencieux, comme Chaucer. C'est un des premiers
essais de la prose anglaise. Malheureusement
Chaucer est peu piquant lorsqu'il est moral.

DIX-NEUVIÈME LEÇON.

Nouveaux détails sur la poésie anglaise au xive et au xve siècles. — Poëtes érudits : Gower. — *Ménestrels*. — Médiocrité de toute cette poésie. — Imitation moderne du vieux style anglais; essais *pseudonymes* de Chatterton. — Caractère de la poésie française au commencement du xve siècle. — Charles d'Orléans. — Reproduction artificielle de notre vieille poésie; *Clotilde de Surville*.

MESSIEURS,

Au xive siècle, la langue française, importée par les Normands, se conservait encore en Angleterre, dans tous les actes publics, comme le symbole de la conquête. Ce qui nous frappe en cela, c'est le résultat politique. Si l'on songe en effet que, peu d'années après cette époque, l'Angleterre avait à demi subjugué la France, qu'un roi d'Angleterre s'était fait l'héritier présomptif du royaume de France, et que son fils, enfant, fut sacré à Paris, dans l'église Notre-Dame, on jugera sans peine à quel point l'ancienne naturalisation de la langue française en Angleterre pouvait favoriser l'envahissement de la France, et servir à confondre les deux peuples sous un

même joug. Cela peut expliquer aussi comment,
jusqu'à la fin du xve siècle , les actes du parlement britannique furent rédigés en langue française, et comment, aujourd'hui même, c'est en
français que le roi d'Angleterre prononce certains mots caractéristiques, certaines formules
sacramentelles de sa prérogative. Ces mots sont
là , comme le reste, le débris d'une grande ambition , celle de régner sur la France.

Mais ce français de chancellerie a peu de rapport avec les lettres. La prononciation normande, qui déjà gâtait notre idiome parisien ,
était encore gâtée par l'accent anglais. Aussi les
Anglais de race se moquaient de ce français de
conquête, implanté dans leur pays. Chaucer est
rempli d'allusions plaisantes à ce sujet. Parle-
t-il d'une abbesse , dans le prologue de ses *Contes
de Cantorbéry* , il la représente ainsi :

La supérieure¹ était une nonne souriant d'un air simple
et doux. Elle n'avait pas de plus grand serment que par
saint Éloy. Elle parlait français , bel et bien , d'après l'école
de Stratfort at Bowe ; car elle ne savait pas le français de
Paris.

> ¹ There was also a nonne a prioresse
> That of hire smiling was ful simple and coy ;
> Hire gretest otho n'as but by seint Eloy, etc.
> And Frenche she spake full fayre and fetisly,
> After the scole of Stratford atte Bowe,
> For Frenche of Paris was to hire unknowe.

Quoi qu'il en soit, un progrès de la langue anglaise suivit cette longue influence de la nôtre. Le style de Chaucer est en partie formé sur le modèle du *Roman de la Rose* et de nos meilleurs fabliaux. Non-seulement, il imite avec art plusieurs tournures de notre langue; souvent, par une bigarrure moins heureuse, il introduit dans son style anglais des mots, des phrases toutes françaises; par exemple, ce refrain, qui coupe une de ses ballades anglaises : « J'ai tout perdu, mon temps et mon labeur. »

Ailleurs il conserve en français les noms de nos personnages allégoriques : *Faux-Semblant, Bel-Accueil*, etc.

On voit qu'à cette époque les hommes de cour, les magistrats et les savants, en Angleterre, étudiaient et employaient notre langue, presque comme le latin. On lit dans un vieux règlement[1] d'Oxford, que les écoliers d'un collége n'avaient la permission de causer entre eux qu'en latin ou en français. Enfin tous les poëtes anglais du xive siècle savaient assez bien notre langue pour l'écrire.

Le principal rival de Chaucer, Gower, avait fait un grand ouvrage en trois parties : *Speculum*

[1] Si qua inter se proferant, colloquio latino vel saltem gallico perfruantur.

meditantis; Vox clamantis; Confessio amantis : c'est
un poëme *polyglotte.* La première partie était en
vers français, la deuxième en latin, la dernière
en anglais. Le livre est d'ailleurs fort ennuyeux
dans les trois langues. C'est de la poésie scolastique, comme toute la poésie savante du moyen
âge; et le génie du Dante n'est pas là. Gower a fait
d'autres poésies françaises plus agréables et plus
courtes; entre autres, un recueil de *ballades,*
qui tomba jadis au pouvoir de Fairfax, général
habile, et, de plus, curieux antiquaire, mais
pauvre homme d'état, facilement dupé par
Cromwell. En tête de ce recueil, on lit quelques
vers que je vous citerai :

> A l'université de tout le monde
> Johan Gower ceste ballade envoie;
> Et si je n'ai de François la faconde,
> Pardonnez-moi que je de ce fourvoie.
> Je suis Anglois, si quiez par telle voie
> Estre excusé; mais, quoique mal on die,
> L'amour parfait en Dieu se justifie.

Cependant ce poëte, qui fut fort goûté à la
cour, qui réunissait à une faculté naturelle de
versifier en anglais, des connaissances assez
étendues, qui savait le latin, le grec, l'histoire,
la mythologie, la scolastique et l'alchimie, n'a
du reste aucun génie. On voit que la littérature
anglaise, hormis les heureuses saillies et la

verve satirique et déjà hérétique de Chaucer,
n'était alors inspirée que par la France et l'I-
talie. Le goût assez grossier des poëtes anglais
distinguait, du reste, fort peu entre ces différents
modèles. De mauvaises compilations latines du
XIIe siècle, telles que le *Gesta Romanorum*, étaient
consultées avec plus de soin que les élégants
écrits de Pétrarque.

Savez-vous comment Gower parle du premier
grand poëte moderne ? « Un certain poëte d'I-
talie, dit-il, qui était appelé le Dante…. » Singularité de la gloire ! comme elle est lente à se
former ! Voilà le premier hommage que le Dante
ait reçu dans la patrie de Milton ! Boccace était
surtout admiré pour son savoir et ses compilations latines. La science était si nouvelle alors,
qu'elle semblait du génie, et qu'on vous savait
gré d'un souvenir comme d'une invention. Cela
justifie-t-il les objections répétées de nos jours
contre l'étude et l'influence des littératures classiques ? Nullement. Sans doute elles semblaient
accabler quelques esprits faibles qui, surchar-
gés tout à coup de tant de souvenirs, succom-
baient sous le poids. Leurs ouvrages, stériles
d'invention, se remplissaient de lieux communs empruntés à l'antiquité ; mais l'ignorance
ne les eût pas mieux inspirés.

Il y avait dans le peuple quelques esprits plus vifs, qui, sans culture et sans lettres, étaient poëtes. Nous ne parlons pas de ces bardes gallois qu'Édouard persécuta, et dont les vers sont perdus. Mais il y avait des ménestrels, semblables à nos troubadours. Ils étaient inviolables; ils avaient le droit d'entrer en tous les lieux; on leur devait le vivre et le couvert, et ils s'acquittaient en chansons. Je trouve à cet égard un édit curieux, daté du xiv° siècle, et rendu par ce même Édouard, destructeur des bardes du pays de Galles :

Édouard, par la grâce de Dieu,... aux shérifs, salut. — Attendu que beaucoup de personnes fainéantes, sous couleur de profession de *ménestrels*, ont été et sont reçues à boire et à manger dans les maisons des autres, et ne se sont contentés, à moins de présents des maîtres de la maison; voulant réprimer ces procédés outrageux et cette paresse, avons ordonné que personne ne pourra s'introduire, pour boire et manger, dans les maisons des prélats, comtes et barons, à moins d'être *ménestrel*, etc., etc.; il n'en pourra venir là que trois ou quatre au plus, le même jour. Et quant aux maisons de moindre qualité, nul n'y pourra entrer, à moins d'être demandé; et ceux qui le seront devront se contenter de boire et de manger, sans faire aucune demande; et s'ils pèchent contre cette ordonnance, ils perdront le rang de *ménestrels*.

Comme la liberté fut hâtive dans la vieille Albion, cette poésie des ménestrels se mêla de

bonne heure à des intérêts politiques. Un jour
que le roi Édouard II, tenant grande cour plé-
nière, recevait ses prélats, ses barons, et, suivant l'usage agreste du temps, dînait sous la
feuillée, une femme, habillée en ménestrel,
s'approcha, sur un coursier de bataille, tout
auprès du roi, et lui chanta une chanson qui
renfermait la plus vive satire de tout son gouvernement. Ensuite, usant du privilége de femme
et de ménestrel, elle piqua des deux et se retira,
laissant la cour très-ébahie et le roi très-irrité
de cette adresse.

Vous pouvez croire que de bonne heure aussi
les puissants s'inquiétèrent d'une pareille liberté; elle était odieuse à ceux qui gouver-
naient, et chère au peuple qui croyait y voir une
protection. Plusieurs édits montrent les ménestrels persécutés. L'espèce de proscription qui jadis avait frappé les bardes gallois au milieu de
leurs forêts, suivit ces chantres plus civilisés
qui circulaient dans les cités et les villages d'Angleterre. Vous voyez se prolonger jusqu'au règne d'Élisabeth cette lutte des chanteurs contre
les hommes puissants. Un des actes qui les
frappent date du règne de la despotique Élisabeth. Par cet acte, tout ménestrel errant doit
être jugé et puni comme vagabond. On n'ex-

cepte que les acteurs d'intermèdes, appartenant
à des barons du royaume, ou à quelque personnage de rang plus élevé. Ainsi cette poésie hardie et libre des premiers temps était réduite à
la domesticité. Au reste, il ne semble pas que,
même dans ses jours de liberté, elle ait eu quelque grande inspiration. Je lis attentivement
l'histoire de la poésie anglaise de Warton, le
recueil de Percy; je parcours les vieilles chroniques; je cherche, je compulse, et, je l'avoue,
je ne trouve aucun génie dans les restes de cette
vieille poésie anglaise. Le pur, l'académique
Addison s'est amusé, dans quelques chapitres
du *Spectateur*, à comparer à Virgile la ballade
populaire de *Chevy-Chase*; mais son admiration
nous semble un peu subtile. Je ne trouve donc,
à cette époque, aucun monument de l'originalité anglaise, que l'on puisse comparer à ce que
faisait alors la France ou même l'Italie dans les
arts : point de chronique comme celle de Froissart; point de vers comme ceux de Pétrarque.
Ce n'est pas que l'on n'écrivît beaucoup en Angleterre. Toutes les inventions de France et d'I-
talie, au xive siècle, étaient aussitôt traduites en
anglais. La communication d'idées entre quatre
ou cinq nations de l'Europe était dès lors très-
fréquente et très-rapide. Ce degré de civilisa-

tion qui semble le caractère de notre époque, cette circulation littéraire qui nous apporte si vite un roman de Walter Scott ou des vers de Byron, est plus ancienne qu'on ne le croit; elle date du xiii° et du xiv° siècle.

L'Angleterre, alors, empruntait beaucoup plus qu'elle ne créait. Elle traduisait nos romans et nos fabliaux. Mais sa poésie nationale était stérile et sans grandeur. La fiction est venue depuis aider à la vérité. On a supposé, dans une époque très-récente, des compositions anglaises, dont la date se rapporte au moyen âge. C'est une ruse et un passe-temps des littératures vieillissantes de contrefaire le passé et d'en imiter les formes et le langage pour rajeunir le présent. Cette tentative fut faite en Angleterre; elle doit vous intéresser, parce que le nom du contrefacteur poétique rappelle un esprit original.

Au milieu du dernier siècle, on vit paraître, dans les journaux de Bristol, des poésies données sous le nom de *Rowley*, prêtre anglais du xv° siècle. Ces poésies offraient beaucoup d'imagination et une vive sensibilité; les formes, les constructions étaient surannées; l'orthographe, plus encore. L'Angleterre savante fut fort occupée de cette découverte. On avait vu

successivement paraître une description de
moines passant sur le vieux pont de Bristol,
un fragment prétendu de la tragédie d'OElla,
des chœurs de ménestels, un chant sur la bataille d'Hastings.

Quel était l'auteur de ces publications ? Un
enfant de quinze ans, Chatterton. Il y avait dans
l'âge, dans l'inexpérience d'un tel éditeur, quelque chose qui favorisait la fiction. On devait
croire qu'il disait vrai ; car comment aurait-il
eu l'habileté de mentir ainsi ? comment ce savant
archaïsme pouvait-il appartenir à un enfant ? On
admira donc beaucoup ces vieilles poésies, jusqu'au moment où Walpole, esprit fin et curieux
antiquaire, découvrit la fraude.

Maintenant, comment cette fraude a-t-elle
été faite ? Il faut en dire quelques mots. Nous
achèverons l'esquisse de la vieille poésie anglaise en marquant par quels artifices un
homme de talent la simulait au xviiie siècle.
Chatterton était fils d'un maître d'école. Rêveur et studieux dès l'enfance, il montra une
sorte d'attrait et de curiosité instinctive pour
les impressions gothiques et les anciennes écritures. Dans la modeste succession de son pauvre
père, il se trouvait quelques vieux papiers, tirés d'un coffre autrefois déposé dans la cathé-

drale de Bristol. Le petit Chatterton s'applique longtemps à les déchiffrer, à les transcrire, à imiter la forme des caractères ; et puis, il annonce d'un air mystérieux, à sa mère, qu'il a découvert un trésor. Peu de temps après il envoie au journal de Bristol la première pièce qui attira l'attention.

Eh bien, ces belles poésies, cet enfant de quinze ans les avait faites. C'était un génie singulier, d'une dissimulation étonnante à cet âge, et jetant une sorte de naïveté dans ces œuvres si complétement factices. Passionné de gloire et de fortune, le pauvre enfant quitte Bristol, et vient à Londres avec ses vieilles poésies, et une vivacité d'imagination qui s'intéresse à toutes les querelles politiques. Il est accueilli par les whigs, engagé à écrire pour l'opposition. Il écrit dans les journaux des morceaux de polémique, qui ne sont pas ennuyeux, après soixante ans, et où l'on remarque une intelligence des querelles du temps, et une finesse de réflexion satirique, merveilleuse dans un petit antiquaire de seize ans, qui n'avait jamais fait autre chose qu'aller à l'école et copier de vieux manuscrits. Adopté avec cette faveur qui est la protection que donne le public, Chatterton s'imagina qu'il allait tout obtenir. Il répétait même

qu'avant de mourir, il aurait rétabli le peuple
anglais dans ses droits. Mais cette faveur publique
s'adressait à un jeune homme sans prévoyance,
et elle était elle-même peu prévoyante. On accueillait avec empressement Chatterton ; on le
comblait d'éloges ; on admirait sa science, son
génie, son courage ; et on ne savait pas s'il avait
dîné ; et lui, fier et dissimulé, cachait sa misère,
comme il avait déguisé son talent poétique, pour
le faire mieux applaudir. On le voyait sans cesse
dans les réunions brillantes ; il enchantait tout
le monde par la vivacité de sa conversation, par
ce mélange de sarcasmes contre les ministres du
jour, et de prétendues découvertes sur la poésie
du xvᵉ siècle. Puis, il sortait de là ; il rentrait
dans son grenier, et tâchait de dormir, parce
qu'il n'avait pas de quoi manger. Ce rôle pénible,
ce mélange de misère et de célébrité, de souffrances physiques et de succès d'amour-propre, il le
soutint quelque temps avec une singulière énergie. Puis, un jour, ce pauvre enfant, désespéré,
s'empoisonna. Aussitôt qu'on apprit sa mort et
tous ses malheurs, l'intérêt, l'enthousiasme prirent un caractère plus sérieux. Quand il fut
mort, on s'occupa de savoir comment il aurait
pu vivre. On fit une souscription. Ces paroles
ne voulaient pas provoquer un rire d'ironie. Ce

secours tardif ne fut pourtant pas inutile. Chatterton, au milieu de ses bizarreries, aimait tendrement sa mère et sa sœur. Lors même qu'il
n'avait rien pour lui, il leur envoyait des présents et leur parlait sans cesse de sa fortune et
de ses espérances. On recueillit et on publia ses
œuvres au profit de sa famille : c'étaient les prétendues poésies de *Rowley* et des traductions d'o-
riginaux qui n'ont point existé ; car Chatterton
avait un goût singulier pour ce genre d'impos-
ture littéraire.

Mais cette fiction ne pouvait se soutenir devant des yeux exercés. Rien de plus malaisé que
cet effort pour se transporter dans le passé, pour
en prendre le costume et le langage. On imite,
on emprunte quelques formes de style, quelques
locutions surannées ; mais le caractère des idées
vous trahit toujours. On sait combien nos grands
poëtes mêmes ont manqué la vérité des mœurs
grecques et romaines. Shakspeare est plus infidèle encore aux costumes de l'antiquité, quoiqu'il soit plus fidèle au fond même de la nature
humaine. La vérité du moyen âge n'est pas moins
difficile à saisir pour un moderne. Que serait-ce
quand il s'agit, non pas seulement d'imiter le
moyen âge, mais d'en être, de faire un ouvrage
antidaté du xvᵉ siècle ? Je laisse de côté les fautes

matérielles, les confusions de style, qui décèlent
l'artifice; je ne m'arrête qu'aux idées. Dans un
des prétendus *Chants* de Rowley, sous la vieille
orthographe et les vieux mots artistement com-
binés par Chatterton, je retrouve ce que je vais
traduire :

O toi! que reste-t-il maintenant de toi! OElla, l'enfant
chéri de l'avenir! Que mon chant soit hardi comme ton
courage, et aussi durable pour la postérité!

Je reconnais tout de suite la forme de la pensée moderne, bien que Chatterton eût écrit ce
texte d'une écriture gothique, et sur du vieux
parchemin, qu'il avait soigneusement sali.

Mais laissons là cette fraude trop évidente d'un
rare et malheureux jeune homme. Ce qu'il y a
de sûr, c'est que la vraie poésie anglaise du
xive et du xve siècle n'a produit, à l'exception de
Chaucer, rien de puissant et d'original. Les phi-
lologues anglais peuvent étudier, pour l'histoire
de leur langue, les poëmes de Lygdate, pleins
d'imitations italiennes; la vieille chronique de
Hardings. Les règnes de Richard III et de
Henri VII comptèrent beaucoup d'obscurs ver-
sificateurs, mais aucun qui puisse trouver place
dans une revue générale et comparée des littératures. Le grand mouvement du génie anglais n'a
daté que de la réforme.

Dans les recherches sur le travail et le développement des esprits, il faut tenir grand compte
de l'apparition accidentelle des hommes de génie. On répète que tout homme est l'ouvrage de
son temps ; mais il est aussi vrai de dire que tel
siècle a été l'ouvrage d'un homme. Sans cet
homme le siècle continuait à cheminer dans
une ornière tracée : cet homme paraît, et le
pousse ailleurs et plus loin. Ce grand accident
d'un homme de génie, venu à propos dans les
arts, l'Italie l'éprouva dès la fin du xiiie siècle :
l'Angleterre n'eut quelque chose de semblable
qu'au xvie. Jusque-là, et dans le temps qui nous
occupe, elle était, pour les lettres et la poésie,
inférieure aux autres nations. La longue durée
de ses guerres civiles, les agitations de son gouvernement, tout cela détournait les Anglais de
ces paisibles études, déjà si florissantes en Italie, et ranimées en France sous Charles V et
dans les dernières années de Charles VII.

Ainsi revenons à notre France. Ce mélange
des deux peuples, commencé par la conquête
de Guillaume et tristement continué pour nous
par l'invasion de Henri V, mit, pendant soixante
ans, les deux nations ennemies dans un commerce perpétuel d'usages et d'idées. Si Gower
faisait des vers français, nos plus ingénieux

poëtes de cette époque savaient parfaitement
l'anglais. Quelques-uns d'eux, et le premier de
tous Charles d'Orléans, ont fait des vers en
cette langue. Si on avait parlé français à la cour
de Guillaume et de ses premiers successeurs, en
revanche, à cette cour que le duc de Bedford,
au nom de Henri VI, tenait à Vincennes, les seigneurs français tâchaient de prononcer l'anglais.
Cependant la politique des princes anglais,
comme rois et comme vainqueurs, était toujours d'affecter l'habitude familière de la langue
française.

Du reste, les mêmes événements étaient l'u-
nique préoccupation des deux peuples. Parcou-
rez-vous, dans les deux idiomes à cette époque,
tout ce qui n'est pas traduction ou théologie,
partout vous trouvez la bataille d'Azincourt :
c'est le grand souvenir. Les chroniqueurs ra-
content qu'au retour de Henri V à Londres,
après cette victoire, la salle de Westminster
était remplie de musiciens et de poëtes. On
chantait :

Ils virent saint Georges marcher devant le roi; ils
sonnèrent gaîment de la trompette, pour commencer la
grande bataille. Nos archers tiraient de grand cœur, et
firent bientôt saigner les Français; leurs flèches passaient
vite; ils en perçaient nos ennemis, à travers les cuirasses

et les heaumes.... Sept mille furent tués en rang.... Les Français, malgré tout leur orgueil, s'enfuirent. *Je me rends*, criaient-ils de toutes parts; etc., etc. »

Je n'achève pas. Mais, rentrez-vous en France, la même image vous poursuit. Si je parcours les poésies d'*Alain Chartier*, il me parle de quatre dames attachées de cœur à quatre guerriers, qui se trouvaient à cette funeste journée. Chacune d'elles raconte et son amour et sa douleur; un des guerriers a été tué glorieusement sur le champ de bataille, un autre fait prisonnier et conduit en Angleterre; on ignore le sort du troisième; un dernier est bien portant, et s'est enfui. Vous devinez sans peine des quatre dames quelle est la plus malheureuse : celle qui ne pleure que l'honneur de son amant.

Voilà, Messieurs, sous la plume du pédantesque Alain Chartier, une marque de ce qui nous intéresse le plus, l'intime union des pensées, des sentiments d'un peuple avec sa littérature. A d'autres époques, ce sont les traductions, les imitations, les systèmes qui défrayent la littérature. Elle est certainement plus puissante, et plus vraie, lorsque ce sont les événements du jour qui en deviennent le sujet et qui en font à la fois la nouveauté et la passion.

Alain Chartier, malgré l'hommage inusité que

Marguerite d'Écosse lui rendit pendant qu'il
dormait, nous parait assez mauvais poëte. Quoiqu'il ait eu dans la prose un commencement
d'élégance et d'harmonie, ses vers sont plats et
rudes ; mais le sentiment patriotique, ce regret
cruel que les maux de la France communiquaient
à tout noble cœur, arrive jusqu'à lui ; et dans
son poëme des *Quatre Dames* il y a quelques traits
d'une expression touchante.

Les *Joyeuses écritures*, dont il fait honneur à sa
jeunesse, allaient mal à son talent érudit et
grave. La tristesse l'inspira mieux ; il changea
de ton :

> Car en moy n'est entendement ne sens
> D'escrire, fors ainsy comme je sens :
> Langueur me fait par ennuy qui trop dure
> En jeune aage vieillir, malgré nature ,

dit-il, en tête de son *Traité de l'espérance* ou *Consolation des trois vertus;* et dans ce traité en prose,
mêlé de vers et d'allégories, comme la *Consolation
de Boëce*, il dit çà et là des choses belles et fortes
sur l'affliction du pauvre peuple français, sur les
fautes des cours, des grands, du clergé. Même
sentiment, et parfois même éloquence dans un
dialogue, où *dame France*, abandonnée de ses
amis, lui apparaît *en vision, et en très-piteux habit.*
Les succès du vainqueur y sont imputés aux

II.   15

vices du vaincu; puis le chevalier et le peuple
s'accusent, et se renvoient l'un à l'autre la honte
et les malheurs du pays. Le clergé intervient à
son tour; et la France enfin les exhorte à se réunir, et à n'avoir pas *disputation haineuse*, mais *fruc-
tueuse*. Azincourt est toujours là; et, sous cet appareil un peu scolastique, des sentiments vrais
sortent de l'âme de l'écrivain.

Cette bataille d'Azincourt, dont nous ne faisons plus ici qu'une date littéraire, se lie pour
nous au souvenir du plus heureux génie qui soit
né en France au xv⁰ siècle, d'un poëte véritablement original, que Boileau ne connaissait
pas, puisqu'il ne lui a pas accordé la louange
réservée pour Villon,

> D'avoir su le premier, dans ces siècles grossiers,
> Débrouiller l'art confus de nos vieux romanciers.

Ce poëte était un prince, Charles d'Orléans,
né d'une princesse italienne, Valentine de Milan. Cette origine, et l'éducation qu'elle suppose
expliquent le goût si pur de Charles d'Orléans.
L'heureux reflet de la civilisation italienne était
passé sur lui.

Jetée au milieu de la cour cruelle et corrom-
pue d'Isabeau de Bavière, Valentine de Milan,
par sa douceur, ses aimables vertus, était la

consolatrice de l'infortuné Charles **VI**. Mais ses
grâces mêmes et la supériorité de son esprit,
mal compris d'un siècle barbare, la faisaient accuser de magie. Vous avez présente à la mémoire l'horreur de ces temps, la misère du
peuple, les assassinats de prince à prince dans
les rues de Paris. Le roi était fou; son conseil
à peu près. L'époux de Valentine, Charles d'Orléans, et le duc de Bourgogne, se disputaient
le pouvoir. Le duc de Bourgogne fait tuer son
rival; puis, rentré au conseil, il raconte le
crime, en disant que le diable l'a tenté. Le roi
n'y peut rien; Valentine fuit avec ses enfants.
On trouve un cordelier, Jean Petit, qui, devant les grands et le peuple assemblés à la place
Maubert, prononce un long discours pour justifier et célébrer l'assassinat du duc d'Orléans.
Valentine de Milan ne survécut pas à l'année de
son deuil.

Élevé sous les yeux d'une telle mère, dans le
goût des fêtes et des arts, témoin de ses vertus
et de son courage, Charles d'Orléans avait dix-
sept ans, lorsqu'il la perdit. Au lit de mort, elle
avait chargé ses enfants de poursuivre le meurtrier de leur père. Ainsi, la première pensée
de Charles d'Orléans, si fort en contraste avec
la gaîté poétique et galante de son caractère,

fut la vengeance. Il s'arme, se ligue avec les ducs de Bourbon et de Berry, et fait la guerre à l'assassin de son père. Le duc de Bourgogne meurt assassiné. Réuni alors à la couronne de France, le jeune Charles d'Orléans figure à la bataille d'Azincourt. Fait prisonnier, il est conduit en Angleterre; et il y fut gardé vingt-cinq ans.

Cette captivité nous a valu le volume de poésie le plus original du xve siècle, le premier ouvrage où l'imagination soit correcte et naïve, où le style offre une élégance prématurée, où le poëte, par la douce émotion dont il était rempli, trouve de ces expressions qui n'ont point de date, et qui, étant toujours vraies, ne passent pas de la langue et de la mémoire d'un peuple. Sans doute, quelques empreintes de rouille se mêlent à ces beautés primitives; mais il n'est pas d'étude où l'on puisse mieux découvrir ce que l'idiome français, manié par un homme de génie, offrait déjà de créations heureuses.

Ce n'est pas que l'éducation poétique de Charles d'Orléans ne paraisse se lier à cette école subtile et allégorique dont le *Roman de la Rose* était le code; sans cesse *Faux-Semblant, Bel-Accueil, Dangier*, et autres personnages, figurent dans ses vers. Plus d'une fois, il altère ce qu'il sent lui-même par les choses qu'il imagine, ou plutôt par les imaginations toutes faites qu'il emprunte. L'allégorie était devenue une espèce de mythologie, dont les poëtes n'osaient se départir. Mais, sous ce costume nouveau, sa démarche est gracieuse et libre. Et puis, quand il regrette la France et les affections qu'il y conserve, il est poëte de cœur.

Ce n'est pas tout; il est aussi très-spirituel. On doit le remarquer, l'esprit, qui n'est pas la plus précieuse qualité dans les lettres, est celle qui peut-être vient le plus tard. L'esprit est moins naturel, moins spontané que le talent; il se forme de tout ce qu'il entend; il suppose une société savante, habile, raffinée. Au moyen âge, ce n'est pas l'esprit qui domine dans les lettres. Il y a telle nation dont les poésies, pleines de grandeur, n'offrent aucune trace d'esprit, dans le sens moderne du mot. Charles d'Orléans a surtout de l'esprit dans l'expression et dans le tour; c'est un esprit, comme celui de La Fontaine, formé d'enjouement, de délicatesse et de malice. Est-il rien de plus gracieux que sa première élégie sur lui-même?

> Au temps passé, quand nature me fist
> En ce monde venir, elle me mist

> Premièrement tout en la gouvernance
> De une dame que on appeloit Enfance,
> En luy faisant estroit coumandement
> De moy nourrir et garder tendrement,
> Sans point souffrir soing ou mélancolie
> Aucunement me tenir compaignie.

Jeunesse vient ensuite, et je ne vous dirai pas toute son histoire; mais elle conduit le poëte à un manoir, où il est fort bien reçu, en disant son nom. Après beaucoup d'instructions, il reçoit là des *lettres patentes* ainsi conçue :

> Dieu Cupidon et Vénus la déesse,
> Ayant pouvoir sur mondaine lyesse,
> Salut de cœur par notre grant humblesse
>   A tous amants;
>
> Savoir faisons que le duc d'Orléans,
> Nommé Charles, à présent jeune d'ans,
> Nous retenons pour l'un de nos servants,
>   Par ces présentes;
>
> Et luy avons assigné sur nos rentes
> Sa pension en joyeuses attentes,
> Pour en jouir par nos lettres patentes,
>   Tant que voldrons;
>
> En espérant que nous le trouverons
> Loyal vers nous, ainsi que fait avons
> Ses devanciers, dont contents nous tenons
>   Très-grandement, etc., etc.

N'est-on pas surpris de trouver dans cette langue rude et nouvelle un si facile et si ingénieux

emploi des formes qui résistent le plus à la poésie. Cette manière d'assouplir gaîment la langue de la chancellerie, de parodier les édits
royaux, semblerait appartenir au style de Voltaire. Et voyez d'ailleurs comme le langage est
aisé, coulant, naturel, pour le xvᵉ siècle.

Vous jugez bien, Messieurs, d'après les lettres patentes qui furent délivrées au duc d'Orléans, et dont il a fait grand usage, que je ne
puis pas analyser tous ses ouvrages. Je les indique avec le sang-froid d'un antiquaire, comme
avait fait M. l'abbé Sallier. Presque toutes ces
poésies, le monument le plus gracieux de notre
vieille langue, sont très-frivoles par le sujet.

Je ne parle pas d'une chanson latine, non publiée, mais qui se trouve dans le manuscrit original, avec ce refrain :

Laudes Deo sint atque gloria.

Je laisse aussi de côté deux chansons anglaises, qui montrent à quel point Charles d'Orléans avait mis à profit sa captivité ; et j'étudie
en grammairien ses chansons françaises.

Sous le rapport de l'art, remarquons d'abord
qu'il observe rarement le mélange alternatif
des rimes masculines et féminines. Cette règle
n'était encore suivie que dans les rondeaux et

dans quelques pièces en vers d'inégale mesure.
Charles d'Orléans y porte une grâce singulière.
Ses vers sont entrelacés habilement, ses refrains
amenés avec goût.

Charles d'Orléans n'était par seulement poëte
galant et délicat; il était guerrier, il était prince.
Captif depuis cette malheureuse journée d'Azincourt, sachant les misères de la France, tant
ravagée par l'Anglais, il devait exhaler sa douleur dans ses vers. Mais, je l'avouerai, ce qu'il
regrette surtout, c'est le beau soleil de France,
le beau mois de mai, les danses et les belles
dames de France. Il a peu de mélancolie sur le
reste. Il semble homme d'humeur vive et gaie,
qu'un sourire et un rayon de soleil raniment
tout à coup. Ses paroles sont charmantes, pour
chanter le beau temps et les doux loisirs :

> Les fourriers d'été sont venus
> Pour appareiller son logis;
> Ils ont fait tendre ses tapis
> De fleurs et de perles tissus.
>
> Cœurs, d'ennuy pieça morfondus,
> Dieu mercy, sont sains et jolis;
> Allez-vous-en, prenez pays,
> Hiver, vous ne demourez plus.
>
> Les fourriers d'été sont venus
> . . . .

Le temps a laissié son manteau
De vent, de froidure et de pluye,
Et s'est vestu de broderye
De soleil riant, cler et beau.

Il n'y a beste, ni oyseau,
Qui en son jargon ne chante et crye ;
Le temps a laissié son manteau
De vent, de froidure et de pluye.

Rivière, fontaine et ruisseau
Portent en livrée jolie
Gouttes d'argent d'orfévrerie :
Chacun s'habille de nouveau.

Le temps a laissié son manteau, etc.

Bien que Charles d'Orléans nous paraisse souvent trop distrait des maux de la France par les plaisirs qu'il trouva dans l'exil, il s'attendrit parfois, au nom de son pays ; et ses vers ont alors le charme d'un demi-sourire au milieu des pleurs :

En regardant vers le pays de France,
Ung jour m'advint adoure sur la mer;
Qu'il me souvint de la doulce plaisance
Que je soulois audit pays trouver.
Si commençay de cueur à souspirer;
Combien certes que grant bien me faisoit
De veoir France que mon cueur amer doit.
. . . .
Alors chargeai en la nef d'espérance
Tous mes souhaits, en les priant d'aller
Oultre la mer, sans faire demourance,
Et à France de me recommender.

Ailleurs il plaisante avec grâce sur le bruit de
sa mort répandu dans la France, qu'il n'a pas
vue depuis si longtemps, et il se donne à lui-
même un certificat de vie, dans une forme poétique et gaie :

> Nouvelles ont couru en France
> Par maints lieux que j'estoye mort ;
> Dont avoient peu desplaisance
> Aulcuns qui me hayent à tort :
> Aultres en ont eu desconfort,
> Qui m'ayment de loyal vouloir,
> Comme mes bons et vrays amis.
> Ci fais à toutes gens savoir
> Qu'encore est vive la souris.
>
> Je n'ay eu ne mal, ne grevance,
> Dieu mercy, mais suis sain et fort ;
> Et passe temps en espérance,
> Que paix, qui trop longement dort,
> S'esveillera, et par accort
> A tous fera lyesse avoir.
> Pour ce, de Dieu soient maudis
> Ceux qui sont dolents de veoir
> Qu'encore est vive la souris.

On remarquera que l'expression de Charles
d'Orléans est ingénue, familière, sans avoir ja
mais rien de bas. C'est sa grande supériorité sur
Villon, qui aurait mieux valu, nous dit Marot,
« s'il avait demeuré en la cour des rois et des
princes, où les jugements s'amendent et les lan-
gages se polissent. » Il y a dans Charles d'Orléans un bon goût d'aristocratie chevaleresque,

et cette élégance de tour, cette fine plaisanterie
sur soi-même, qui semble n'appartenir qu'à des
époques très-cultivées. Il s'y mêle une rêverie
aimable, quand le poëte songe à la jeunesse qui
fuit, au temps, à la vieillesse. C'est la philosophie badine et le tour gracieux de Voltaire
dans ses stances à madame Du Deffant :

> Je fus en fleur au temps passé d'enfance ;
> Et puis après, devins fruit en jeunesse ;
> Lors m'abatit de l'arbre de plaisance,
> Vert et non mûr, Folie ma maîtresse.

Boileau se vantait d'avoir parlé poétiquement
de sa perruque : Charles d'Orléans, tout brillant chevalier qu'il est, parle de ses lunettes :

> Par les fenestres de mes yeulx,
> Au temps passé, quant regardoye,
> Advis m'estoit, ainsi m'aid Dieu,
> Que trop plus belles veoye
> Qu'à présent ne fais ; mais j'estoye
> Ravy en plaisir et lyesse,
> Es mains de madame Jeunesse.
>
> Or maintenant que deviens vieulx,
> Quant je lis au livre de joye,
> Les lunettes prens pour le mieulx ;
> Par quoy la lettre me grossoye,
> Et n'y voy ce que je souloye.
> Pas n'avoye cette foiblesse,
> Es mains de madame Jeunesse.
>
> Jeunes gens vous deviendrez vieulx,
> Si vivez, et suivrez ma voye.

Sans doute il y a dans ces poésies charmantes
un reste de négligence et de dureté qui arrête
quelque peu le lecteur. C'est pour nous une
épreuve, une pierre de touche certaine, pour
démêler d'avec les contrefaçons modernes ce
qui porte la date véritable du moyen âge. Quel
que soit l'heureux génie d'un écrivain de ce
vieux temps, il reste toujours quelque chose de
gothique et d'étrange.

Ce caractère est plus adouci dans les poésies
de Charles d'Orléans que partout ailleurs, si
vous les comparez aux vers d'Alain Chartier, et
même aux vers de Christine de Pisan, fille d'un
astrologue italien que le sage roi Charles V
avait fait venir à sa cour. Mais il y a dans le
style et la pensée de ce temps un reste de rudesse choquant pour le nôtre. Si donc jamais
on vous montre des poésies du xvᵉ siècle, où le
plaisir que vous éprouvez soit sans interruption
et sans effort, où le style, chargé seulement,
pour mémoire, de quelques mots surannés,
coule du reste avec aisance, et soit partout précis et clair, dites-vous bien que ce n'est pas du
moyen âge; il y a mensonge plus ou moins habile.

C'est par un nouvel exemple de ces fraudes
littéraires que je terminerai cette revue compa-

rative et trop abrégée. Nous avons eu, comme
les Anglais, une contrefaçon élégante, une spirituelle mystification sur la poésie de notre
xvᵉ siècle. De .même que Chatterton leur a
forgé le vieux Rowley, nous avons cru quelque
temps à *Clotilde de Surville*. Ses poésies *retrouvées*
ont fait grand bruit en France, il y a vingt ans.
Le monument est curieux : c'est une petite con-
struction gothique, élevée à plaisir par un moderne architecte. Mais le goût qui a présidé à
cette œuvre factice, la vérité des sentiments qui
se cache sous la combinaison du langage, tout
cela mérite d'être étudié.

En 1802, on annonça les poésies inédites de Clotilde de Surville, noble dame du xvᵉ siècle. Ce
nom de Surville n'était pas inconnu dans notre
histoire, et avait été récemment porté par un
marquis de Surville, homme de cœur et d'esprit, qui servit en Amérique, revint en France
pour émigrer, y rentra pour combattre, et fut
cruellement mis à mort par une commission militaire.

Il paraît que le marquis de Surville, passionné pour la poésie, avait d'abord été poëte
moderne, vu qu'il était né dans le xvⅢᵉ siècle.
Ses essais se perdirent dans la foule. M. de Surville alors tâcha de vieillir sa muse. Une curio-

sité féodale qui lui faisait relire avec plaisir les vieux titres de sa famille, le portait à imiter l'ancien style. Ses amis ont prétendu qu'il avait retrouvé les poésies d'une arrière-bisaïeule, qu'il les avait déchiffrées, transcrites (car on n'a jamais montré la copie originale), et que, peu de jours avant de mourir, il avait recommandé par une lettre ce précieux dépôt. A-t-on supposé cette lettre? ou bien a-t-il voulu lui-même tromper sur une chose aussi frivole, dans un moment si solennel et si triste? Quoi qu'il en soit, l'authenticité de ces poésies n'en est pas moins invraisemblable. Quand on a lu Charles d'Orléans, on reconnaît dans les poésies de Clotilde une fabrication moderne qui se trahit par la perfection même de l'artifice.

Les objections techniques se présentent d'abord. Clotilde, dans ses poésies, est beaucoup plus savante que son temps. Elle cite des livres qu'on n'avait pas : elle parle des satellites de Saturne qui n'étaient pas encore découverts : elle observe dans sa versification des règles qui n'existaient pas : elle est fidèle à l'entrelacement rigoureux des rimes : elle évite avec scrupule les hiatus de voyelles. Enfin, sous les vieux mots accumulés et sous la vieille orthographe, elle a je ne sais quel tour d'idées modernes, et cette

élégance d'un idiome depuis longtemps assou-
pli. Mais, la fraude une fois prouvée, reste le
mérite de la fraude en elle-même. Ces poésies
sont charmantes. Admettez-vous que ce soit un
raisonnable et bon travail d'écrire en vieux français, comme on écrit en latin ou en grec, il faut
goûter beaucoup les poésies de Clotilde de Surville. Je ne dis pas qu'un profond philologue
comme M. Raynouard ne puisse noter dans
cette œuvre en langue morte des erreurs gram-
maticales, des anachronismes de mots, des bar-
barismes, et parfois une correction vraiment fau-
tive pour le xve siècle; mais les qualités même
qui prouvent la *supposition* de l'ouvrage augmen-
tent l'attrait de la lecture. C'est un certain degré de précision et de clarté peu connu dans le
moyen âge. La justesse, l'ordre, la liaison des
idées manquaient alors. Cette netteté de l'esprit, qui a passé des ouvrages les plus sérieux
aux plus frivoles, ne se faisait pas sentir dans
les idées, hormis en Italie, où la langue avait
été subitement perfectionnée par trois hommes
de génie.

Quand je lis *Clotilde de Surville*, tout me montre une main moderne. On a eu beau choisir de
vieux mots qu'on a eu soin d'expliquer au bas
de la page; le tour, le mouvement, la phrase

sont d'une date récente. Écoutez ces vers charmants :

> Clotilde au sien amy doulce mande accolade,
>   A son espoulx, salut, respect, amour!
> Ah! tandiz qu'esplorée et de cœur si malade,
>   Te quier la nuict, te redemande au jour,
> Que deviens, où cours-tu? loing de ta bien-aymée
>   Où les destins entraisnent donc tes pas?
> Faut que le dize, hélas! s'en croy la renommée,
>   De bien long-temps ne te revoyrai pas!
>
> Bellone, au front d'arhain, ravage nos provinces;
>   France est en proye aux dents des léoparts :
> Banny par ses subjects, le plus noble des princes
>   Erre, et proscript en ses propres remparts,
> De chastels en chastels et de villes en villes,
>   Contrainct de fuyr lieux où debvoit régner;
> Pendant qu'hommes félons, clercs et tourbes serviles,
>   L'ozent, ô crime! en jusdment assigner!...
> Non, non; ne peult durer tant coupable vertige :
>   O peuple franc, reviendraz à ton roy!

Cette lecture ne vous a pas laissé un moment
d'embarras. C'est le français moderne, à la netteté des constructions. C'est une contrefaçon
très-élégante, trop élégante peut-être.

Encore une remarque. M. de Surville était un
fidèle serviteur de la cause royale. Il s'est plu,
je crois, dans la solitude et l'exil, à cacher ses
douleurs sous ce vieux langage. Quelques vers
de ce morceau, sur les malheurs du règne de
Charles VII, sont des allusions visibles aux trou-

bles de la France à la fin du xviiie siècle. C'est
encore une explication du grand succès de ces
poésies. Elles répondaient à de touchants souvenirs ; comme l'ouvrage le plus célèbre du
temps, le *Génie du christianisme*, elles réveillaient
la pitié et flattaient l'opposition.

Vous êtes trop jeunes, Messieurs, pour avoir
souvenir de cela. On aimait à trouver, sous le
puissant empereur, des souvenirs d'opposition
dans une femme poëte du xve siècle. Ce plaisir
est perdu pour nous. Il reste l'œuvre ingénieuse
d'un homme de talent, et, chose remarquable !
quelques poésies pleines de naturel et de sensibilité, sous un travail évidemment artificiel. Ce
travail même atteste cependant l'impossibilité,
pour une époque, d'en contrefaire une autre.
La leçon de goût qui sort de là, c'est qu'il ne
faut pas tenter sous son propre nom ce que l'on
ne peut faire non plus sous un faux nom. Que
chaque siècle écrive la langue qu'il parle. Une
époque de raffinement ne doit pas simuler la
barbarie. Si on la simule sous un nom ancien,
la contrefaçon se trahira ; si on essaye de la simuler sous son propre nom, on restera tout à
la fois inférieur à son temps et à soi-même.

VINGTIÈME LEÇON.

Suite de la poésie française. — De la chute et de la renaissance de l'art
dramatique. — Premiers essais de la religieuse Hroswithe, dès le
XIᵉ siècle. — De l'origine des *Mystères*. — Idée de ce genre d'ouvrages. — *Soties, moralités.* — *Le Savetier.* — *L'Avocat patelin.*

MESSIEURS,

Nous avons encore à parler de la poésie française au moyen âge; mais quelle poésie! Nulle
élégance, nulle douceur harmonieuse; une simplicité sans charme, une grossièreté sans force.
Convenons bien de ce fait : la vraie poésie, naturelle, expressive, brillante de coloris et d'i-
mages, en France, elle ne fut jamais contemporaine que du bon goût; nous n'avons pas eu de
poésie à la fois rude et sublime. Il n'y en a pas
moins dans ces œuvres, faibles et barbares, de
précieux indices d'originalité nationale, et le
sujet d'une étude sur le travail de l'esprit humain et ses lents progrès. C'est là qu'il nous faudra chercher aujourd'hui la renaissance du plus
beau des arts, du plus savant, du plus difficile,

de celui que l'antiquité grecque avait porté si
loin, qui mourut avec l'avénement du christianisme et l'invasion des barbares, qui fut seize
siècles avant de reparaître, et qui se montre
alors avec tant d'éclat et de diversité en Espagne, en Angleterre, en France : l'art dramatique
enfin. Ce qui va nous occuper, ce sont quelques
études, les unes vulgaires, les autres presque
inédites, sur le premier débrouillement du théâtre dans l'Europe moderne. Je ne vous promets
pas un égal intérêt dans tous les détails. Je crains
que votre attention ne soit quelquefois trompée,
comme l'ont été mes recherches. S'il est cependant une portion de la littérature qui soit intimement liée avec toute l'existence d'un peuple,
qui serve à la fois à former ses mœurs et à les
constater, c'est le théâtre. Ce que nous savons
le mieux de la Grèce, c'est peut-être ce que nous
en a dit Aristophane, dont le drame était pourtant
si allégorique et si fabuleux. Nous avons perdu
beaucoup d'anecdotes de la civilisation romaine,
parce que chez elle le théâtre, imité du grec,
était une œuvre littéraire plutôt qu'une expression sociale, et que les comédies vraiment romaines, ces pièces obscènes et populaires dont
parlent Tertullien, saint Augustin, Arnobe, ont
entièrement disparu pour nous.

Le coup mortel porté au théâtre vint du christianisme. Tandis que la philosophie grecque florissait encore et faisait dominer son langage
jusque dans le palais des Césars, le théâtre, dès
longtemps déchu faute de génie, était chaque
jour avili par ses excès et par la prédication
chrétienne. Il méritait cet anathème. Impudique
à un degré que notre imagination moderne ne
peut concevoir, ce théâtre devait révolter les
chastes regards de cette population nouvelle,
qui naissait de la fange du vieux peuple. Par-
courez les premiers écrivains du christianisme,
Athénagoras, Tertullien, Cyprien, et tant d'autres; vous voyez leur colère s'allumer au seul
nom de théâtre : poëtes, acteurs, spectateurs,
ils enveloppent tout dans leurs âpres censures.
Bien plus : Julien essaye-t-il une restauration du
paganisme, un recrépissement de ce vieil édi-
fice; une de ses réformes, c'est d'interdire les
théâtres païens aux prêtres païens. « Avertis-
sez-les, écrit-il au grand pontife Arsace, qu'un
sacrificateur ne doit pas fréquenter le théâtre,
ni boire dans un cabaret, ni exercer quelque
métier vil ou honteux. » A dater du règne de
Constantin, la législation porte témoignage de
la sévérité du christianisme envers le théâtre.
On voit, par divers édits, qu'il était défendu aux

comédiens convertis de remonter jamais sur la scène, aux comédiennes de porter des pierreries et des étoffes précieuses, aux juges de fréquenter les théâtres, hormis les jours de fête, pour la naissance ou l'avénement de l'empereur.

On rappelle ces faits anciens, parce que c'est là qu'il faut chercher l'origine et l'excuse de l'anathème qui a longtemps pesé sur cette profession de comédien, si honorée dans la Grèce. Ce n'étaient pas des hommes récitant en public de beaux vers et de nobles maximes, qu'avait flétris la prévention chrétienne : c'étaient des mimes, des bateleurs qui figuraient tout ce que l'imagination impure peut rêver de plus déshonnête. Cependant le christianisme déshonora le théâtre sans le détruire ; et même ce qu'il y eut jamais de plus infâme dans les scandales de la scène, se vit dans Constantinople chrétienne, et y fut représenté par une femme qui devint impératrice, Théodora.

Ainsi, le christianisme avait frappé d'anathème tous les théâtres, avait confondu presque dans une haine commune, la pureté païenne de Sophocle et les souillures des *mimes* romains ; et cependant, lorsqu'il est vainqueur, corrompu lui-même par les mœurs d'Orient, il souffre dans la ville bâtie pour être chrétienne, de plus

grandes turpitudes que n'en avait vu la Grèce
idolâtre. La chaire chrétienne protestait depuis
longtemps, et en vain : Constantinople était ivre
de la licence du théâtre, comme de la pompe
des cérémonies saintes. Telle est l'image qu'offrent souvent les sociétés vieillies, où les éléments les plus contraires subsistent à côté l'un
de l'autre, dans une égale impuissance de se sup-
porter ou de se détruire. Ce fut, pendant quatre
siècles, le sort du monde romain.

Mais ce qui vint ajouter la ruine à l'anathème,
ce qui abolit enfin les théâtres, ce fut l'invasion
des barbares. Partout, dans l'Occident, où s'é-
tablissent les barbares, les jeux de la scène ont
cessé. Dans la douleur des peuples, exprimée
par quelques écrivains du temps, le regret des
théâtres perdus se place presque à côté de tous
les autres regrets de la patrie asservie et malheureuse. Un évêque, je m'en souviens, reproche aux habitants de Trèves qu'après la désolation de leur ville, le massacre de leurs plus
illustres citoyens, l'armée barbare s'étant reti-
rée, leur première pensée, leur première sup-
plique à l'empereur fût pour le rétablissement
d'un théâtre.

Mais bientôt tout fut détruit, et le prétoire et
le *cirque*. Le clocher seul de l'église surmonta

cet amas de cendres et de décombres, entassé par les barbares. De ces *cirques* magnifiques, de ces théâtres découverts, qu'on admirait dans les villes de Trèves, de Nîmes, de Lyon, de Marseille, de Poitiers, on en était venu à la rusticité de la cour de Clovis, qui, pour se distraire dans sa vieillesse, avait mandé de Rome un joueur de flûte. C'était là toute la pompe, et toute la musique du palais.

Ainsi, Messieurs, au viie siècle, mettez à part Constantinople, foyer de civilisation et de vices, égout de la vieille société, où se conservaient sa science et ses arts, comme ces chefs-d'œuvre de l'antiquité qu'on a retrouvés dans la vase du Tibre ou sous les eaux croupissantes des Marais Pontins; mettez à part Constantinople, partout ailleurs les théâtres, les jeux dramatiques étaient détruits.

Mais il semble que l'esprit de l'homme ait incessamment besoin de ces émotions qu'inspire un spectacle tragique et majestueux, ou de cette distraction vive et gaie que donnent la satire et la raillerie comique. A peine le théâtre est-il tombé, bien moins sous les anathèmes du christianisme que sous la hache des barbares, qu'on voit, du milieu même de l'église, sortir un nouveau théâtre. Oui, ces cérémonies saintes, ces pompes sévères, ces commémorations mystiques de notre foi, pendant lesquelles, d'abord, on proscrivait, comme une impiété, tout spectacle et tout jeu public, deviennent elles-mêmes un spectacle licencieux et profane. Au lieu de célébrer les fêtes, on les représente, on les joue, si je puis parler ainsi. On substitue aux symboles, à la prière, la représentation dramatique et détaillée. S'agit-il de la fête de Noël; on figure dans l'église tout ce que raconte l'Évangile, la crêche, les bergers, l'adoration des mages. Puis, ce besoin de gaîté grossière, que les hommes éprouvent d'autant plus qu'ils souffrent davantage, introduisit bientôt dans ces tragédies toutes faites, que la religion donnait, un mélange de comique. Voici ce que rapporte Cédrène, auteur byzantin du XIᵉ siècle :

Théophylacte est l'auteur de cette pratique encore subsistante, d'offenser, dans les jours de fêtes, Dieu et la mémoire des saints, par des propos indécents, des rires, des cris, au milieu même des hymnes saints, que nous devons offrir à Dieu avec contrition de cœur, pour notre salut. Il avait rassemblé une multitude d'hommes déshonorés, et avait mis à leur tête un certain Euthyme, qu'il avait donné aussi pour intendant de l'église. Et il les instruisit à mêler à l'office divin des danses sataniques, des cris inconvenants, et des chansons prises dans les rues et les mauvais lieux.

Ainsi voilà un évêque qui avait attaché un théâtre à son église. Les cérémonies saintes étaient pour lui mêlées d'intermèdes comiques, où figurait une troupe de mimes auxiliaires des prêtres. Et ce n'est pas dans les contrées ignorantes de l'Europe, c'est à Constantinople que cette innovation bizarre s'établit.

De là, sans doute, les abus qui passèrent dans nos églises d'Occident; cette fête de l'Ane : *Adventavit asinus pulcher et fortissimus;* cette procession du Renard, et mille autres folies grossières, devenues la *petite pièce* du culte religieux.

Ces grossières tentatives s'ignoraient elles-mêmes, ne savaient pas qu'elles étaient sur la route de l'art théâtral, et que même elles allaient à cet art sublime par un détour qu'avait suivi le génie grec. En effet, les érudits en conviennent, c'est dans les mystères d'Éleusis qu'il faut chercher la première origine de l'art théâtral. Ces mystères, où l'enseignement religieux, la révélation du dogme, la prière, étaient mêlés à des représentations riantes ou terribles qui servaient d'épreuves aux initiés, ont pu, dit-on, donner l'idée de cette tragédie grecque, dont les premiers essais gardaient encore un caractère symbolique et religieux. Ainsi nos far-

ces grossières du moyen âge, nos pieuses parodies de l'Évangile, jouées gravement dans les
églises, devaient conduire à la tragédie, comme
les initiations d'Éleusis conduisaient au *Promé-
thée* d'Eschyle et à l'*OEdipe* de Sophocle : seulement nous nous sommes plus écartés que les
Grecs de cette origine de l'art.

Cependant, à côté de ce débrouillement si pénible et si lent des esprits, alors qu'ils repas-
sent par tous les degrés de barbarie, et qu'ils
recommencent, sans traditions et sans souvenirs, toutes les tentatives et tous les hasards
de la pensée ignorante, il y avait quelques études, quelques essais solitaires qui remontaient
directement aux modèles antiques. Ces études,
presque toujours inséparables du travail spontané des esprits dans le moyen âge, nous devons
en parler ici. Nous avons rarement fait mention
des ouvrages de cette époque, écrits en langue
latine, parce que le vrai caractère des peuples
ne se montre que dans l'emploi de leur langue
vulgaire. Leurs impressions, leurs idées sont
toujours altérées par l'usage nécessairement
artificiel d'une langue morte. On ne peut les
bien connaître qu'en les écoutant parler, pour
ainsi dire, à travers la distance des siècles.

Cela posé, voyons cependant si cette littéra-

ture latine du moyen âge, lien de communication entre l'antiquité classique et l'esprit moderne, n'offre pas quelques essais qui aient
préparé la renaissance de l'art dramatique en
langue vulgaire. Nous avons déjà nommé Hroswithe, cette religieuse du monastère de Gandersheim, au xie siècle. Dans la solitude du
cloître, elle avait lu Térence; et, sur ce modèle, elle eut la pensée d'écrire, dans la même
langue, de petits drames, consacrés à des sujets
religieux. Elle essaya, la première, ce qu'on
a renouvelé dans le xvie siècle, d'enlever aux
auteurs profanes leur style. Elle a fait six pièces dans ce goût; personne n'en a parlé. Ces
six pièces sont fort courtes. Je ne sais si elles
furent jouées souvent : un passage me le ferait
croire.

Ainsi, en Allemagne, dans un monastère qui
comptait cinquante religieuses de noble famille,
il paraît que, vers 1080, on avait dressé un petit théâtre, comme à Saint-Cyr sous madame
de Maintenon, et que là quelques jeunes sœurs,
ayant sans doute obtenu dispense pour s'habil-
ler en hommes, représentèrent une espèce de
tragédie, la *Conversion de Gallicanus*. Voici le sujet de la pièce : Constantin le Grand avait pro-
mis de donner la belle Constantia, sa fille, à un

jeune Romain de haute naissance et de grand
courage, mais encore attaché au culte des faux
dieux. Une guerre suspend ce projet : le jeune
amant y vole et se couvre de gloire dans un combat, où il est miraculeusement sauvé. Touché
de ce secours de la Providence, il se laisse convertir à la foi par deux officiers de l'empereur,
Paul et Jean. Dans sa pieuse ferveur, il renonce
à la main de la princesse qui, de son côté, se
consacre à la vie religieuse. Voilà le premier
acte, où l'*unité de temps,* comme vous le voyez,
n'est pas fort rigoureuse. C'est une pièce libre,
qui, en tout, dure vingt-cinq ans. Au second
acte, trois empereurs ont déjà passé; c'est Julien qui règne. Julien, après avoir exilé Gallicanus, le fait tuer en Égypte. Puis sa persécution s'attache avec plus de violence et de haine
aux deux officiers du palais qui avaient autrefois accompli l'heureuse conversion de Gallicanus. On ne voit pas le motif de cette colère.
Mais l'auteur, dans la prose assez correcte de
son drame, fait habilement parler Julien. Il y a
là un sentiment vrai de l'histoire ; Julien ne paraît pas un féroce et stupide persécuteur, comme
l'auraient imaginé les légendaires du vi⁰ siècle.
La religieuse de Gandersheim avait saisi le caractère de Julien : on le voit avec sa modéra-

tion apparente, son esprit impérieux et ironique. Il ne peut triompher de l'obstination
chrétienne des deux officiers de l'empereur; il
les exile, en laissant prévoir leur supplice.

Je traduis cette scène. Ce qui fait l'intérêt de
ce morceau, ce n'est pas le degré de talent, c'est
la date; c'est que, dans le xiᵉ siècle, au milieu
de la grossièreté féodale et de l'ignorance, lorsque rien ne rappelait le souvenir de ce grand
art du théâtre, une femme ait écrit, et que des
femmes aient joué cet ouvrage.

JULIEN.

Je n'ignore pas, Jean et Paul, que vous avez été dès
l'enfance attachés au service des empereurs.

JEAN.

Nous l'avons été.

JULIEN.

Il convient dès lors que, placés près de moi, vous ser-
viez dans le palais, où vous avez été nourris.

PAUL.

Nous ne servirons pas.

JULIEN.

Est-ce moi que vous ne servirez pas?

JEAN.

Nous l'avons dit.

JULIEN.

Est-ce que je ne vous parais pas un Auguste?

PAUL.

Un Auguste, bien différent de ses prédécesseurs.

JULIEN.

En quoi?

JEAN.

En religion et en vertu.

JULIEN.

Expliquez-vous.

PAUL.

Les glorieux empereurs Constantin, Constant et Constance, auxquels nous avons obéi, étaient très-chrétiens, et se glorifiaient de servir Jésus-Christ.

JULIEN.

Je le sais; mais je ne veux pas les imiter en cela.

PAUL.

Tu n'imites que le mal. Ils étaient assidus à l'église; et, ôtant leurs diadèmes, ils adoraient à genoux Jésus-Christ.

JULIEN.

Vous ne me forcez pas à la même chose, sans doute.

JEAN.

Aussi tu ne leur ressembles pas.

PAUL.

Comme ils offraient leur encens à Dieu, ils relevaient par leur vertu l'éclat du diadème impérial, et réussissaient dans toutes leurs entreprises.

JULIEN.

Et moi aussi.

JEAN.

Ce n'est pas de la même manière; pour eux, la grâce divine les accompagnait.

JULIEN.

Niaiseries! Autrefois-j'ai suivi sottement ces pratiques ; j'ai été clerc dans l'église.

JEAN.

Qu'en dis-tu, Paul? il a été clerc.

PAUL.

Chapelain du diable.

JULIEN.

Mais, lorsque j'ai vu qu'il n'y avait là rien d'utile, je me suis tourné vers le culte des dieux, dont la faveur m'a porté au faîte de l'empire.

JEAN.

Tu nous as interrompus, pour ne pas entendre la louange des justes.

JULIEN.

Que me fait-elle?

PAUL.

Rien; mais ce que je vais ajouter te regarde. Comme le monde n'était pas digne de les conserver, ces vertueux empereurs ont été reçus parmi les anges ; et la république malheureuse a été abandonnée à ton pouvoir.

JULIEN.

Pourquoi malheureuse?

JEAN.

Par le caractère de son souverain.

PAUL.

Tu as déserté toute religion et imité l'idolâtrie. C'est pour cela que nous nous sommes soustraits à ta présence et à la société des tiens.

JULIEN.

Quoique insulté par vous, je fais grâce encore à votre
témérité, et je veux vous élever aux premiers grades du
palais.

JEAN.

Ne te fatigue pas; nous ne céderons ni à tes menaces,
ni à tes séductions.

JULIEN.

Je vous donne une trève de dix jours, pour revenir au
bon sens et rentrer en grâce avec nous : sinon, ce qu'il
faut faire, je le ferai; et je ne serai plus votre risée.

PAUL.

Cé que tu dois faire, fais-le dès aujourd'hui. Tu ne pourras nous ramener ni à ton palais, ni à ton service, ni au
culte de tes dieux.

JULIEN.

Allez, retirez-vous; faites ce que je vous conseille.

Voilà, Messieurs, ce qui a précédé Corneille
de six siècles. Mais ces tentatives obscures, enfermées dans un cloître, bornées à une langue
morte, ne pouvaient avoir qu'une faible influence; et surtout elles ne peuvent servir à
nous faire retrouver ce que nous cherchons
dans l'étude du théâtre, le témoignage expressif et vivant des mœurs contemporaines.

Par ce motif, Messieurs, je ne m'arrêterai
pas sur quelques essais de même nature, tentés
avec plus de talent par un poëte d'Italie, qui

fut en même temps historien, Mussato. Ce qui distingue une de ces compositions, c'est le choix que le poëte avait fait d'un sujet tout récent, les crimes d'Excellino, un des plus odieux tyrans qui aient pesé sur les villes d'Italie. Mais l'imitation servile du style de Sénèque, la poésie factice des chœurs, une pompe déclamatoire, étrangère à l'esprit du temps, ôtent à cet ouvrage toute force et toute vérité. Il ne paraît pas d'ailleurs que cette pièce, en langue morte, ait été jouée sur un théâtre.

Voulons-nous marquer avec précision quand pour la première fois, cette représentation d'une pièce en langue vulgaire, cette action matérielle et morale d'un drame joué devant une foule qui comprend et s'émeut, s'est vue en Europe, la chose est difficile. Fontenelle, plus ingénieux qu'érudit, a fait des bons mots sur les antiquités de notre théâtre. Il admet, au XIVᵉ siècle, l'existence d'un drame provençal, sous le titre d'*Hérésie des prêtres*. Mais le restaurateur de la langue et de la poésie *romanes*, M. Renouard, a prouvé que les troubadours n'eurent pas de littérature dramatique. Le troubadour était à la fois auteur et acteur; il chantait ses propres poésies; il récitait de longs romans. Il employait la forme du dialogue dans les *jeux-partis* et les

tensons. Mais tout cela n'était pas l'art dramatique : c'était une forme d'églogue, à l'usage des
cours d'amour. Nous arrivons au milieu du
xiii⁰ siècle, sans trouver aucune trace évidente
de compositions dramatiques en langue vulgaire.

A cette époque, cependant, toutes les fois
qu'il survenait quelque solennité, un mariage
royal, la présence d'un prince étranger, on donnait des spectacles dans les rues. Mais ces représentations étaient fort simples : tout le monde y
jouait; on allait, on venait dans un certain ordre; on changeait deux ou trois fois de costume.
Le peuple était chargé de représenter le peuple :
on le divisait quelquefois en chrétiens et en
sarrasins, en Romains et en Juifs. C'était une
pantomime à laquelle on mêlait le jeu de quelques machines.

On trouve dans une vieille chronique du
temps de Philippe le Bel quelques détails sur
une de ces représentations. Le jour que Philippe
le Bel arma son fils chevalier, il y eut un spectacle où paraissait la personne de Notre-Seigneur, qui mangeait des pommes avec sa mère,
et disait des patenôtres :

On entendit les bienheureux chanter dans le paradis,
en la compagnie d'environ quatre-vingt-dix anges; on en-

tendit les damnés gémir dans un enfer noir, au milieu de
cent diables, qui riaient de leurs supplices. On vit aussi
un renard habillé en clerc....

Voilà, Messieurs, selon toute apparence, la
plus ancienne analyse d'un drame moderne en
langue vulgaire.

Ces représentations allèrent se perfectionnant
et se diversifiant. La comédie bouffonne naquit
au milieu du drame religieux. Mais ce n'est
que vers 1402, dans les premières années du
xv⁰ siècle, que le théâtre prit, en France, une
sorte de consistance. Quelques pèlerins, dit-on,
qui depuis longtemps jouaient des mystères à
Paris et dans la banlieue, étaient menacés d'in-
terdiction par le prévôt de Paris; le roi Charles VI, mélancolique, et fort ennuyé, vint,
pour juger l'affaire, voir une de leurs représentations. Il fut amusé, et, par reconnaissance,
il autorisa par un édit la confrérie dramatique.

Voilà le monument le plus ancien d'une sorte
de constitution régulière donnée au théâtre,
dans la prévôté et vicomté de Paris.

Mais on ne peut douter que, bien avant cette
époque, le goût des représentations religieuses
n'ait inspiré parfois quelques essais d'invention
dramatique. Sous le titre d'*Histoire ecclésiastique*

Grégoire de Tours avait compris toute l'histoire
de son temps. On dut de même, dans les siècles
suivants, sous cette forme et sous ce nom de *mystères*, renfermer bien des peintures de la vie
commune et des passions de tous les temps. Il
est à regretter que les monuments de cette littérature soient encore presque tous inédits, et
qu'on n'ait guère publié que les plus récents.
Nous aurions vu la tragédie bien grossière sans
doute, mais déjà distincte, se détacher des *mystères*. On peut citer en exemple un vieux drame
du XIII° siècle, *li jus de saint Nicolai*. Il y a loin,
bien loin des rimes de l'auteur, Jean Bodiaus,
natif d'Arras, aux sublimes accents d'Eschyle
célébrant sur le théâtre d'Athènes la défaite de
Xerxès qui s'enfuit avec un carquois vide. Mais
il s'agit également, dans l'une et l'autre pièce,
d'honorer le religieux dévouement des hommes
qui meurent pour leur dieu et leur pays. Jean
Bodiaus était contemporain de Saint-Louis; et
il exprime, dans son *Prologue*, le regret de n'a-
voir pu suivre ce saint roi à la croisade où périt
le jeune comte d'Artois son seigneur. Pour célébrer sans doute ce souvenir, il représente un
roi d'Afrique qui défend ses états contre une armée de croisés, et qui, après les avoir vaincus,
est converti par un vieux chevalier que les ma-

hométans avaient surpris à genoux devant une
image de saint Nicolas. Une longue scène de la
pièce montre les chrétiens qui, de toutes parts
environnés par leurs ennemis, se disposent à
mourir, tandis qu'un d'eux, nouvellement armé
chevalier, adresse une prière touchante à Dieu
dont l'ange vient les consoler, et leur annoncer
le martyre :

> Par Dieu, serés tout détrenchiés;
> Mais la haute couronne arés.
> Je m'en vois à Dieu! demourés.

Le dernier vers est beau, et, pour un peuple
religieux, il y avait là quelque commencement
de tragédie nationale. Pourrait-on en trouver
d'autres vestiges dans les nombreux manuscrits
de notre moyen âge? Nul doute; et la recherche est digne d'intérêt. On sait que, dans le
xvᵉ siècle, la vie de saint Louis, et non-seulement sa sainteté, mais ses actes de grand roi et
de roi justicier, inspirèrent un long drame à
Gringor, poëte du temps. Ne nous flattons pas
cependant; ce qu'on a publié des mystères du
xvᵉ siècle ne laisse espérer dans le même temps
le génie dramatique sous aucune forme sérieuse.
Ces ouvrages sont presque tous insipides et
monstrueux; on ne peut même en rien lire de-

vant vous. Ce qui était naïf alors semblerait une froide et indécente bouffonnerie.

Cependant il est fâcheux qu'à cette époque la langue n'ait pas été mieux faite, et qu'il ne se soit pas trouvé, par hasard, quelque homme de génie parmi les confrères de la Passion. Au fond, la matière était admirable. Concevez un théâtre qui serait, dans la foi des peuples, le supplément du culte même; concevez la religion mise en scène, avec la sublimité de ses dogmes, devant des spectateurs convaincus; puis un poëte d'une forte imagination, pouvant user librement de toutes ces grandes choses, non pas réduit à nous dérober quelques pleurs sur de feintes aventures, mais frappant nos âmes avec l'autorité d'un apôtre et la magie passionnée d'un artiste, s'adressant à ce que nous croyons, à ce que nous sentons, et nous faisant verser de vraies larmes sur des sujets qui nous paraissent non-seulement vrais, mais divins : certes, rien n'aurait été plus grand que cette poésie. Au lieu de cette curiosité à demi indifférente, qui, dans notre siècle, conduit au théâtre des spectateurs distraits par mille soins, supposez une assemblée attentive, ardente, pieusement émue par le sujet seul, indépendamment des inventions du poëte; mettez

ces hommes en présence des plus grands souvenirs qui aient formé leur croyance ; ayez un
poëte surtout, un poëte

. . . . . . Cui mens divinior atque os
Magna sonaturum;

faites-lui réciter, décrire, dialoguer ce drame
sublime et tout fait de la Passion; qu'il vous
montre la persécution et les douleurs du Fils
de Dieu, la trahison du faux disciple, les hési-
tations de Pilate; ce juge qui se lave les mains
du crime qu'il laisse commettre; ces prêtres et
ce peuple égaré qui se saisissent du crime qu'on
leur abandonne, et l'achèvent; toutes les tris-
tesses de la Passion, le reniement de saint Pierre,
les douleurs de la mère au pied de la croix : pouvait-il exister jamais tragédie plus déchirante ?
Mais le poëte a manqué, et le sujet de la Passion, traité et remanié sans cesse, n'a produit
que de froides et stériles absurdités, où la licence de tout dire n'a jamais inspiré quelque
chose qui valût la peine d'être dit. Il y a grand
nombre de manuscrits divers sur ce thème de
la Passion; vous pouvez les feuilleter, vous n'y
trouverez pas, je crois, une scène, une intention, une beauté durable.

Quant à la forme de ces représentations, elle

offre plus d'une remarque curieuse. Le nombre
des personnages était fort grand, l'action presque illimitée; elle se partage en *journées*. On représentait successivement toute l'histoire évan-
gélique. Quel est le type le plus ancien de ces
drames? On l'indiquerait difficilement. Quinti-
lien nous apprend que, dans les jeux dramatiques de la Grèce, on était admis à présenter au
concours des pièces d'anciens auteurs, habilement retouchées, et que plus d'une remporta le
prix sous cette forme nouvelle. Il n'y avait pas
ces belles solennités pour les poëtes de France,
au xvᵉ siècle; mais il paraît qu'on retouchait
fréquemment et qu'on remettait sur la scène,
avec des additions et des variantes, les drames
de la Passion. La langue changeait souvent,
précisément parce qu'elle était défectueuse, et
qu'il y a, dans les idiomes, un point de matu-
rité véritable qu'ils doivent atteindre avant de
se fixer.

Mais, me dira-t-on, est-il possible que nul
éclair de génie ne brille dans ce chaos? Ces sujets, qui vous paraissent si pathétiques, et sur
lesquels vous rêviez tout à l'heure fort vaguement une espèce d'utopie théâtrale, n'auraient-
ils, dans tout le moyen âge, avec une application si constante des esprits, inspiré que des

productions informes, où le goût ne peut rien
découvrir ? J'en suis convaincu. Il y a peut-être
quelque intention touchante dans cette prière
de Marie :

> Mon cher enfant, ma très-douce portée,
> Mon bien, mon cœur, mon seul avancement,
> Ma tendre fleur que j'ai long-temps portée
> Et engendrée de mon sein proprement,
> Mon doulx enfant, mon vrai Dieu et mon père !

Mais tout cela est noyé dans un déluge de mots
insipides. Le dernier vers est beau peut-être, si
l'auteur s'en est douté. Tout est manqué du reste.
Cette scène, si naturellement expressive du reniement de saint Pierre, supposez-la traitée par
un poëte comme Shakspeare ou même Calderon : rien de plus dramatique. Elle est dans nos
Mystères si insipidement barbare, qu'il est impossible de la lire. La douleur de la mère au
pied de la croix, ce dernier adieu qui a inspiré
à Grégoire de Nazianze, dans sa tragédie trop
imitée d'Euripide, quelques expressions si touchantes, est stérile pour le versificateur français.

Parmi toutes ces compilations de *Mystères,* ces
diables, ces anges, ces personnages allégoriques,
comme, par exemple, *Repentance,* qui vient apporter à Judas une corde et un poignard, ce qui
semble le plus supportable, c'est un *Mystère* d'A-

braham. Il y a du moins de la simplicité. Dans ce fatigant chaos de barbarie, lorsqu'on rencontre quelque chose qui n'est que médiocre avec un peu de naturel, on est tout ranimé; c'est l'impression que produit cette scène du *Mystère* d'Abraham :

ISAAC.

Mais veuillez-moi les yeux cacher,
Afin que le glaive ne voye,
Quand de moi vendrez approcher;
Peut-estre que je fouyroye.

ABRAHAM.

Mon ami, si je te lyoye?
Ne seroit-il point deshonneste?

ISAAC.

Hélas! c'est ainsi qu'une beste.

ABRAHAM.

Adieu, mon fils.

ISAAC.

Adieu, mon père;
Bandé suis; de bref je mourray,
Plus ne vois la lumière claire.

ABRAHAM.

Adieu, mon fils.

ISAAC.

Adieu, mon père;
Recommandez-moi à ma mère,
Jamais je ne la reverray.

ABRAHAM.

Adieu, mon fils. . . . etc.

Malgré la faiblesse ou l'insipide démence de toutes ces compositions, elles occupaient si vivement les esprits que, dans la durée du xve siècle, vous voyez le théâtre attaqué sans cesse par des sermons et par des arrêts, plus d'une fois interdit au nom du parlement, réclamé par le peuple, protégé par la cour. La sottise ne prescrit jamais aux yeux de tout le monde. Quoique la grossièreté des *Mystères* fût en rapport avec le goût du temps, il y avait des esprits éclairés que ces travestissements de la foi choquaient comme une profanation. Enfin les *Mystères* furent prohibés. On porta sur la scène d'autres sujets; on fit des drames avec toutes les histoires et même les contes. Ainsi la *Grisélidis* de Boccace fut représentée sur le théâtre. Mais ce même défaut de génie, cette grossièreté que rien ne rachète, cette froideur dans l'absurdité, qui déparent les *Mystères*, s'attachent à tous les autres drames sérieux de la même époque.

Il paraît que, chez nous, le sérieux, comme la poésie, ne parut qu'avec le progrès du goût et de la raison. De soi-même, et par instinct, l'esprit français n'allait qu'à la raillerie et à la satire. L'esprit français n'a toute sa force que lorsque sa justesse naturelle est développée par l'étude. Dans la liberté d'une verve ignorante,

il n'a fait que des bouffonneries; il n'a rien
produit d'original dans le sérieux qu'à l'époque
du goût perfectionné. Au xive et au xve siècle,
nulle composition n'est bonne, si elle doit être
sérieuse : mais les ouvrages dont la malice fait
le génie, qui vivent de saillies et de gaîté, ils de-
vancèrent chez nous la civilisation et le goût :
c'est la production vraiment indigène, et qui a
poussé sans culture. Nos tragédies - mystères
étaient pitoyables; le pathétique du sujet ne
donnait rien au poëte. Mais dans la plaisanterie,
la parodie, de bonne heure nous avons eu des
hommes supérieurs. Il en est même d'anonymes.
Qui a fait l'*Avocat Pathelin*? Je ne sais; c'est tout
le monde, je crois, comme tant de malins fabliaux, sans auteur connu, comme tant d'épigrammes, tant de bons mots sans maîtres : c'est,
pour ainsi dire, l'œuvre de l'esprit français; c'est
la conversation courante du pays.

Ainsi, quittons-nous les *Mystères* dont nous
ne pouvons rien tirer, et nous rabattons-nous
sur les jeux de la *Basoche;* allons-nous entendre
ce que disaient les clercs, qui, dans les vacances
du Palais, à Pâques, s'étaient mis à jouer la comédie, et inventèrent les *Sotties*, les *Moralités*,
sans s'inquiéter de Plaute ou de Térence, nous
trouverons parfois un excellent comique. Il n'y

a que l'embarras du choix et la difficulté des citations.

Voici, par exemple, une pièce dont le sujet et la forme devaient sembler fort piquants. L'*Ancien Monde*, qui ouvre la scène, se plaint d'aller fort mal : « C'est grand'pitié que ce pauvre monde, » dit-il. Survient un personnage allégorique, qui n'en est pas moins très-vivant, très-réel, et se rencontre partout : ce personnage s'appelle *Abus*. Il endort *Vieux Monde*, et lui promet de tout arranger : « Il ne faut pas, lui dit-il, tant vous tourmenter; prenez vos aises; dormez; je me charge de tout. » Le *Vieux Monde* se met à sommeiller; et *Abus*, resté maître du terrain, appelle ses acteurs. Il frappe à différents arbres, et l'on en voit sortir *Sot Dissolu*, habillé en homme d'église; *Sot Glorieux*, habillé en gendarme; *Sot Fripon*, avec une robe de procureur.

> Allons, des cartes à foison;
> Vin clair et toute gourmandise,

dit le représentant du clergé.

> A l'assaut, à l'assaut,

dit le gendarme :

> A cheval, sus en point, en armes.
> Je feray pleurer maintes larmes
> A ces gros villains du village.

Avec ce cortége, *Abus* commence par tondre
et dépouiller le *Vieux Monde* endormi. Puis il en
crée un nouveau, qui va plus mal encore que
l'ancien, et qui tombe dans l'abime.

Une chose digne de remarque, c'est la liberté
de cette attaque contre les corps privilégiés de
l'état, et cette protestation en faveur des vilains
contre les hommes d'armes et les gens d'église.
Aussi les *Sotties* n'eurent pas moins d'ennemis
que les *Mystères;* on voulut également les interdire. Ce fut une alternative perpétuelle de rigueur et de tolérance; on fermait, on rouvrait
le théâtre de la *Basoche.* Le roi lui-même n'avait
pas été épargné dans la petite comédie de l'*Ancien
Monde.* Un personnage disait :

> Libéralité interdite
> Est aux nobles par avarice;
> Le chef même y est propice.

Mais ce roi était Louis XII; et, loin de se fâ-
cher de l'épigramme, il dit : « J'aime mieux les
faire rire par mon avarice, que si mes dépenses
les faisaient pleurer. » Il ajouta même souvent
que la *Basoche* était bonne pour lui dire bien
des choses qu'on cachait à un roi, et l'avertir
de beaucoup d'abus qu'il ne pourrait connaître autrement. Mais le privilége de la *Basoche*
ne survécut guère au règne de ce bon prince.

François Ier, ce roi chevalier, ce roi despote, ce *protecteur des lettres*, qui avait eu forte tentation de détruire l'imprimerie, ne tolérait pas les *Sotties,* dont la liberté aurait pu lui dire bien des choses sur l'imprudence de ses guerres et le luxe de ses fêtes. Mais il semble, toute différence à part, que l'on vit alors sur notre théâtre comique la révolution qu'avait éprouvée celui d'Athènes. On passa d'une satire âpre et licencieuse à une raillerie plus fine et plus détournée. A ces allégories si directes et si vives qui frappaient les corps privilégiés, succédèrent de petites satires des mœurs domestiques.

Parmi ces pièces, il en est une excellente. Elle n'a qu'un défaut, d'être trop connue, et, pour ainsi dire, usée, vulgaire. Elle n'est pas cependant connue sous sa forme primitive, mais elle est devenue proverbe et lieu commun. Je n'en peux mais; et elle ne m'en paraît pas moins digne d'être étudiée dans le texte original, altéré par Brueys.

Cet *Avocat Pathelin* est bien vieux, puisqu'il paraissait déjà très-vieux à Pasquier, dont le style est aujourd'hui si gothique pour nous. Voici comment parle ce critique du xvie siècle :

Ne vous souvient-il point de la responce que fit Virgile

à ceux qui lui improvéroient l'étude qu'il employoit en la
lecture d'Ennius, quand il leur dit que, en ce fesant,
il avoit appris à tirer l'or d'un fumier? Le semblable m'est
advenu naguères aux champs, où étant destitué de la compaignie, je trouvay, sans y penser, la farce de maistre
Pierre Pathelin, que je leu et releu avec un tel contente-
ment, que j'oppose maintenant cet eschantillon à toutes
les comédies grecques, latines et italiennes. L'autheur introduit Pathelin advocat, maistre passé en tromperie; une
Guillemette sa femme, qui le seconde en ce mestier; un
Guillaume drapier, vray badaud, je dirois volontiers, de
Paris : mais je feroy tort à moy-même; un Aignelet berger,
lequel, discourant son fait et son lourdois, et prenant
langue de Pathelin, se faict aussi grand maistre que luy.

En effet, cette pièce est pleine de vrai comique : il y a du Molière, il y a du Rabelais. Le
sujet est peu de chose : *la farce de maistre Pierre
Pathelin,* les ruses d'un avocat pauvre et fripon
pour avoir un habit. Mais le dialogue est parfait de naturel, à quelques grossièretés près.

La scène s'ouvre par les reproches de Guillemette à son mari :

> Je vy que chascun vous vouloit
> Avoir pour gagner sa querelle.
> Maintenant chascun vous appelle
> Partout, l'avocat dessous l'orme.

Pathelin se défend comme il peut, et promet
d'avoir un habit neuf :

> Je m'en veux aller à la foire.

GUILLEMETTE.

A la foire?

PATHELIN.

Par sainct Jean, voire,
A la foire, gentil' marchande ;
Vous desplait-il si je marchande
Du drap, ou quelque autre suffrage
Qui soit bon à notre mesnage ?
Nous n'avons robe qui rien vaille.

GUILLEMETTE.

Vous n'avez denier ni maille;
Que ferez-vous?

PATHELIN.

Vous ne sçavez ;
Belle dame, si vous n'avez
Du drap pour nous deux largement,
Si me desmentez hardiment.
Quel' couleur vous semble plus belle,
D'un gris vert? d'un drap de Brucelle?
Ou d'autre? Il me le faut savoir.

GUILLEMETTE.

Tel que vous le pourrez avoir :
Qui empruncte ne choisit mye.

PATHELIN (en comptant sur ses doigts).

Pour vous, deux aulnes et demye ;
Et pour moi, trois, voire bien quatre,
Ce sont....

GUILLEMETTE.

Vous comptez sans rabattre ;
Qui diable vous les prestera?

PATHELIN.

Que vous en chault qui ce sera ?
On me les prestera vrayment,
A rendre au jour du Jugement, etc.

La scène change; Pathelin est dans la boutique du marchand; il lui fait mille contes, comme vous savez, lui parle de son père, de sa tante :

> . . . . Que je la vis belle,
> Et grande, et droite, et gracieuse !
> Par la Mère Dieu, précieuse,
> Vous lui ressemblez de corsage.

Et il vient très-naturellement au drap :

> Or, vrayment, j'en suis attrapé ;
> Car je n'avois intention
> D'avoir drap, par la passion
> De Nostre Seigneur, quand je vins.
> J'avois mis à part quatre-vingts
> Escus, pour retraire une rente ;
> Mais vous en aurés vingt ou trente,
> Je le voy bien ; car la couleur
> M'en plaist très tant, que c'est douleur.

Le drapier demande vingt-quatre sous de l'aune. Pathelin s'écrie : « Vingt sous, vingt sous. » Le débat s'échauffe. Pathelin cède enfin, et emporte le drap sans payer.

Suit la visite du drapier; la folie de Pathelin; l'ébahissement du pauvre drapier.

Mais la maîtresse scène, comme dit Montaigne, c'est la scène qui nous a enrichis de ce proverbe si juste et si utile à rappeler parfois aux orateurs, aux professeurs, à tous ceux qui parlent : *Revenez à vos moutons.* Elle n'est pas moins plaisante dans l'original que dans Brueys. C'est la même confusion, le même enchevêtrement de draps et de brebis dans la tête du pauvre marchand, deux fois volé :

LE JUGE.

Sus, revenons à nos moutons :
Qu'en fut-il ?

LE DRAPIER.

Il en prit six aulnes
De neuf francs.

Ce juge représente un véritable bailli de village du vieux temps. Il se creuse la tête pour voir comment on peut tirer le drap des moutons, et les moutons du drap. Vient la morale ; c'est qu'un fripon, alors même qu'il a l'avantage d'être homme de loi, peut fort bien être trompé par le fripon qu'il a défendu.

Pathelin a ordonné à son client de se défendre comme un mouton, de dire *bée* pour toute réponse. C'est un ordre de circonstance, qui ne doit pas durer plus longtemps que le procès. Mais Agnelet se sert du même moyen, pour payer l'avocat de sa peine. A ces *bée* répétés, Pathelin s'écrie, par un souvenir plaisant de sa propre friponnerie :

. . . . Me fais-tu menger de l'oie?
Maugrebleu, ai-je tant vécu,

Qu'un bergier, un mouton vestu,
Un villain paillart me rigolle?

Ainsi, Messieurs, au xve siècle, on avait déjà trouvé la comédie. Quant au drame sérieux, nous avons encore longtemps à l'attendre.

VINGT ET UNIÈME LEÇON.

Suite de la poésie française au xvᵉ siècle. — Villon ; autres poëtes de
la même époque. — Digression sur la poésie étrangère de notre
temps. — Romans de chevalerie. -- *La Dame du Lac.* — *Jehan de
Paris.* — Ouvrages historiques du xvᵉ siècle. — Comines.

MESSIEURS,

Nous sortons par degrés du moyen âge, pour
entrer dans la civilisation moderne. Il n'y a pas
une époque précise, un jour fixe, où l'on puisse
dire : Ici finit le moyen âge. Mais un mouvement, plus rapide sous quelques princes, et jamais interrompu, conduit insensiblement les
esprits de cette rudesse, de cette ignorance, ou
de ce confus savoir à des idées justes, à des
sentiments élevés, à une sociabilité nouvelle.
Le xvᵉ siècle est le temps le plus marqué de
ce passage mémorable. La littérature y devient
plus active et plus variée, surtout en France.

Le xvᵉ siècle ne nous offre aucun grand génie, mais beaucoup de travail et beaucoup d'esprit. C'est une difficulté dans le cadre que nous

nous sommes proposé. Comment analyser une
littérature à la fois stérile et féconde, citer tant
de noms obscurs? Il faudra nous attacher à quelques caractères généraux de cette époque, en
faire une abstraction qui nous dispense de nommer toutes les personnes et de raconter toutes
les anecdotes.

Poésie, romans, histoire, voilà ce que nous
tâcherons de résumer. Sans doute, Messieurs,
cette étude, qui, dans la longue série de souvenirs que nous avons retracée, a paru plus
d'une fois languissante, doit prendre un nouvel
intérêt, à mesure que nous approchons du
terme, et que nous entrevoyons la lumière des
arts. Déjà la langue, si confuse et si variable
pendant plusieurs siècles, a pris plus de correction et de force. Déjà elle offre, dans la vivacité pittoresque de ses tours, un type national
qu'on ne saurait trop étudier. C'est la remarque
de Fénelon et de La Bruyère, du plus naturellement élégant et du plus savamment ingénieux
des écrivains français. On s'écarte aujourd'hui
du caractère de notre langue, par recherche et
par ignorance. L'acception primitive des mots,
leur sens natif, et partant leur vérité, leur
grâce s'est altérée, s'est effacée. On innove,
non pas dans le génie de notre langue, mais

contre son génie, toujours clair et précis. S'il est un est préservatif contre cette erreur, c'est l'étude de l'antiquité française, en remontant jusqu'à Froissart et à Joinville.

Je reprends, Messieurs, la division que j'indiquais, et je vais parcourir beaucoup de choses, dont un petit nombre mérite d'être étudié.

Nul poëte en France, au xvᵉ siècle, hormis peut-être Charles d'Orléans; le drame inférieur à tout; la poésie légère, souvent heureuse dans sa négligence, et pleine de saillies; un progrès de la langue et de l'art des vers.

Nous ne nommons pas tous les poëtes qui, dans le temps, ont été les rivaux de Charles d'Orléans, ou même lui ont été préférés, parce qu'ils étaient plus savants. Il y avait ce malheur que beaucoup d'hommes qui n'étaient nés avec aucun talent pour la poésie, trompés par leurs études, faisaient des vers. Christine de Pisan, par exemple, était belle, vertueuse, savante, mais nullement poëte. Cependant, comme elle savait l'italien et le latin, qu'elle était personne d'étude et d'esprit, elle composa des vers toute sa vie. Ses ouvrages sont illisibles, ennuyeux; mais ils furent admirés des contemporains.

Il n'en est pas de même d'un homme qui

avait fort mal étudié, dont la vie fut misérable,
déshonorée, et dont l'imagination fut abaissée
souvent à ce qu'il y a de plus vil; enfin qui fut
escroc avant d'être poëte, Villon. Enfant de
Paris, comme on disait alors, ses idées, ses
sentiments, ses images vous montrent ce qu'é-
tait la corruption d'une grande ville. C'est un
homme dont le théâtre est la petite halle, le
marché, le Pré aux Clercs; ses tours sont des
friponneries; quelques-uns de ses vers même
sont en style d'argot, langue qui a vieilli comme
l'autre. Marot, qui, par l'ordre de François Ier,
dont le goût délicat s'amusait cependant aux
poésies de Villon, fit paraître une édition plus
soignée de ce poëte, disait de ces pièces : « Touchant le jargon, je le laisse à corriger et à expliquer aux successeurs de Villon, en l'art de
la pince et du croc. » Quant au reste de ces poésies, peu nombreuses, il y a bien de la rouille
encore; mais elles ont parfois un caractère qui
plaît, et que l'on n'attendrait pas surtout d'un
pareil homme. C'est une sorte de mélancolie,
un retour amer et triste sur cette vie si courte,
si gâtée par le vice et par la folie.

On se demande où Villon a puisé de tels sentiments. Il est vrai qu'il a vu de près la mort,
qu'il faillit deux fois être pendu, et qu'un ap-

pel extraordinaire le sauva. Mais ce n'est pas
alors qu'il fut mélancolique. Les pièces faites
dans la prison du Châtelet sont toutes bouf-
fonnes; il nargue la potence avec des expressions si grossières, que le cynisme en détruit
la hardiesse. Mais, quand il est libre, heureux,
et que, sous la protection de quelques grands
seigneurs libertins, qui aimaient en lui leur
poëte, il peut mener une douce vie ; c'est alors
qu'il tombe dans cette étrange mélancolie qui
lui a inspiré quelques vers pleins de charme et
de tristesse :

> Où sont les gratieux gallans
> Que je suivoye au temps jadis,
> Si bien chantans, si bien parlans,
> Si plaisans en faicts et en dicts?
> Les aucuns sont morts et roydis,
> D'eulx n'est plus rien maintenant;
> Repos ayent en paradis,
> Et Dieu sauve le remenant !

Et ailleurs :

> Dictes-moy, où, ne en quel pays
> Est Flora, la belle Romaine,
> Archipiada, ne Thaïs,
> Qui fut sa cousine germaine?
> . . . .
> Mais où sont les neiges d'antan [1] ?

_____
[1] De l'an dernier.

LITTÉRATURE

> La royne blanche comme ung lys,
> Qui chantoit à voix de sireine,
> Berthe au grand pied, Bietris, Allys
> Harembouges qui tint le Mayne,
> Et Jehanne la bonne Lorraine,
> Que Anglois bruslèrent à Rouen :
> Où sont-ils, Vierge souveraine ?
> Mais où sont les neiges d'antan ?

C'est le charme d'Horace et d'Anacréon. Rien de plus mélancolique et de plus aimable que cette évocation des beautés célèbres, ces paroles gracieuses, et cette chute uniforme qui les renvoie toutes au néant, et les fait disparaître, comme la neige de l'an passé.

Ainsi cet escroc, ce gibier de prison, avait une âme de poëte, et, dans une vie honteuse et un siècle grossier, il a eu quelques inspirations qui égalent ce que, dans une civilisation éclairée, un génie délicat et pur peut exprimer de plus touchant. Cela justifie fort bien Boileau de l'avoir mis en tête de nos vieux poëtes.

Je ne dénombrerais pas tous ses successeurs immédiats ; je ne parle pas de Pierre Michaud, de Martial de Paris, de Coquillart, de Guillaume Cretin, de Jean Lemaire, de Jean Bouchet ; je laisse même de côté Jean Marot, père d'un meilleur poëte que lui, et Octavien de

Saint-Gelais, bien qu'il ait de la grâce et du goût, et qu'on trouve de lui des vers d'amour qui, malgré son évêché, lui firent dans son temps beaucoup d'honneur.

Sans analyser exactement ces poëtes du XVe siècle, je ne tirerai qu'une conséquence de leur nombre et de leurs productions variées : il n'y avait pas d'homme de génie, il n'y avait pas de vraie poésie; mais un goût très-vif des plaisirs de l'esprit. Cela ne fait pas époque dans l'histoire des arts; mais c'est une circonstance remarquable de la civilisation du temps. Les intelligences ont gagné, le sentiment des arts se répand, le langage a quelque chose de plus correct et de plus fin; mais rien de grand et d'original, aucune de ces créations qui nous avaient frappés si vivement en Italie, et que semblait favoriser la vivacité première d'une littérature naissante.

Aujourd'hui, Messieurs, dans notre sévérité contre nous-mêmes, nous sommes fort injustes : nous essayons de rabaisser nos grands poëtes, je ne dis pas au profit des poëtes antiques, mais en l'honneur des poëtes d'Angleterre et d'Allemagne. C'est une innovation plus facile que vraie. D'abord les modernes que l'on met fort au-dessus de Racine manquent précisément

du caractère qui seul pourrait justifier une
telle préférence, cette imagination naïve ac-
cordée à certaines époques où l'imitation, le
système, le calcul n'ont pas encore gêné les
plus heureux talents. La récente et célèbre poésie du Nord est réfléchie, savante, artificielle.
Goëthe, qu'un homme éloquent a proclamé le
seul poëte du xviiie siècle, est, si vous voulez,
le plus habile des poëtes *alexandrins;* cette épi-
thète explique ma pensée et abrége ma phrase :
Goëthe appartient à une école, et à une école
subtilement naturelle, laborieusement téméraire, qui prémédite avec soin, qui déduit
avec artifice ce que les impressions paraissent
avoir de plus excentrique et de plus capricieux.
Même doute sur lord Byron. Ce n'est pas dans
la simplicité ardente du génie que Byron a fait
ses ouvrages; c'est avec une connaissance profonde et un dégoût savant de ce qui existait
avant lui. Il y a dans sa poésie une sorte de
spleen de la pensée, comme du cœur; il cherche avec effort des émotions nouvelles dans
l'art, comme la satiété tâche d'inventer de nouveaux plaisirs dans la vie. Si donc le grand
âge littéraire de la France mérite le reproche
de n'avoir pas une poésie assez simple, assez
native, ce n'est pas en vertu de ce reproche

qu'on devrait préférer la poésie étrangère à la nôtre.

Cette apologie m'entraîne un peu ; mais j'achève. On n'a pas objecté seulement à nos poëtes ce goût d'imitation, ce soin trop visible, cet art trop régulier ; on se plaint que leur imagination s'occupe trop peu des objets réels et familiers de la vie : ils sont poëtes de cabinet et poëtes de cour ; ils ont affaibli la vérité par l'élégance, et l'émotion par l'étiquette ; ils n'ont pas assez emprunté, soit à la solitude, soit à la vie active ; ils n'ont pas su puiser dans le mélange avec ce que la société a de moins élevé, dans l'étude des sentiments les plus abjects du cœur humain, des couleurs fortes et puissamment originales ; ils sont soumis à une loi rigoureuse qui ne leur permet que ce qui est noble, décent, régulier. Ainsi leur diapason est moins étendu, leur voix a des timbres moins variés. Ce reproche est plus précieux que l'autre. Il est vrai qu'une certaine vérité rude et nue a effrayé notre poésie trop élégante. Ce qu'il y a de plus intime dans l'âme a été parfois dédaigné par elle, comme dépourvu de dignité. Et encore que d'exceptions à ce reproche ! Corneille, Molière, La Fontaine. Cependant il est vrai de dire qu'on trouve quelques teintes de plus dans Shakspeare, Milton, Thomson, Schiller, et que cette poésie, faisant moins de choix dans les objets de la nature, paraît oser plus dans l'expression.

Le xvᵉ siècle, avec sa rudesse et sa liberté, aurait pu nous donner cet avantage : mais, comme il n'a pas produit d'homme de génie, il n'a pas eu d'influence décisive ; il n'a pas affranchi le langage, et il a légué une poésie assez timide à des écrivains admirables.

Mais l'esprit français, un peu contraint et réservé dans la haute poésie, avait réussi de bonne heure dans l'art de conter. En ce genre, le naturel, la facilité, la gaîté lui appartiennent dès le xiiᵉ siècle. Ces dons indigènes se fortifièrent par l'habitude et l'exercice. On les retrouve, au xvᵉ siècle, dans le style de ces grands romans, qui faisaient alors le passe-temps de tout ce qui lisait. On ne peut pas nombrer ces ouvrages. La plupart n'étaient que des copies plus modernes d'anciens romans, des *variantes* de langage sur un sujet connu ; mais l'art de conter s'y renouvelait toujours. J'aurais eu peine à traduire les premiers textes, sans les altérer : quand je les relis dans la rédaction du xvᵉ siècle, je les retrouve plus intelligibles, et non moins naturels.

Dans la foule de ces récits, il en est un peu
connu, je crois, et le plus ingénieux du monde :
c'est un épisode de Merlin l'enchanteur, vieille
invention du xᵉ siècle. L'auteur conte ici comment l'habile enchanteur perdit sa puissance ou
du moins sa liberté.

Il y avait une fée très-bienfaisante qui protégeait la fille de la comtesse Viviane, dame du
Lac. Cette bonne fée avait doté la petite Viviane
de tous les dons, de tous les chármes, et particulièrement du pouvoir de rendre fou l'homme
le plus sage. La comtesse mourut ; et la jeune
fille resta maîtresse dans sa seigneurie. Un jour
qu'elle chassait en grand équipage, elle recon-
tra l'enchanteur Merlin, à pied, dans la forêt.
L'enchanteur Merlin conçut une passion très-
vive pour la jeune héritière, et se fit sans peine
accueillir dans le château du Lac. Mais Viviane
craignait de donner sa main à quelqu'un qui serait plus puissant et plus habile qu'elle. L'enchanteur demanda et obtint un an d'épreuve.
Dans cet intervalle, il multiplia les prodiges de
sa féerie pour embellir le château du Lac et
amuser la suzeraine : c'étaient des feux d'artifice comme en font les enchanteurs, de merveilleux jardins plantés en un moment, des
grottes illuminées, des cascades, des tournois

où Merlin remportait toujours le prix, des spectacles, des comédies excellentes, où Merlin
jouait mieux que personne. Pendant ces agréables essais, le roi Arthus, à qui son conseil de
ministres ne suffisait pas, et qui avait toujours
besoin de l'enchanteur Merlin, le faisait chercher partout. Arthus, selon l'auteur, était alors
attaqué par les *Romains*. Averti de son péril,
l'enchanteur Merlin quitte à grand'peine le château du Lac, arrange les affaires du roi Arthus,
chasse les Romains, et revient achever son
temps d'épreuve. Les fêtes recommencent plus
ingénieuses et plus élégantes que jamais. Tous
les génies de l'air et des eaux sont aux ordres
de l'enchanteur pour varier les amusements au
château du Lac.

Mais rien de tout cela ne satisfait Viviane; son
inquiétude s'accroît avec les prodiges de l'enchanteur. Elle voulait de lui quelque chose de
plus : c'était son art même, sa science. Elle
écoutait avec soin les paroles *mirifiques* qu'il laissait échapper. Elle lisait furtivement dans son
grimoire, au lieu de regarder ses fêtes. Insensiblement elle apprit ou devina beaucoup de
choses; tantôt c'était le secret d'évoquer les
génies et de s'en faire obéir, tantôt l'art de traverser les airs, ou de se transformer, tantôt

l'art d'endormir à volonté, enfin tout le bagage
d'un enchanteur. Alors la dame lui dit :

Beau doulx ami, je veux que vous m'enseigniez comme
je pourrois un homme enclore et enserrer, sans murs,
sans tours, sans fers, mais que jamais ne yssist, sans mon
vouloir.

Le pauvre enchanteur vit bien ce que cela
voulait dire.

Hélas ! damoiselle, répondit-il, bien vois que vous voulez
me tollir ma liberté ; mais je suis si surprins de votre amour,
que à force, le veuille-je ou non, me convient octroyer
votre volonté.

Et puis, il enseigne ce secret dernier à l'in-
telligente Viviane. Celle-ci ne tarda pas à le
mettre en usage. Ses beaux jardins du château
n'étaient fermés que par une haie d'aubépine
blanche, toujours en fleurs. Viviane enchante
la haie, de sorte qu'elle devient une barrière infranchissable. Ce n'est pas tout ; au-dessus et
au-dessous de la haie un obstacle invisible ferme
le passage ; les oiseaux sont forcés d'arrêter leur
vol ; les poissons ne peuvent suivre le cours du
ruisseau au delà du parc enchanté. Merlin l'i-
gnorait encore, ou plutôt ne voulait pas s'en
apercevoir ; Viviane enfin l'agréait pour époux ;
et il prodiguait les derniers prestiges de son art
pour les fêtes de ses noces.

Mais de nouveaux embarras étaient survenus
au roi Arthus. On invoque Merlin à la cour; un
brave chevalier, son ami, part pour le chercher. Il arrive à la belle haie d'aubépine; et
vous croyez bien qu'il ne peut pas traverser. Il
se fatigue, il se désespère, et finit par tomber
de sommeil. Une voix lui apprend que Merlin
est captif. A son réveil, une vaste avenue se
présente devant lui; elle conduit à une grotte
magnifique, où Viviane permet que Merlin
donne encore quelquefois des consultations à
ses amis. Le chevalier, accueilli d'abord par
la belle Viviane, dépose tout appareil militaire, et arrive à la grotte. Il y trouve Merlin
toujours très-habile magicien, excepté pour
lui-même. Il en reçoit d'excellents conseils
pour tirer le roi Arthus d'embarras. Merlin
l'accompagne jusqu'à la fatale haie, l'embrasse,
et lui dit :

Adieu vous die, messire Gauvain, mon chier et doulx
ami, qui jadis m'avez vu le plus sage des hommes, et de
maintenant me trouvez le plus fol : mais folie qui vient
d'amour est pardonnable; et telle est la mienne : ores
doncques, messire Gauvain, recommandez-moi au roy
Arthus, à Genièvre la belle royne, à tous les compagnons
de la Table-Ronde, à tous les hauts barons, et aux nobles
et vertueuses dames, damoiselles et pucelles de la Grande-
Bretagne; car plus ne me verront, ni ne m'oiront parler.

Cet épisode bien conté plairait sans doute.
L'idée première en est infiniment spirituelle. Il
y a ce qui plaît et ce qui est rare, un mélange
d'imagination et de vérité morale, ce que Wie-
land a tant cherché et n'a pas trouvé avec son
Oberon, le secret de mettre de la malice et de la
philosophie dans les contes à dormir debout.
Rien au monde ne pique davantage le goût et
n'égaye mieux la réflexion. C'est un sujet charmant qui méritait Voltaire ou l'Arioste. Eh
bien, cette invention, je ne sais à qui elle est :
elle n'a pas de nom. Cela prouve beaucoup d'esprit dans le xvᵉ siècle.

Il est un autre roman d'un genre fort différent, dont je dois dire aussi quelques mots. Ce
n'est pas un récit chevaleresque; c'est à la fois
un roman de mœurs et une satire politique
contre les Anglais. Sous ce rapport, il indique
une préoccupation du temps. Le titre est : *Jehan
de Paris.* Quel est ce Jean de Paris? C'est un
prince qui n'est pas dans l'histoire; car il ne
s'agit point là du roi Jean, battu par les Anglais : tout au contraire. Ce Jean de Paris, s'il
ne bat pas les Anglais, du moins se moque d'eux.
A la mort du roi son père, il projette de récla-
mer la main d'une princesse d'Espagne, qui lui
était promise depuis l'enfance. Mais il apprend

que le vieux roi d'Angleterre a formé le même
dessein, qu'il est attendu par la cour de Burgos,
et qu'il fait faire ses emplettes de noces en France.
Le jeune roi s'arrange pour que les marchands
de Paris vendent aux acheteurs anglais ce qu'ils
ont de moins beau et de plus commun. Le roi
d'Angleterre, avec son cortége et ses présents,
demande permission de passer par la France. Il
débarque à Calais, et se met en route pour la
frontière. Mais il est bientôt rencontré par un
autre voyageur, dont le train est plus brillant,
la suite plus nombreuse, et qui pourtant ne
se donne que pour un bourgeois de Paris. Partout ce bourgeois devance le roi. Arrive-t-on
dans une auberge, Jean de Paris a loué toute
l'auberge. Il veut bien en céder quelque chose
au roi d'Angleterre, et l'invite même à souper :

Voilà, lui dit-il, mes cousins du faubourg Saint-Ho-
noré et du faubourg Saint-Denis.

C'étaient les ducs d'Orléans et de Bourbon. On
sert en magnifique vaisselle d'argent :

Vaisselle de voyage, dit Jean de Paris, que j'ai prise
par le conseil de ma bonne mère, et pour ne point casser
d'assiettes.

On le voit, cette pauvre France, qui avait été

tant pillée par les Anglais dans le xve siècle,
aimait, dans ses romans, à se faire plus riche
qu'eux.

Le roi d'Angleterre est ébloui, régalé, mys-
tifié. Il manque de chevaux; Jean de Paris lui
en donne. Il est arrêté par une rivière; Jean de
Paris le fait passer sur deux bateaux, qu'il a,
dit-il, menés en route avec lui. Arrivé en Espagne, Jean de Paris, par son cortége, les belles
étoffes et le luxe de ses gens, éclipse tout à fait
le roi d'Angleterre. Il s'est pourvu de tout; il
donne des tournois, des bals. Le roi d'Angleterre et les seigneurs de sa suite sont les plus
gauches du monde. Jean de Paris, avec ses gar-
çons de boutique, fait admirablement les honneurs de la fête. Jean de Paris étonne tout le
monde, plaît surtout à la princesse, se fait connaître et l'épouse. Le roi d'Angleterre s'en re-
tourne bien moqué.

Cette analyse est très-froide aujourd'hui;
mais vous devinez combien ce roman devait
amuser les lecteurs du xve siècle. C'est l'image
du bon ton de Paris à cette époque; c'est une
plaisanterie qui, sans être toujours de bon
goût, est vive et nationale.

D'autres ouvrages du même temps réunissent
les aventures chevaleresques, les mœurs de cour

et les mœurs bourgeoises. Le plus piquant de
ces livres, malgré quelques longueurs, est le
Petit Jehan de Saintré, ou l'*Histoire de la Dame aux
belles cousines*. Mais le sujet est si délicat que je
n'en puis rien citer. Voilà mon seul jugement.

Un autre roman célèbre, de la même époque,
c'est l'histoire de *Gérard de Nevers et de la belle
Euriant*. On sait qu'il a fourni la plus touchante
situation de Tancrède, celle où le chevalier
combat pour l'honneur de la femme qu'il croit
infidèle. Dans le vieux roman, fort altéré par
M. de Tressan, cette scène est rendue avec beaucoup de passion et d'éloquence.

De 1462 jusqu'à la fin du xve siècle, l'imprimerie, encore toute récente, reproduisit un
grand nombre de romans de chevalerie. C'était
la lecture favorite du temps. Le génie des romans chevaleresques était partout; il passait
dans la chronique, dans l'histoire. Si je con-
sulte Olivier de la Marche, chroniqueur exact
et judicieux, j'y trouve des scènes toutes chevaleresques. Si je prends les Mémoires de Boucicaut, j'y vois ce maréchal Boucicaut, personnage historique et sérieux, soumis à toutes les
épreuves de l'éducation galante des romans.
Les principaux chapitres ressemblent à ceux de
Gérard de Nevers, ou du *Petit Jehan de Saintré*. C'est

le même style fleuri, le même mélange d'images
guerrières et champêtres :

Quand l'hyver fut passé, et le renouvel du doux printemps fut revenu, en la saison que toute chose meine joye,
et que bois et prez se revestent de fleurs, et la terre ver-
doye, quand oisillons par les boscaiges menent grand bruit,
lorsque rossignols demeinent glay [1], au temps que amour
faict aux gentils cœurs aimans plus sentir sa force, et les
embrase par plaisant souvenir, qui faict naistre un désir,
qui plaisamment les tourmente en douce langueur de
savoureuse maladie, adonc au gay mois d'avril, estoit le bel
gracieux, et gentil chevalier messire Boucicaut à la cour
du roy, où festes et danses souvent se fesoient ;... etc.

Voilà comment on écrivait l'histoire.

Ces exemples, qu'il serait facile de multiplier, ne peuvent que relever, par le contraste,
le rare mérite d'un historien du même temps,
aussi judicieux, aussi politique, aussi raisonnable que les autres étaient romanesques. La
supériorité d'un homme, c'est d'être à la fois de
son temps et hors de son temps ; c'est d'exprimer ce que pensent ses contemporains, et d'a-
voir une physionomie à soi. Tel fut le caractère
de Comines. C'est le personnage le plus original
de notre littérature au xve siècle, parce que,
avec la naïveté de ce temps, il a la raison ferme

---

[1] *Glay,* chant, ramage.

d'une autre époque. Vous en êtes à des chroniques toutes semblables, pour la forme et les détails, aux romans de chevalerie, et vous voyez
paraître un esprit sérieux, solide,. intelligent
de toutes les ruses, jugeant avec un sens merveilleux le caractère, la forme, le but des gou-
vernements; plus habile que scrupuleux, mais
cependant s'élevant à la probité par le bon sens,
parce que, à tout prendre, elle est plus raisonnable que le reste, et qu'elle assure mieux le
maintien de la puissance. Cet homme, c'est Comines. Nous arrivons à lui, comme au type le
plus expressif des progrès que la raison avait
faits au xvᵉ siècle, comme à un écrivain original qui, dans un temps d'imagination vive et
légère, peint, avec la verve réfléchie de Tacite,
les crimes du despotisme, et déjà conçoit habilement les formes diverses des états, les droits
des peuples. Ce confident, ce panégyriste d'un
despote habile, aimait la liberté, comme chose
utile et bien entendue.

Philippe de Comines apprit le métier d'historien par la pratique des affaires; et ce fut en
faisant sa propre fortune qu'il se rendit expert
à juger la politique. Vous savez qu'il était né sujet du duc de Bourgogne; mais Philippe, tout
jeune, était déjà fin et rusé. Il s'aperçut qu'il

ne fallait pas être le ministre ni le favori d'un
prince *téméraire*, et que le duc de Bourgogne,
tout riche, tout puissant qu'il était, finirait
mal, parce qu'il manquait de raison et d'enten-
dement. Un jour que Louis XI, qui, avec beaucoup d'artifice, avait fait une imprudence, se
trouvait dans les mains du duc de Bourgogne,
Comines aida secrètement le prisonnier contre
le prince, parce qu'il sentit que Louis XI ré-
parerait sa faute, et que Charles perdrait l'avantage qu'il tenait du hasard. Louis XI délivré
se souvint du service, moins par reconnaissance que par le désir d'employer encore un
homme si habile. Philippe de Comines, rebuté
par la mauvaise fortune et les fautes de Charles
le Téméraire, le quitta pour passer à la cour de
Louis XI. Il y fut comblé de bienfaits, reçut
plusieurs domaines et seigneuries; car Louis XI
était libéral pour séduire et payait largement
les services. Comines fut négociateur de Louis XI
en Angleterre, à Florence, à Venise, en Savoie.
Louis XI avait-il besoin de gagner quelqu'un
dans le conseil du roi d'Angleterre, Philippe de
Comines s'en chargeait volontiers, et s'en ac-
quittait prudemment. Il savait fort bien mar-
chander un ministre et même un grand chambellan, comme vous verrez bientôt. Je regrette

que le premier de nos historiens qui ait été philosophe ne soit pas un homme d'état plus scrupuleux ; mais souvenons-nous des habitudes du
moyen âge, temps de corruption bien plus que
d'innocence, où les sentiments d'humanité et
de délicatesse morale étaient faibles et confus ;
et n'oublions pas ce qui se passe même dans nos
jours de perfectionnement social. Philippe de
Comines, en général assez discret sur lui-même,
n'est nullement embarrassé de ses peccadilles di-
plomatiques. J'avoue même que les cruautés de
Louis XI l'indignent peu. Il a trop de bon sens
pour ne pas trouver que la tyrannie est un faux
calcul : mais il n'a pas assez de vertu pour haïr
le tyran. Et puis, il se plaît si fort à l'habileté,
qu'il excuse volontiers une mauvaise action bien
faite. A tout prendre, il préférerait, je crois,
Louis XI à saint Louis. Il sait gré à Louis XI
d'avoir réussi.

Et cependant, cet homme que le goût de l'habileté corrompt en quelque sorte, qui, à force
d'admirer la savante astuce d'un roi, oublie les
idées de justice, garde un sentiment de liberté.
Certes, si c'était un admirateur du pouvoir habile, ce n'était pas un serviteur docile de tout
pouvoir. Après la mort de Louis XI, il entra
dans quelques intrigues assez hardies. Membre

du conseil de régence, il fit avec les princes une espèce de conjuration, et un commencement de guerre civile contre Anne de Beaujeu. Exilé de la cour avec le vieux duc de Bourbon, il y revint après deux ans, pour tramer de nouvelles intrigues. Et cette fois il fut *rudement* traité. On l'enferma dans l'une de ces *rigoureuses prisons* qu'il a décrites :

Cages de fer, et autres de bois, couvertes de plaques de fer par le dehors et par le dedans, avec terribles ferrures, de quelques huict pieds de large, et de la hauteur d'un homme, et un pied plus.

Il resta là huit mois, et il ne paraît en avoir gardé aucun ressentiment. Il dit de ce cachot :

Plusieurs l'ont maudit, et moy aussi, qui en ay tasté, sous le roy de présent, l'espace de huict mois.

Il ne s'indigne pas de cette manière de traiter les prisonniers d'état. Il est à peu près comme cet officier allemand qui disait :

Quant aux coups de bâton, j'en ai beaucoup donné, j'en ai beaucoup reçu ; et je m'en suis toujours bien trouvé.

C'est la même manière de raisonner.

Cela posé, Messieurs, reste le livre en lui-même. De même que les chroniques de Froissart, au xiv° siècle, retraçaient, pour ainsi dire,

le sérieux de la chevalerie, et étaient le chef-
d'œuvre de cet art de conter, employé par les trouvères, ainsi le livre de Comines, en marquant
le progrès que la raison, le gouvernement, l'art
de vivre avaient fait en France au xve siècle,
offre la perfection d'un récit à la fois judicieux
et naïf. Au talent de conter se joint la sagacité
politique; il y a la même différence entre les
écrivains qu'entre les sujets : ce n'est plus un
troubadour décrivant des tournois et des batailles; c'est un homme d'état expliquant des
négociations et des intrigues. Comines n'est
pas éloquent. Il a dans l'esprit trop de rectitude
et de fermeté pour s'amuser aux phrases ; et il
est rarement assez ému pour trouver de vives
expressions. Fait-il un portrait de Louis XI ,
sans doute, il analyse fort bien l'esprit et les
qualités de ce prince ; mais il passe froidement
sur ses vices, ne tenant compte que de ce qui
est utile ou nuisible à la conduite des affaires :

Entre tous ceux que j'ay jamais connus, le plus sage,
pour soy tirer d'un mauvais pas, en temps d'adversité,
c'estoit le roy Louis XI, nostre maistre : le plus humble
en paroles et en habits, et qui plus travailloit à gagner
un homme qui le pouvoit servir, ou qui luy pouvoit nuire.
Et ne s'ennuyoit point d'estre refusé une fois d'un homme
qu'il prétendoit gagner : mais y continuoit, en luy promettant largement, et donnant par effet argent et estats

qu'il connoissoit qui luy plaisoient. Et ceux qu'il avoit chassez et deboutez en temps de paix et de prospérité, il les rachetoit bien cher, quand il en avoit besoin, et s'en servoit : et ne les avoit en nulle haine pour les choses passées. Il estoit naturellement ami des gens de moyen estat, et ennemy de tous grands qui se pouvoient passer de luy.

Comparer Comines à Tacite serait une grande méprise. Tacite! son sang bout à la pensée, non-seulement d'un tyran, mais d'un maître; sa justice est de l'indignation; il hait le triomphe inique, il aime la défaite honorable; il est pour Thraséas contre Vespasien; il hait Tibère; Comines aime assez Louis XI. Cependant, Messieurs, si Comines est un politique dur, indifférent, dont la probité même faiblit devant l'intérêt, ce n'est pas un esclave. Savez-vous qu'il a sur certains points des opinions de liberté que l'on pourrait croire fort modernes? Par exemple, il dit quelque part :

Y a-t-il roy ne seigneur sur terre qui ait pouvoir, outre son domaine, de mettre un denier sur ses subjects, sans octroy et consentement de ceux qui le doivent payer, sinon par tyrannie ou violence? On pourroit respondre qu'il y a des saisons qu'il ne faut pas attendre l'assemblée, et que la chose seroit trop longue à commencer la guerre et à l'entreprendre : je responds à cela qu'il ne se faut point tant haster, et l'on a assez temps : et si vous dis que les roys et princes en sont trop plus forts, quand ils entre-

prennent quelque affaire du consentement de leurs subjects, et en sont plus craints de leurs ennemis.

Et ailleurs :

Mais si nostre roy, ou ceux qui le veulent eslever et
agrandir disoient : « J'ay des subjects si bons et si loyaux
qu'ils ne refusent chose que je leur demande, et suis plus
craint, obey et servy de mes subjects que nul autre prince
qui vive sur la terre, et qui plus patiemment endure tous
maux et toutes rudesses, et à qui moins il souvient de
leurs dommages passez ; » il me semble que cela luy seroit
grand los (et en dis la vérité) que non pas dire : « Je prends
ce que je veux, et en ay privilege : il le me faut bien garder. » Le roy Charles-Cinq ne le disoit pas : aussi ne l'ai-
je pas ouy dire aux roys, mais je l'ay bien ouy dire à aucuns de leurs serviteurs, auxquels il sembloit qu'ils fesoient
bien la besogne : mais, selon mon advis, ils mesprenoient
envers leur seigneur, et ne le disoient que pour faire les
bons valets.

Il tient beaucoup à cette idée de libre octroi
de l'impôt. Il assure que Mahomet II, à sa
mort, « se fit conscience d'une taxe qu'il avait
mise nouvellement sur ses sujets. » Et il ajoute :

..... Or, regardez que doit faire un prince chrétien,
qui n'a authorité fondée en raison de rien imposer, sans
le congé et permission de son peuple.

Voilà ce qu'écrivait ce confident, cet historien, ce panégyriste de Louis XI, cet homme
qui a servi Louis XI dans quelques négociations

à demi scélérates. Cela ne donne-t-il pas bien à
réfléchir sur le caractère antique de nos libertés nationales, caractère longtemps effacé par
l'illusion que le xviie siècle fit à la France? Ces
idées qui, dans le xve siècle, étaient familières
au bourgeois, à l'échevin, au bailli, au ministre et au prince, furent ensuite suspendues et
comme anéanties dans ce grand interrègne des
libertés publiques qu'on appela le règne, de
Louis XIV. Mais les anciennes habitudes du
pays avaient établi jadis ce principe aujourd'hui
gravé dans nos codes; il avait été pratiqué des
siècles entiers, comme vérité vulgaire, avant
d'être écrit comme loi fondamentale.

Ainsi, pour le sentiment du bien et du mal,
Comines n'est pas au-dessus de son siècle. Ses
idées sur les droits des peuples sont également
celles de ses contemporains. Mais, pour l'intelligence des événements et des caractères, pour
ce mélange de bon sens et de finesse, qui dé-
mêle si bien la vérité, il est incomparable : c'est
là son génie. « Il a autorité et gravité, comme
dit Montaigne, et sent partout son homme de
bon lieu, élevé aux grandes affaires. »

Pour bien juger ce livre, il faudrait maintenant le citer beaucoup, ou du moins en choisir
les traits distinctifs. Voulons-nous prendre une

impression vraie de la morale du temps, du zèle des agents de Louis XI, du caractère des hommes avec lesquels il traitait, lisons une anecdote à laquelle j'ai déjà fait allusion. Il s'agit de ce chambellan du roi d'Angleterre que Comines entreprit de gagner pour le roi de France, après l'avoir autrefois payé pour le duc de Bourgogne. Comines commence la séduction par lettres, dit-il; ensuite il charge un agent subalterne, Pierre Claret, d'aller à la cour de Londres, et d'achever l'affaire de la main à la main :

Ledit Pierre Claret estoit trez-sage homme, et eut communication bien privée avec ledit chambellan, en sa chambre, à Londres, seul à seul. Et après luy avoir dit les parolles qui estoient nécessaires à dire de par le roy, il lui présenta les deux mille escus en or sol : car en autre espece ne donnoit jamais argent à grands seigneurs estrangers. Quand ledit chambellan eut reçeu cet argent, ledit Pierre Claret luy supplia que, pour son acquit, il lui en signast une quittance; ledit chambellan en fit difficulté. Lors luy requist derechef ledit Claret qu'il luy baillast seulement une lettre de trois lignes, adressante au roy, contenant comme il les avoit reçeus, pour son acquit envers le roy son maistre, afin qu'il ne pensast qu'il les eust emblez, et que ledit seigneur estoit un peu soupçonneux. Ledit chambellan voyant que ledit Claret ne luy demandoit que raison, respondit : « Monseigneur le maistre, ce que vous dites est bien raisonnable : mais ce don vient du bon plaisir du roy, vostre maistre, et non pas à ma re-

queste; s'il vous plaist que je le prenne, vous me le met-
trez ici dedans ma manche ;. et n'en aurez autre lettre ne
tesmoins : car je ne veux point que pour moy on die :
« Le grand chambellan d'Angleterre a esté pensionnaire
du roy de France, ne que mes quittances soient trouvées
en sa chambre des comptes. » Ledit Claret se tint à tant,
et luy laissa son argent, et vint faire son rapport au roy
qui fut bien courroucé qu'il n'avoit apporté ladite quittance. Mais en loua et *estima* ledit chambellan, plus que
tous les autres serviteurs du roy d'Angleterre : et depuis
fut toujours payé ledit chambellan, sans bailler quittance.

Estimer est bien ; estimer un homme pour
cela ! Il y a, dans ce mot, le gouvernement de
Louis XI, et la conscience de Philippe de Comines. Vous le voyez, Messieurs, ce bon chambellan n'a pas fléchi sur le principe ; jamais il
n'a baillé quittance. Ce n'est pas la vénalité,
c'est la quittance qui choquerait Comines ; pré-
caution de fripon vaut pour lui probité.

Je dis, Messieurs, qu'un pareil récit est trois
et quatre fois historique, et m'apprend mieux
que toutes les réflexions quelle était la naïve
corruption du temps.

L'histoire de Comines offre cependant d'autres mérites plus sérieux. Les chapitres où il
explique les causes de la résistance victorieuse
des Suisses et l'affaiblissement de la maison de
Bourgogne, ceux où il retrace les révolutions

fréquentes d'Angleterre, veulent être médités
avec soin.

Vous avez dans la mémoire ces pages de Tacite sur Tibère mourant, Tibère hypocrite et
tyran jusqu'à sa dernière heure; Tibère se fardant, se mettant du rouge, prolongeant, malgré
sa faiblesse, un repas auquel il ne peut prendre
part, et tout cela pour tromper la croyance des
hommes et régner, quand il va mourir. Les passages de Tacite sont admirables; on y sent cette
haine éloquente, cette vengeance de l'homme
de bien. Comines n'est pas ému à ce point en
racontant les derniers jours de Louis XI. Ses
tableaux sont moins animés; mais la leçon n'est
pas moins forte. La tyrannie lui paraît surtout
odieuse, parce qu'elle est déraisonnable.

Il était près de Louis XI, dans les derniers
temps de ce prince; il venait l'entretenir d'affaires publiques et recevoir ses ordres. Il avait
même le triste honneur de coucher dans sa chambre. Quelle idée cela lui donne-t-il?

Est-il doncques possible de tenir un roy, pour le garder
plus honnestement, et en estroite prison, que luy-mème
se tenoit? Les cages où il avoit tenu les autres avoient
quelques huict pieds en carré, et luy qui estoit si grand
roy, avoit une petite cour de chasteau à se pourmener;
encore n'y venoit-il gueres : mais se tenoit en la galerie,

sans partir de là, sinon par les chambres : et alloit à la
messe sans passer par ladite cour. Voudroit-on dire que
ce roy ne souffrit pas aussi bien que les autres, qui ainsi
s'enfermoit et se fesoit garder, qui estoit en peur de ses
enfans et de tous ses prochains parens, et qui changeoit
et muoit de jour en jour ses serviteurs qu'il avoit nourris,
et qui ne tenoient biens ne honneur que de luy, tellement
qu'en nul d'eux ne s'osoit fier, et s'enchaisnoit ainsi de
si estranges chaînes et clostures?

Il fallait qu'il y eût dans ce spectacle de
Louis XI mourant quelque chose de bien tragique et de bien misérable; car cette âme politique de Comines finit par être remuée. Et après
nous avoir décrit les angoisses de Louis XI, ce
moine qu'il fait venir, et auquel il demande la
vie pour des reliques, ce médecin dont il subit
les insolences, dont il paye les menaces, après
nous avoir tranquillement, froidement traînés
à travers les supplices anticipés, tout l'enfer en
cette vie que se faisaient Louis XI et d'autres
princes, il arrive à cette conclusion :

Mais, à parler naturellement, comme homme qui n'a
aucune littérature, mais quelque peu d'expérience et sens
naturel, n'eust-il pas mieux valu à eux et à tous autres
princes et hommes de moyen estat, qui ont vescu sous ces
grands, et vivront sous ceux qui regnent, eslire le moyen
chemin en ces choses ! C'est à sçavoir moins se soucier, et
moins se travailler, et entreprendre moins de choses, et
plus craindre à offenser Dieu et à persécuter le peuple,

et leurs voisins, par tant de voies cruelles, que j'ai assez
déclarées par ci-devant, et prendre des aises et plaisirs
honnestes? Leurs vies en seroient plus longues. Les mala-
dies en viendroient plus tard : et leur mort seroit plus regrettée, et de plus de gens, et moins desirée : et auroient
moins à douter à la mort.

Ce dernier trait semble de Bossuet.

Comines a d'abord été le peintre le plus expressif et le plus intelligent de la politique et de
l'habileté de Louis XI. Puis, s'élevant, par son
bon jugement, à la haine du vice et de la tyrannie, il arrive à ces paroles dignes d'un prédicateur éloquent. On ne peut donc pas dire que
l'histoire de Louis XI manque de moralité :
seulement la moralité y vient un peu tard.

VINGT-DEUXIÈME LEÇON.

Dernière époque du moyen âge. — Développement de l'érudition en Italie. — Papes lettrés et protecteurs des lettres. — Action de l'Italie renaissante sur la Grèce dégénérée. — Influence réelle des Grecs de Constantinople. — Côme de Médicis et Florence. — Rareté du génie; progrès du savoir. — Politien. — Savonarole.

MESSIEURS,

Nous touchons presque au terme du moyen âge. Nous voyons déjà le caractère de cette époque s'affaiblir et changer, à mesure que la savante littérature de l'antiquité reparaît et que les découvertes modernes se multiplient. Mais ce qui marque la fin du moyen âge, le grand événement, l'hégire de la raison humaine, c'est la découverte de l'imprimerie. Là commence, avec son éclat et sa force, la civilisation moderne.

Le pays où cette influence agit le plus n'est pas celui qui avait eu l'honneur ou le hasard de trouver l'imprimerie. En cela, l'Italie fut devancée par l'Allemagne. Cependant l'Italie nous

montre, dès le xv° siècle, un développement an-
ticipé de toutes les facultés et de tous les vices
de la civilisation moderne ; et, sans réduire tous
les résultats de la pensée, non plus que les événements de l'ordre politique, à certaines fatali-
tés rationnelles, on ne peut méconnaître cette
avance que l'Italie garde longtemps sur les autres nations, parce qu'elle l'avait une première
fois obtenue.

Ainsi, lorsque nous sommes encore barbares
et ignorants, l'Italie a son premier âge d'inspiration et de poésie ; au temps où notre vieille
langue commence à s'animer d'un instinct poétique, l'Italie a déjà son siècle d'érudition, son
xv° siècle ; à l'époque où, à notre tour, nous
étudions laborieusement, l'Italie a son siècle de
goût et de génie perfectionné, son immortel
xvi° siècle. Les rapports de cette comparaison
se retrouvent toujours ; et notre xvii° siècle arrive, comme le xvi° siècle de l'Italie, pour réunir également le goût et l'imagination, la science
des formes et l'originalité.

L'explication est facile. Cette multitude de
petits états que la rivalité et que la liberté civi-
lisent plus vite, ces princes nouveaux qui cherchent dans la protection des lettres un moyen
de séduction et de pouvoir, ce reste de culture

romaine jamais détruit en Italie, enfin et surtout l'influence pontificale, voilà ce qui devait
hâter les progrès de l'Italie.

La papauté, dans son admirable instinct de
domination, s'était successivement appropriée
à l'état des peuples ; elle avait été toujours plus
savante, plus habile qu'eux. Mais d'abord sa
science était uniquement théologique, lorsque
la théologie suffisait pour dominer, anéantir les
intelligences. Plus tard, lorsque du sein de la
théologie, qui se divisa comme un empire trop
vaste, sortirent une foule de sciences, la métaphysique, la morale, la politique, la littérature, pour garder sa primauté l'Église lui donna
plusieurs formes, l'appliqua, pour ainsi dire, à
tous les travaux de l'esprit humain. Ces papes
qui longtemps avaient prohibé la littérature profane, ces papes qui avaient interdit le goût et
le génie presque comme une hérésie, devinrent
les promoteurs les plus zélés de la restauration
des lettres antiques. Quelques-uns même furent
tout à fait des érudits, des écrivains.

Et c'est ici, Messieurs, que le principe d'é-
lection, qui contre-pesait seul tant de causes
d'asservissement attachées à la nature du pouvoir ecclésiastique, se montre dans toute sa force
salutaire. Quels hommes étaient nommés papes?

Souvent un pauvre clerc, un obscur étudiant,
élevé par hasard dans l'école de quelque église
cathédrale ou collégiale. Élu pape, cet homme
aimait les lettres auxquelles il devait tout; il les
protégeait avec ardeur, et préparait l'émancipation laïque par ce même éclat de savoir et d'é-
loquence qui relevait en lui la majesté pontificale. Le pape Nicolas V, dans sa jeunesse, sous
le nom obscur de Thomas de Sarzane, avait été
copiste de manuscrits grecs et latins; Pie II avait
été le docte Æneas Sylvius.

Cependant cette même époque, où la papauté
se montra souvent protectrice si éclairée des
lettres, vit les plus grands scandales de l'Église
s'asseoir sur la chaire de saint Pierre. Je ne parle
pas de ce long schisme d'Occident qui fit que,
pendant tant d'années, il n'y avait pas de pape
qui n'eût son antipape, et que, grâce à l'intervention du concile, on eût seulement trois papes au lieu de deux; je ne rappelle pas qu'un
de ces papes avait été corsaire dans sa jeunesse,
et porta dans le sacré collége toutes les habitudes de son premier état; j'écarte le nom d'A-
lexandre VI, ce nom qui en dit trop pour en
dire assez. Que dans un siècle où de grands raf-
finements de corruption s'alliaient à des mœurs
encore à demi barbares, qu'à la faveur d'un

choix illimité, au milieu des ambitions si actives de l'Italie, quelques hommes impurs aient
saisi la tiare, rien de plus naturel, à moins d'un
miracle permanent que l'Église même ne pro-
mettait pas.

Ainsi, Messieurs, dans un point de vue vraiment philosophique, il ne faut pas tirer une
conséquence trop forte de l'apparition de quelques hommes criminels, mais semblables à leur
siècle, sur la chaire de saint Pierre. On doit,
au contraire, avouer que, malgré ces honteux
accidents, malgré ces odieux interrègnes d'un
pouvoir dit infaillible, l'action générale des
papes au xve siècle fut puissante et salutaire,
qu'elle servit à polir les mœurs, à éclairer les
esprits, qu'elle prépara tout ce qui devait se
faire de libre et de grand, même contre leur
pouvoir.

Les autres puissances de l'Italie ne secon-
daient pas ce mouvement des esprits avec moins
d'ardeur. Ces *Sforce*, élevés par la violence sur
le trône de Milan, ces héritiers de soldats farou-
ches ne songeaient qu'à honorer les lettres, à
encourager les savants. Un petit duc de Mantoue
avait établi dans ses états une immense école
nommée *Maison joyeuse*, parce qu'elle offrait un
système d'éducation où la gymnastique la plus

salutaire, l'hygiène la plus agréable, étaient
mêlées habilement à l'assiduité de l'étude. Sans
avoir d'aussi ingénieux établissements, toutes
les autres villes d'Italie, principautés, aristocraties, démocraties, avaient multiplié les
chaires savantes. Le spectacle que présente aujourd'hui l'Allemagne était alors en Italie. Les
professeurs de ce temps n'étaient pas inactifs et
faibles, comme nous :

Declamare doces, o ferrea pectora vecti.

Philelphe, par exemple, donnait cinq leçons
publiques par jour. Il allait parfois, dans la
même journée, professer à Bologne et à Padoue, et, avec une infatigable activité, dis-
tribuait la science à des auditeurs qui se re-
nouvelaient sans cesse. Il y avait dans cette
érudition quelque chose de la ferveur de l'apos-
tolat, et les disciples ressemblaient à des *croyants.*
A la vérité, toutes ces leçons n'étaient pas savantes et profondes ; souvent ce n'était qu'une
lecture, une interprétation de quelque auteur
grec ou latin récemment retrouvé. Mais cette
lecture était faite, était accueillie avec enthousiasme : ce *mot à mot* était une découverte. Étudiants et copistes à la fois, les auditeurs trans-

crivaient avec ardeur ces pages précieuses que
le maître leur révélait.

Mais les hommes qui furent les héros de cette
époque n'ont laissé que leurs noms ; on ne lit
plus leurs ouvrages ; ce ne sont que des com-
mentaires bien surpassés depuis. Ces hommes
étaient remarquables cependant ; ils avaient à
la fois enthousiasme et sagacité. Cet esprit de
hardiesse et d'aventure qui appartient au moyen
âge avait passé même dans de studieux compi-
lateurs. L'érudition n'était pas alors une science
timide et sédentaire, enterrée dans l'inaction
d'un cabinet ; elle s'exerçait par des voyages et
des périls. Voulait-on devenir helléniste, on
s'embarquait, on partait pour Constantinople
et pour l'Asie ; on allait déterrer dans quelque
ville, déjà conquise par les Turcs, un savant
grec qui s'y cachait ; on obtenait de lui la science ;
on recueillait, parmi les barbares, quelques manuscrits ; on les rapportait en Europe avec une
joie inexprimable, qui éclate dans les lettres
naïves de ces pèlerins de la science. Quelquefois
on périssait à la peine. Un de ces savants qui
rapportait de Constantinople beaucoup de manuscrits fit naufrage, et fut frappé de la fou-
dre « comme Ajax Oïlée, » ne manquent pas
de dire les autres savants. Ces érudits aventu-

reux offraient une autre ressemblance avec les
héros d'Homère ; c'étaient la même rudesse de
paroles, la même violence injurieuse. Ces hommes remplissaient toute l'Italie du bruit de leurs
querelles pour un passage, pour un mot. Un
d'eux, dans sa moderne latinité, avait écrit
Turcos; un autre prétendait qu'il fallait dire *Tur-
cas;* et ce schisme de grammaire attirait de part
et d'autre des torrents d'invectives. L'histoire
de ces hommes prouverait que les lettres n'a-
doucissent pas toujours les mœurs : ils s'accusent mutuellement et confusément d'adultère et
de plagiat, de vol et d'hérésie. Les fautes de ces
hommes, les misères de leur vanité sont maintenant oubliées, comme leurs services. Vous ne
connaissez guère Ambroise le Camaldule, Jean
Aurispa, Philelphe, Laurent Valla, si dignes
d'estime cependant.

Nous ne pouvons, dans cette revue rapide,
que citer quelques hommes éminents, et résumer l'influence collective des autres. Parmi ces
hommes, il faut placer au premier rang les Grecs
réfugiés de Byzance. On a souvent exagéré leur
influence ; mais il ne faut pas la méconnaître.
En face de cette société nouvelle qui s'était lentement dégrossie, et qui, des mœurs barbares
de Clovis et de ses compagnons, était arrivée à

la piété compatissante de saint Louis, à l'ingénieuse sagacité de Joinville, et, plus tard, à la
finesse et au ferme jugement de Comines, il s'é-
tait conservé une vieille civilisation gréco-ro-
maine, débris fossile de l'ancien monde : c'é-
tait Constantinople. Seule, de toutes les villes
de l'Empire, Constantinople n'avait pas été prise
par les barbares, jusqu'au moment du moins
où nos Français y passèrent. Elle avait gardé le
dernier résidu de la monarchie des Césars, et
tout l'étalage de domesticité impériale. Là, les
races n'avaient pas été renouvelées; elles étaient
restées ce qu'avait fait Constantin, un mélange de
Romains transportés et de Grecs abâtardis. Seulement la nuance romaine s'était affaiblie ; et le
nom seul avait subsisté sous une forme grecque. Faiblement recruté par l'Occident, et res-
serré, emprisonné par les Turcs, l'état byzantin
s'était maintenu dans une sorte d'immobilité,
avec ses vieilles lois, ses mœurs corrompues,
ses querelles théologiques et ses pratiques monacales. Il avait peu changé, du ve au xiie siècle; il languissait, toujours le même, dans des
révolutions sans cesse renaissantes. Sa frêle et
convulsive existence végétait dans les crises.
C'étaient toujours des conspirations de palais,
des intrigues de patriarches ou d'eunuques, une

cour lettrée, susperstitieuse et vile, un peuple
ingénieux et dégradé, un reste de goût des arts
sans génie, des inventions de tactique sans vertu
guerrière, une science politique sans force et
sans succès.

Le pouvoir absolu, d'une part, et, de l'autre,
un pouvoir ecclésiastique à la fois tyrannique
et dépendant, avaient abaissé les âmes. En effet, et ceci ne sera pas une apothéose indirecte
de l'Église romaine, mais une vérité historique, à Constantinople, le patriarche, accablé
par la présence de l'empereur, et sans cesse occupé à des manœuvres subalternes pour servir
ou contrarier le palais voisin de son église, ne
pouvait s'élever aux grandes vues du chef libre
des prêtres italiens. Le génie même de Photius
divisa la chrétienté, sans affranchir le patriar-
cat de Byzance. Tandis que le clergé romain,
n'ayant à résister qu'aux Césars lointains d'Allemagne, croissait en puissance et embrassait
la suprématie du monde catholique, les ar-
chevêques de Constantinople, assez forts pour
troubler l'état et non pour le gouverner, con-
tinuèrent à végéter entre les conspirations et
la servitude. Cependant ces empereurs de Byzance, enfermés dans un territoire que mor-
celait chaque jour la conquête, harcelés de

querelles ecclésiastiques, sans cesse attentifs à
doter un couvent, à gagner des moines, à déposer un patriarche, n'avaient, à l'exception de
Cantacuzène, de Comnène et de quelques autres, ni la grandeur d'âme antique, ni l'énergie des chefs nouveaux de l'Occident.

Ainsi ce gouvernement de Constantinople se
traînait au milieu d'un vain luxe et d'une politique laborieuse et stérile. Au xie et au xiie siècle,
il était beaucoup plus éclairé par ses réminiscences que le reste de l'Europe; mais il avait
une certaine vileté de cœur et une timidité
d'esprit qui le rabaissaient au-dessous de ces
barbares, Normands, Bourguignons, Catalans,
Anglais, dont il empruntait les secours et su-
bissait souvent les violences. A vrai dire, ce
n'est pas Constantinople qui a éclairé et civilisé
l'Europe, mais, plutôt, c'est le travail spontané
de l'Europe, c'est son premier progrès hors de
la vie barbare, qui, vers la fin du xive siècle,
commençait à réagir sur Constantinople et ré-
veillait cette civilisation pétrifiée. Dans l'empire vieilli et épuisé de Byzance, cette tentative
de renaissance fut courte, et bientôt anéantie
sous les ruines, tandis que la civilisation vraiment nouvelle des Occidentaux continua son progrès, et s'enrichit des débris mêmes de la Grèce.

Dès le commencement du xvᵉ siècle, plusieurs lettrés byzantins, dégoûtés des humilia-
tions de leur pays, émigraient en Italie. Leur
influence fut utile : ils enseignaient la langue
de leurs aïeux; ils faisaient connaître leurs
grands écrivains. Mais ce qu'ils trouvaient en
Italie, cette sève d'un peuple nouveau, ce sang
rajeuni et mélangé des fortes races du Nord,
cette imagination populaire répandue dans un
idiome naissant, cet esprit d'entreprises et d'activité commerçante, qui rendait les Génois maîtres des faubourgs de Constantinople, tout cela
ne servait pas moins aux Grecs que leur littérature aux Occidentaux ; et si l'Empire n'eût pas
été tout à fait délabré, vermoulu, si les Turcs,
qui s'en emparaient pied à pied depuis un siècle, n'eussent pas été là, on eût vu s'accomplir
la régénération de la vieille Grèce par l'Italie
moderne, bien plus que celle de l'Italie par la
Grèce.

Le concile de Florence favorisait ce mouvement, et pouvait rapprocher les deux peuples.
Il s'agissait d'obtenir la plus utile des croisades,
un secours des princes chrétiens qui sauvât
l'empire grec et repoussât les Turcs en Asie.
Un congrès théologique avait dû précéder. Ce
fut un grand spectacle que cet empereur et ces

évêques d'Orient, ces successeurs de Constantin et des Chrysostôme, avec leurs traditions
pompeuses et monacales, leurs costumes à demi
asiatiques, arrivant au milieu des villes répu-
blicaines de l'Italie. A Florence, déjà la démocratie cédait à cette popularité élégante et littéraire dont s'entouraient les Médicis. Quels
étaient donc ces hommes ? des marchands. Encore un caractère de la société moderne, qui
ne se trouvait pas à Constantinople.

Jean de Médicis, fils d'un père enrichi par le
commerce, et négociant lui-même, avait occupé les principales charges de l'état, en servant toujours la cause populaire. Son fils, Côme
de Médicis, lui succède avec plus d'éclat dans
la faveur publique, fondement de ce pouvoir
nouveau. Il avait acheté, pour ainsi dire, ses
concitoyens en leur faisant part de son immense
fortune. Il bâtit pour eux des portiques, des
églises, des bibliothèques. L'esprit de faction
ou de liberté se soulève contre sa bienfaisante
dictature; il est chassé de Florence. Rétabli
bientôt par la force, son pouvoir, que les gens
de lettres ont tant célébré, fut d'abord rigoureux et cruel. Le bannissement, la prison perpétuelle, la torture, la mort, frappèrent les
plus hardis soutiens de l'autre parti. Mais en-

suite Médicis reprit son autorité toute de munificence et de sagesse. Il emploie les nombreux
vaisseaux de son commerce à recueillir des Grecs
fugitifs, et à se procurer des statues et des manuscrits.

Dès la fin du xiv⁰ siècle, Florence, patrie du
Dante et de Pétrarque, avait été la ville des arts
comme celle de la poésie. La peinture, la sta-
tuaire, l'orfévrerie, l'avaient décorée de leurs
ouvrages. Après un concours solennel, où des
rivaux généreux s'étaient empressés eux-mêmes
de proclamer le vainqueur, le génie de Ghiberti
avait ciselé ces admirables portes du baptistaire
de Saint-Jean, que plus tard Michel-Ange, dans
sa ferveur de chrétien et d'artiste, appelait les
portes du paradis.

La munificence, ou, si l'on veut, l'adroite
ambition de Médicis avait encore hâté ce mouvement des arts; son palais, ses jardins étaient
remplis de leurs chefs-d'œuvre. Florence réunissait, en leur faveur, tout à la fois les avantages
d'une cour où le souverain récompense avec
choix, et ceux d'une démocratie où le suffrage
du peuple donne la gloire.

C'est au milieu de cette ville qui naissait ainsi
d'elle-même, c'est dans cette civilisation de
nouvelle race, que parurent les Grecs, et que

vint leur empereur avec un cortége de courtisans et d'évêques. Voyez ce concile de Florence
en 1439, si peu d'années avant la chute de l'Empire et la désolation de Constantinople. Re-
présentez-vous l'impérieuse obstination des
docteurs italiens, et parmi les Grecs, les uns
théologiens inflexibles, ne voulant rien céder,
les autres politiques et prêts à transiger sur le
symbole pour obtenir le secours de l'Europe;
et derrière eux tous, quelques lettrés redeve-
nus d'anciens Grecs, indifférents à l'Église et à
l'Empire, et disant tout bas, pendant que l'on
dispute : « Ils ont beau faire, tout cela ne peut
aller loin; il faudra bientôt en revenir aux anciens dieux de la Grèce. » Pour de tels hommes,
nous l'avons dit, la littérature était une religion. On conçoit avec quel zèle ils répandirent
l'étude de cette belle langue grecque, qui n'a-
vait pas cessé pour eux d'être une langue vi-
vante.

Quelques années plus tard, un jeune Italien,
de haute naissance, dit-on, était saisi de la
même idolâtrie que ces savants Grecs de Byzance; il quitte sa famille, il ne se fait pas moine,
selon l'usage, il se fait Romain, Romain des
premiers temps de la république; il prend le
nom de Pomponius Lætus, et dans sa vie, pau-

vre, fière, libre, dévouée tout entière à la recherche des monuments et de l'histoire de Rome,
il célèbre avec ses amis quelques rites singuliers,
quelques commémorations savantes qui le firent
accuser de conspiration et d'impiété. C'était
l'enthousiasme de l'érudition dans de jeunes
esprits; c'était une passion de l'antiquité, fervente et puérile, assez semblable à cette idolâtrie pour le moyen âge, qui s'est emparée de
quelques étudiants d'Allemagne, et a passé jusque dans leur costume.

Les parents de Pomponius, au premier rang
de la noblesse de Naples, le priaient instamment
de venir habiter au milieu d'eux; il leur répondit par cette courte épître en latin :

Pomponius Lætus à ses parents et alliés , salut. Ce que
vous me demandez est impossible. Adieu.

Pomponius avait aussi l'usage de débaptiser ses
élèves, et de leur donner des noms romains.
Enfin, on dit qu'il célébrait annuellement la
fête de Romulus, dans cette réunion nommée
l'*Académie romaine*.

Ces fantaisies de jeunes érudits étaient assez
innocentes. Je suis fâché que le pape Paul II ait
pris les choses si fort au sérieux, et poursuivi
les membres de l'*Académie* comme des conspira-

teurs qui voulaient renverser le christianisme,
la papauté, et rétablir immédiatement la république romaine. Dans le nombre était Platina,
écrivain énergique et correct en langue latine.
Il fut mis à la torture, et s'en est souvenu plus
tard en écrivant l'histoire des papes.

Ces deux faits rapprochés, cette réminiscence
idolâtrique de la vieille Grèce, au concile de
Florence, ce paganisme littéraire de l'*Académie
romaine*, indique assez de quelle ardeur on fut
saisi pour l'étude de l'antiquité. Quand ce goût
allait jusqu'à la folie dans quelques esprits ar-
dents, il était la passion de la foule. De toutes
parts, on traduisait les auteurs grecs, on transcrivait les auteurs latins, on imitait, on copiait
leur style.

Sous ce rapport, l'érudition devient, au
xve siècle, un retard et une entrave pour l'esprit humain. Cette Italie qui avait eu le Dante
et Pétrarque, cette Italie si élégante, si poétique par la voix de ces deux grands hommes et
du conteur Boccace, elle ne parlait plus italien.
L'érudition dédaignait cette langue trouvée
d'hier, et déjà si belle. On n'écrivait plus
qu'en latin des poëmes, des histoires, des traités, des dialogues, des foules d'ouvrages, plagiats ou parodies du passé. C'est en latin qu'on

correspondait avec ses amis; c'est en latin qu'on
faisait des épigrammes ou des diatribes : tant
cette langue était populaire! L'influence de la
littérature sur la langue nationale fut donc indirecte et comme insensible. C'est en passant par
une langue morte ressuscitée, c'est en la parlant avec plus de justesse et d'art, que le goût
perfectionné réagit alors sur l'idiome vulgaire.
C'est ainsi qu'après une sorte de repos, prolongé
pendant près d'un siècle, l'italien, sous la plume
de Machiavel, de l'Arioste, du Tasse, va se trouver plus flexible, plus élégant, plus pur, sans
avoir rien perdu de sa vigueur et de sa grâce
native.

Il y eut cependant quelques exceptions à ce
travail oiseux et paisible des savants d'Italie,
absorbés dans la contemplation de l'antiquité
renaissante. Je citerai Politien et Savonarole :
l'un esprit élégant et tout moderne, au milieu
de son exquise érudition, le poëte des Médicis;
l'autre tribun religieux et politique, puissant
par la parole. C'est dans Politien que nous retrouvons cette ingénieuse urbanité de Florence,
telle qu'on la vit briller dans le palais de Médicis, et dans ses jardins de Fésoles et de Careggi.
Politien est l'orateur de l'érudition, le poëte de
la critique. Ce zèle d'antiquité, si fantasque et

si rude chez quelques savants, se montre en
lui paré de grâces, de délicatesse et d'enthousiasme. Sans lui, nous aurions peine à concevoir ces leçons qui charmaient l'imagination des
Italiens et semblaient, à leurs yeux, une sou-
daine révélation de l'art antique.

Figurez-vous, Messieurs, la belle galerie de
Médicis, ornée de ces chefs-d'œuvre de sculp-
ture enlevés aux barbares, un auditoire de nations diverses, des Grecs réfugiés, des citoyens
de toutes les villes d'Italie, et parmi eux ce Pic
de la Mirandole, d'un si fabuleux savoir, des
étrangers d'au delà les Alpes, des barbares,
comme on disait en Italie, des Anglais même.
Politien, l'ami du modeste dictateur de Florence, dont il élève les enfants, prend la parole. Poëte habile en langue vulgaire, Politien
donnait ses leçons en langue latine. Il commence
l'explication d'Homère ou la lecture de Virgile;
il y prélude par de beaux vers en l'honneur de
ces grands poëtes; puis il récite, il analyse, il
compare leurs beautés. Usages antiques, principes de goût, inspirations du génie, artifices
du langage, tout s'éclaircit et se développe, à
la voix du brillant interprète. Profond dans la
science du droit romain, il mêle les recherches
les plus curieuses à l'attrait de la poésie. Il fal-

lait l'entendre s'écrier alors, dans des vers tout
vivants de vérité :

> O vatum preciosa quies, o gaudia solis
> Nota piis , dulcis furor, incorrupta voluptas,
> Ambrosiæque deum mensæ! Quis talia cernens
> Regibus invideat? Mollem sibi prorsus habeto
> Vestem, aurum, gemmas, tantum hinc procul esto, malignum
> Vulgus; ad hæc nulli perrumpant sacra profani!

A cette époque de renaissance, l'étude était
une initiation, le goût des lettres un culte. Voilà
ce que Politien exprime avec une vivacité charmante. A force de goût, Politien était natura-
lisé Romain du temps d'Auguste. Cette transfor-
mation était plus vraie que celle de Pomponius.
Ces vers, on ne les distinguerait pas de la poésie
de Virgile; ils en ont le tour libre, le mouvement et l'harmonie. Une passion s'y fait sentir,
et leur donne le naturel. Cette passion, c'est
l'amour des lettres, porté au point d'être lui-
même une poésie. Mais, on le sent, une telle
source est peu féconde. Le Dante, c'est tout un
monde, c'est le monde moderne; il a ouvert un
trésor de poésie nouvelle, toute une religion,
toute une société. Les images de Politien, bien
qu'elles lui soient données par une réminiscence
si vive qu'elle vaut la réalité, ne mènent à rien
et s'épuisent bientôt.

Quelquefois, dans ce langage convenu, il exprime des sentiments vrais, avec un charme singulier. Ainsi, après avoir retracé l'heureux sujet des *Géorgiques*, il s'écrie, presque du ton de Virgile :

Hanc ¹, o cœlicolæ magni, concedite vitam.
Sic mihi delicias, sic blandimenta laborum,
Sic faciles date semper opes. Hac improba sunto
Vota tenus; nunquam certe, nunquam illa precabor,
Splendeat ut rutilo frons invidiosa galero,
Tergeminaque gravis surgat mihi mitra corona.
Talia Fæsuleo lentus meditabar in antro,
Rure suburbano Medicum, qua mons sacer urbem
Mœoniam, longique volumina despicit Arni,
Qua bonus hospitium felix, placidamque quietem
Indulget Laurens, Laurens haud ultima Phœbi
Gloria , jactatis Laurens fida ancora Musis!
Qui si certa magis permiserit otia nobis,
Afflabor majore Deo; nec jam ardua tantum
Sylva meas voces, montanaque saxa loquentur;
Sed tu (si qua fides), tu nostrum forsitan olim,
O mea blanda altrix, non aspernabere carmen,
Quamvis magnorum genitrix, Florentia, vatum.

¹ O dieux puissants, accordez-moi une telle vie; donnez-moi ce bonheur, ce délassement du travail, ces faciles richesses. Que l'ambition de mes vœux monte jusque-là. Jamais, certes, jamais je ne demanderai que mon front envié brille de l'éclat du chapeau rouge, et que sur ma tête s'élève la mitre à triple couronne. Voilà ce que je rêvais paisible dans la grotte de Fésoles, au champ des Médicis, près Florence, sur ce mont consacré qui regarde d'en haut la ville d'*Homère* et les vagues lentement déroulées de l'Arno, dans cet asile heureux et ce doux repos que me donne Laurent, une des gloires d'Apollon, Laurent, l'appui fidèle des Muses persécutées. S'il me fait jamais de plus assurés loisirs, je sentirai le souffle d'un plus grand Dieu : ce ne sera plus la forêt et les rochers de

Nous ne sommes plus assez classiques pour
être ravis de ces vers. Nous cherchons quelques
traits de mœurs sous ce costume de poëte païen.
Mœoniam urbem, « la ville d'Homère! » Florence,
pleine de Grecs fugitifs et d'admirateurs de la
Grèce antique, était devenue, pour ses savants,
la ville d'Homère.

Mais ne vivait-on à Florence qu'à deux mille
ans de soi? ne trouvait-on de l'enthousiasme
que dans les souvenirs? fallait-il se faire Romain, pour sentir palpiter quelque chose sous
la mamelle gauche?

> . . . . **Nilne salit læva sub parte mamillæ?**

Oui, Messieurs, il y avait en langue vulgaire
une poésie ingénieuse, élégante, adulatrice;
celle que Politien, tout jeune encore, prodi-
gua pour célébrer le tournoi où parurent les
deux fils de Médicis. C'est le mélange le plus
heureux de l'art antique et des formes du langage moderne. C'est déjà, dans un court essai,
la manière gracieuse et brillante du Tasse. Mais
c'était dans l'Église surtout qu'il y avait une éloquence active et populaire. Pendant que ces dis-

---

la montagne qui rediront ma voix; mais toi-même, ô ma douce patrie,
un jour peut-être tu ne dédaigneras pas mes vers, quoique tu sois, ô Florence, la mère de si grands poëtes.

ciples des Grecs, ces latinistes ingénieux, s'occupaient, dans la belle galerie de Médicis, à discuter sur le souverain bien et la belle poésie;
tandis qu'ils traduisaient d'inspiration Homère
et Sophocle; tandis que Marcile Ficin, dans sa
mysticité platonique, interprétait Proclus, ou
que Politien faisait représenter sa pastorale vir-
gilienne d'Orphée, des moines fransciscains, do-
minicains et autres étaient inquiets et mécontents. Avec leur latin barbare, ils dominaient
les esprits depuis neuf siècles; cette science
nouvelle, profane et platonique les choquait
beaucoup. Ils prêchaient contre Médicis et ses
lettrés; et ceux-ci parfois allaient les entendre.
Ces hommes avaient de l'éloquence; car ils agi-
taient la foule. Il en est un, oublié d'ailleurs,
sur lequel nous avons le témoignage de Politien
lui-même :

J'étais venu l'entendre, dit-il, avec une disposition de
curiosité vague, et, pour dire vrai, presque de dédain ;
mais, dès que j'ai vu la taille de l'homme, sa contenance,
et un certain caractère nullement commun dans ses yeux
et dans son visage, j'ai entendu quelque chose digne d'ap-
probation. Il commence à parler ; je suis tout oreilles : voix
sonore, paroles élégantes, hautes pensées. Je reconnais
l'habileté des *incises;* je sens la période ; je suis charmé par
le nombre. Il commence sa division ; je suis attentif : rien
d'embarrassé, de vide, de traînant. Il tresse une série

d'objections; je suis pris : il en détache les nœuds; je suis
délivré. Il introduit çà et là de petits récits; je me sens attiré.
Il module des vers; je suis saisi. Il plaisante; j'éclate de
rire. Il pousse, il presse par de fortes vérités; je me rends.
Il essaye des sentiments plus doux; aussitôt des larmes coulent sur mon visage. Il crie avec colère; je suis épouvanté,
et je voudrais n'être pas venu. Enfin, selon la chose qu'il
traite, il varie ses images et les inflexions de sa voix, et
il relève toujours le débit par le geste. Il m'a toujours fait
l'effet de grandir dans la chaire, au delà, non-seulement
de sa propre taille, mais de la taille humaine. Étudiant
ainsi l'ensemble et le détail de ses qualités, ma raison a
cédé à ce prodige. Je croyais cependant que, la nouveauté
une fois épuisée, il m'attacherait moins de jour en jour.
Nullement. Le lendemain il m'apparut tout autre, et meilleur que lui-même.

Cette peinture prouve autant peut-être la mobile sensibilité de Politien que le talent du prédicateur. Il faut ajouter de plus que ce prédicateur, terrible dans la chaire, n'était pas de ceux
qui faisaient la guerre aux beaux esprits profanes. Aimable et mondain comme eux, il devint l'ami de Pic de la Mirandole et de Politien,
et accepta les bienfaits de Médicis.

Vous venez de voir l'ingénieux érudit, l'élégant classique vaincu, ébloui par la parole vive
et variée de ce moine de Florence. Ajoutez quelque chose de plus à cette éloquence populaire;
qu'elle brave Médicis, au lieu d'être pensionnée

par lui; qu'elle soit libre, fière, factieuse, combien n'aura-t-elle pas de puissance! Il vint, ce
prédicateur, au temps même où la dictature de
Laurent de Médicis semblait le mieux affermie.

Jérôme Savonarole, dominicain, avait été
nommé prieur du couvent de Saint-Marc à Florence. Il entreprit de réformer les mœurs, et
l'état politique de la ville. Médicis, en protégeant les lettres, semblait aussi protéger les
plaisirs. Savonarole attaque vivement cette corruption, instrument de servitude, et réveille la
morale au profit de la liberté. Une foule immense se pressait à ses sermons; et on dit même
qu'il se fit un grand changement à Florence.
Cette guerre, que Savonarole faisait au pouvoir
de Médicis, et quelquefois à sa personne, dura
quatre ans. Citoyen tout-puissant d'une ville qui
se croyait libre, Médicis n'essaya jamais rien
contre le hardi prédicateur. C'était à la fois prudence et générosité. Probablement Savonarole
martyr eût été plus puissant. Au contraire, Laurent de Médicis poussa le calme et la magnani-
mité de la patience jusqu'à la fin. Au faîte de
cette puissance et de cette gloire populaire qu'il
gardait encore malgré Savonarole, il est atteint
d'une maladie mortelle. C'est dans les adieux de
ses savants amis et dans leurs entretiens philo-

sophiques qu'il passe ses heures dernières. Savonarole se présente; il le reçoit; il écoute ses
religieux conseils comme il avait souffert ses publiques invectives. Mais Savonarole ne demandait pas seulement la conversion du pécheur;
une autre pensée, un zèle tout républicain se
mêlait à sa foi. Il voulait de Médicis une pro-
messe d'abdication, s'il revenait à la santé. Médicis ne céda pas sur ce point : il se repentit de
ses fautes, mais non pas de son pouvoir.

Dans l'anarchie qui suivit sa mort, le crédit
populaire de Savonarole s'augmenta. Florence
sembla devenir une espèce de démocratie théo-
cratique, dont il était le *Samuel.* Le successeur
de Laurent, quoique élevé par Politien, n'avait
rien de l'habileté et du grand jugement de son
père. Puis les événements de l'Italie, l'invasion
française et la présence de Charles VIII, tout
cela menaçait sa débile souveraineté. Savonarole se fit le partisan des Français; aussi Comines lui veut beaucoup de bien. Il faut l'entendre :

Moy estant arrivé à Florence, allant au devant du roy,
allai visitter un frere prescheur, appelé *frere Hieronymo,*
demeurant en un couvent reformé, homme de saincte vie....
La cause de l'aller voir fut qu'il avoit toujours presché en
grande faveur du roy; et sa parolle avoit gardé les Floren-

tins de tourner contre nous : car jamais prescheur n'eut
tant de crédit en cité.... avoit toujours assuré la venue du
roy.... et avoit presché, avant qu'elle advint, la mort de
Laurent de Médicis.... Plusieurs le blasmoient.... D'autres
y ajouterent foy.... De ma part, je le répute bon homme.

Ce rôle d'allié de l'étranger ne détruisit pas
son ascendant sur Florence. Il aida au départ
des Français, comme il avait appelé leur présence, et il resta tout-puissant par la prédication. Débarrassé de Médicis et des Français, il
rétablit la république dans Florence. Ses sermons deviennent des harangues toutes politiques. Un de ses discours était divisé en quatre
points, la crainte de Dieu, l'amour de la république, l'oubli des injures, l'égalité des droits
entre les citoyens.

Malheureusement la chaire de saint Pierre fut
occupée par l'abominable Alexandre VI. Savonarole ne l'épargna point, et attaqua dans ses
discours les infamies de la cour pontificale.
Alexandre VI le somma de comparaître à Rome :
le peuple de Florence ne voulut pas le laisser
partir. Ce prédicateur-roi était au plus haut
degré de son pouvoir. Une excommunication
d'Alexandre VI ne l'effraya point. Le pape prit
alors un détour habile pour l'attaquer.

Il y avait à Florence un franciscain, éloquent

comme Savonarole, et peut-être plus fanatique.
Suscité secrètement, il se mit à prêcher contre
Savonarole. Le peuple se partage. Peut-être la
véhémence de Savonarole l'eût emporté; mais
le franciscain imagine un autre moyen. Il promet de traverser sain et sauf un bûcher, et dé-
fie Savonarole d'en faire autant. Il y avait eu à
Florence un exemple de ce défi. Au xi⁰ siècle,
le moine Pierre Albobrandini, pour justifier
son couvent, avait ainsi, dit-on, traversé les
flammes, et mérité le surnom d'*Igneus* et la qualité de cardinal que lui donna Grégoire VII. Un
disciple favori de Savonarole accepta l'épreuve
pour son propre compte. Mais le franciscain
déclara qu'il ne pouvait entrer dans le feu
qu'avec Savonarole lui-même. On assure qu'il
disait : « Je ne crois pas qu'il se fasse un miracle en ma faveur; probablement je serai brûlé;
mais vous le serez aussi, et par là j'aurai rendu
un grand service à mon pays. » Savonarole ne
se pressait pas, et subtilisait. « Si vous croyez
au miracle, disait-il, je suis prêt; mais si vous
n'y croyez pas, je ne puis consentir; car vous
commettez un homicide en entrant au bûcher
avec la certitude d'être brûlé; c'est une mauvaise action que je ne dois pas favoriser. » Il y
avait autour de Savonarole des enthousiastes

plus francs : le frère Dominique de Pescia, son disciple, demandait instamment à traverser le bûcher avec un disciple du franciscain, tandis que celui-ci discuterait contre Savonarole. La chose fut ainsi convenue.

Le bûcher est dressé sur la place publique. Un peuple immense accourt; beaucoup de gens voulaient encore se jeter au feu pour Savonarole. Les magistrats contiennent cet enthousiasme. La cérémonie est commencée : Savonarole paraît suivi du frère qui doit représenter pour lui au bûcher. Il entonne : *Prodeant vexilla regis.* Le disciple du franciscain est prêt; mais Savonarole exige que le sien, en traversant les flammes, porte dans ses mains la sainte Eucharistie. Le franciscain déclare que ce préservatif est un sacrilége, que d'ailleurs cela n'entre pas dans le premier traité. Les discussions se prolongèrent en présence du bûcher pendant plusieurs heures, et enfin une grande pluie qui survint arrêta la dangereuse épreuve.

Mais le coup était porté. Il était arrivé, Messieurs, sous une autre forme, à Savonarole ce que, dans les troubles publics de divers états, ont éprouvé des chefs puissants, de grands démagogues, lorsque le cœur leur a failli, que le courage physique leur a manqué. Savonarole

II.   22

eut peur du bûcher; et sa puissance tomba. En
y réfléchissant, le peuple de Florence passa de
son enthousiasme au mépris et à l'insulte. On
était furieux d'avoir été privé d'un si beau spectacle, d'avoir perdu un miracle. On le poursui-
vit d'outrages jusqu'à son couvent; et le profond et atroce Alexandre VI qui, de loin, avait
tout disposé, et qui sans doute avait prévu que
l'esprit politique de Savonarole refuserait cette
folle épreuve, acheva bien vite l'ouvrage de la
vengeance populaire. Des commissaires du pape
arrivent; Savonarole, mis à la torture, avoue
qu'il a été un faux prophète et qu'il a séduit le
peuple par des mensonges. Il est condamné au
feu avec son disciple et un autre frère; il est
brûlé avec eux sur la même place où il avait
évité le bûcher; et de grand chef de parti, ou
de grand martyr, il reste un obscur ambitieux,
un fanatique sans courage, qui cependant a
été, à cette époque, l'homme le plus éloquent
de l'Italie.

VINGT-TROISIÈME LEÇON.

Suite de la littérature méridionale au moyen âge. — Portugal. — Origine et caractère de sa langue. — Rapport intime des poëtes portugais avec les troubadours; exemple cité. — Instinct maritime des Portugais marqué dans leur première poésie. — Progrès de leur littérature au xiv° siècle. — Prose élégante. — Poésie mélancolique. — Esprit d'entreprise dont fut animée cette nation, et qui devait se communiquer à ses écrivains. — Annonce de sa gloire dans le xvi° siècle.

Messieurs,

Il nous reste à suivre le dénoûment du xv° siècle et du moyen âge dans les deux contrées où s'était le plus conservée l'inspiration *romane*, le Portugal et les royaumes d'Aragon et de Castille. Jusqu'à présent, par l'ordre de mon sujet, un peu par mon ignorance et pour gagner du temps, j'avais ajourné l'examen de cette littérature portugaise, si intimement unie à notre ancien idiome méridional, curieuse par elle-même, illustrée au xvi° siècle par un homme de génie, et qui, même dans la stérilité de nos jours, a produit un des meilleurs poëtes de l'Europe moderne, Francisco Manoël, mort en exil, traducteur élégant du beau poëme des *Martyrs*, et honoré d'une louange durable dans les vers de Lamartine.

Si les destinées politiques d'un peuple agissent puissamment sur le génie de ses écrivains, on ne doit pas s'étonner que le Portugal, trop négligé par les critiques européens, ait eu son âge de gloire littéraire. Aucune nation, dans le xve et dans le xvie siècle, n'a montré plus d'audace, n'a plus entrepris, n'a étonné les hommes par de plus grandes actions, que faisait ressortir la faiblesse de ce petit état.

Les antiquités du Portugal se confondent avec celles de l'Espagne; et c'est là notre excuse pour n'avoir pas recherché plus tôt l'origine et les premiers progrès de sa langue. Séparé de l'Espagne par un étroit filet d'eau, le Portugal avait, en même temps qu'elle, subi jadis la conquête romaine. A travers les récits malheureusement mutilés des Latins, nous voyons que le Portugal, la *Lusitanie*, était une de leurs plus importantes et de leurs plus belliqueuses provinces. Il fut dompté avec peine, et, plus d'une fois, rebelle. Son climat, ses produits, son commerce le rendaient précieux à Rome. Nous n'avons point de détails sur les colonies romaines qui vinrent se mêler aux habitants nombreux du

pays. Mais un fait historique, constaté pour
nous par la grammaire, c'est que la civilisation
romaine avait profondément pénétré dans la
Lusitanie; car aucune contrée de l'Europe n'a
mieux conservé dans son idiome moderne l'empreinte du latin.

Ainsi, dans plusieurs recueils, on a cité des
passages, les uns accidentels, les autres rédigés
avec intention, qui offrent des suites de phrases
à la fois latines et portugaises. Il est donc vraisemblable que, dès les premiers siècles de notre
ère, la province entière de Lusitanie avait parlé
la langue latine, sauf peut-être quelques *districts*
de montagnes où se conservaient des restes de
vieux idiomes. Lorsque l'invasion barbare vint
remplacer l'invasion romaine, le Portugal partagea le sort de l'Espagne. Il passa sous le joug
des Vandales et des Goths; et nul doute qu'à
l'époque où leur domination en Espagne fut
brisée par la conquête arabe, le Portugal n'ait
aussitôt subi le même changement de maîtres.
C'était la fatalité du voisinage : Romains, Vandales, Goths, Arabes, tous ceux qui conqui-
rent l'Espagne assujettirent également le Portugal.

C'est donc au moment où l'Espagne renais-
sait à elle-même et commençait à secouer le

joug arabe, qu'il faudra chercher le renouvel-
lement du Portugal, et voir cette contrée devenant à la fois indépendante des Maures, ses
vainqueurs, et de l'Espagne, dont elle avait
si longtemps supporté le joug et suivi les révolutions.

On peut s'étonner, Messieurs, que dans un
pays comme le Portugal, qui, malgré l'inquisition, a cultivé les arts et qui a produit beaucoup d'hommes ingénieux et savants, les recherches sur la vieille littérature nationale aient
été si fort incomplètes. La preuve est là cependant. Les meilleurs livres portugais renferment
peu de détails sur la formation et le débrouillement de leur idiome. On n'a rien cité de plus
ancien qu'un fragment de trente-deux vers, en
style assez confus, et où M. Raynouard a le regret de ne point retrouver les formes de sa langue chérie. Ce morceau semble se rapporter à
l'époque où les vainqueurs de Tarifa envahirent
aussi la pointe occidentale de l'Europe, et tou-
chèrent le Portugal.

Du reste, le Portugal ne nous en offre pas
moins le rapport intime que nous cherchons entre les diverses parties de ce cours d'études sur
le moyen âge. Si nous avions besoin à cet égard
d'un lien historique de plus, nous pourrions le

rattacher au premier affranchissement de ce pays. A la fin du xi.ᵉ siècle, le Portugal, délivré de tant d'invasions successives, se forme en état indépendant sous un prince français. Veuillez noter ce fait, Messieurs; en l'année 1072, le roi de Castille, Alphonse VI, ayant donné sa fille en mariage à Henri de Bourgogne, de la maison royale de France, le fait gouverneur de la partie du Portugal déjà délivrée des Maures. Henri de Bourgogne vient prendre possession, avec quelques chevaliers français, et bientôt reçoit le titre de comte du Portugal : voilà le commencement de ce royaume. Il amène à sa suite quelques troubadours: voilà les premiers poëtes du Portugal. Il règne, il combat, il meurt, et laisse un fils dont le nom devient tout portugais, Alphonse Henriquez, prince vaillant et heureux, qui, dans une vie de quatre-vingt-onze ans et un règne de soixante-treize, affermit et régla cet état nouveau.

Que votre souvenir s'arrête sur cette origine française de la monarchie du Portugal. Là se rapportent de grands événements que l'on ne peut séparer de l'histoire littéraire, plusieurs victoires sur les Maures, la convocation des cortès à Lamégo, la prise de Lisbonne, capitale et forteresse de la domination arabe. Grâce aux

exploits de Henriquez, le comté de Portugal
prit le nom de royaume. Ces événements supposent quelque civilisation contemporaine. Il faut
croire qu'alors, vers la fin du xiie siècle, le Portugal ne le cédait en rien à l'Espagne. La guerre
et de grandes actions devaient y produire aussi
des chants héroïques. Lisbonne était d'ailleurs
plus commerçante et plus riche que toutes celles
des cités d'Espagne qui n'étaient pas au pouvoir
des Arabes.

Nul doute, Messieurs, qu'à cette époque, la
langue portugaise ne fût, sous tous les rapports
et malgré l'indépendance du pays, un dialecte,
un annexe de la langue espagnole. Elle se con-
fondait surtout avec le galicien ; elle avait aussi
un grand nombre de formes et de mots en commun avec notre langue *romane*. Elle a conservé
cette nuance distinctive d'être plus douce et
moins pompeuse que l'espagnol, d'assouplir et
d'abréger les mots par la fréquente suppression
des consonnes.

Une remarque plus curieuse, c'est la confor-
mité d'intention poétique entre les plus vieux
débris de la langue portugaise et les monuments
de la poésie provençale. Ici les doctes conjectures de M. Raynouard ont le caractère de l'é-
vidence. Il est manifeste que cette poésie pro-

vençale, qui, si elle n'était pas la seule poésie
de l'Occident, était la poésie dominante et pri-
vilégiée, avait, je ne sais en quel temps, tellement pénétré dans le Portugal, que tout ce qui
était poële en ce pays se disait, se sentait troubadour. Mais ce n'est qu'à une époque fort récente que des témoignages décisifs sur ce point
ont été recueillis. Si quelque chose pouvait faire
comprendre l'ingrate insouciance du gouvernement portugais pour l'ancienne gloire du pays,
il suffirait de dire que nous devons à un Anglais
la plus curieuse publication des vieux monuments de la langue portugaise. Sir Charles Stuart,
le même diplomate qui apporta du Brésil une
constitution aux Portugais, trouva dans la bibliothèque de Coïmbre un recueil de chansons
inédites. Il l'a fait transcrire avec beaucoup de
soins et imprimer à Paris. Ce recueil atteste
l'intimité de la vieille poésie portugaise et du
génie provençal. Vous croiriez lire de ces vieilles poésies romanes dont je vous ai tant parlé
il y a trois mois. C'est la même imagination
galante et mystique; c'est la même abondance
de sentiments gracieux et la même rareté d'i-
dées. C'est une civilisation élégante et peu réfléchie, où domine heureusement la délicatesse
envers les femmes, et un point d'honneur amou-

reux qui élève et adoucit des mœurs encore barbares. Cette ressemblance de formes n'est pas le
seul témoignage qui prouve et l'origine commune et l'étroite communication des langues
provençale et portugaise; sans cesse dans les
vers des vieux poëtes du Tage, vous retrouvez
le nom ét l'autorité poétique des troubadours.

Je voudrais, dit un de ces poëtes, je voudrais de grand
cœur faire pour ma dame un chant, tel que le devrait faire
un troubadour.

Et ailleurs :

O reine et lumière de mes yeux! je vois ici beaucoup
de troubadours qui *trouvent* d'amour pour leurs dames.

Et ailleurs :

Quelquefois j'ai dit dans mes chansons que je ne voudrais vivre sans dames; et parce qu'alors je cessais de
trouver, plusieurs me tiennent pour quitte de l'amour.

> Algua vex dix eu en meu cantar
> Que non querria viver sen sennor,
> E por que m'ora quitcy de *trobar*,
> Muytos me teen por quite d'amɔr.

Ces paroles qui n'ont pour nous, Messieurs,
qu'une valeur grammaticale, montrent, vous le
voyez, qu'en Portugal, comme dans l'Aragon,
comme dans la haute Italie, le *trouver* provençal était le grand modèle : heureuse expression

trop oubliée, qui rattachait la poésie au seul
don d'inventer! En parcourant ces vieilles poésies portugaises, si semblables aux chansons provençales, j'ai remarqué cependant cette nuance
individuelle que chaque peuple apporte dans
un travail commun, et dans l'imitation d'un
même modèle. Au milieu de ces poésies, d'une
galanterie assez monotone, on voit percer
l'instinct qui a fait la gloire et la puissance des
Portugais, ce goût des aventures maritimes,
cette ambition des navigateurs. Je n'en donne-
rai qu'un exemple, emprunté à une chanson
d'amour assez languissante, et où il y a plus de
répétitions que de beaux vers :

Tous ceux qui vont aujourd'hui sur mer croient que
le monde n'a pas de plus grande souffrance que celle de la
mer ; et ils ne connaissent pas d'autre mal. Mais il m'en
arrive autrement. La souffrance d'amour me fait oublier
les grandes souffrances de la mer. La plus grande des
peines est la peine d'amour pour ceux à qui Dieu veut la
donner : c'est une peine de mort; ce qu'on souffre sur
mer n'est pas tel.

En bonne foi, c'est la plus grande peine de toutes celles
qui furent, sont ou seront jamais. Ces autres qui ne connaissent pas l'amour, disent que non ; mais moi je dirai
ce qu'elle est. C'est la plus grande peine; elle fait oublier
les maux de la mer, qui fait mourir tant d'hommes.

Pardonnez-moi d'avoir recherché dans ces

poésies assez fades un indice de l'entreprenant
génie des Portugais. C'est ce génie, marqué dès
le xiie siècle, qui a porté si haut leur grandeur
passagère, et qui, de cette petite province de
Tra-os-Montès, a fait un état si puissant aux Indes. Quand Lisbonne fut pris, et que les Portugais purent remonter le Tage, ils héritèrent de
l'esprit hardi et commerçant des Arabes. Sur
terre, l'ambition des Portugais affranchis n'a-
vait plus où s'étendre ; ils rencontraient sur les
frontières une puissance plus forte qu'eux. La
mer leur restait libre et sans bornes. Dès la fin
du xiiie siècle, avec les extrêmes périls rappelés
dans ces vieilles poésies, ils s'aventurèrent sur
de frêles navires. Leur audace est bientôt favo-
risée par cette belle invention de la boussole,
anonyme comme presque toutes les grandes découvertes, mais qui se rencontre précisément à
l'époque où le développement simultané de plusieurs nations de l'Europe avait besoin d'un tel
secours. On la voit, dans un espace de temps
presque indivisible, en Italie, en France, en
Angleterre, en Portugal.

Le mariage d'une princesse anglaise avec
Jean Ier, qui régnait à la fin du xive siècle,
donna naissance au plus habile promoteur de
cet instinct des Portugais pour les entreprises

de mer : ce fut le prince Henri, infant toute sa vie, sujet fidèle d'abord de son père, puis de son frère, mais l'homme le plus utile à ses compatriotes, parce qu'il porta leur force vers le seul point où elle pouvait agir et s'étendre. Il ne pouvait pas accroître le territoire de son peuple; il lui a donné l'Océan. Doué d'un génie pénétrant et studieux, ayant fait dans sa jeunesse une seule expédition à Tanger, il se retira dès lors loin de la cour de Lisbonne, à Sagrès, près du cap Saint-Vincent. Là, entouré de quelques Juifs savants et de quelques-uns de ces Maures de Maroc et de Fez, qui étaient alors les savants du monde, il médite sur les ouvrages géographiques des anciens et sur les récits de quelques voyageurs du moyen âge; il étudie Ptolémée et Benjamin Tudel; il profite de quelques notions que les croisades avaient fait arriver en Occident; de quelques récits hyperboliques et menteurs des cosmographes arabes il induit la vérité; et enfin, dans sa retraite, il dispose, il combine un plan certain de découvertes. Il le suit avec persévérance, durant un grand nombre d'années. Il traçait lui-même pour ses navigateurs des instructions et des cartes. Il leur disait, avec un vrai génie : « Allez vers le cap Bojador, cette barrière infranchissable; vous

ne le franchirez pas ; mais vous vous élèverez au
large, et vous ferez quelques découvertes ; puis
vous reviendrez; et nous recommencerons jusqu'à ce qu'il soit franchi. » Deux capitaines
dignes de lui exécutèrent ses grands desseins.
A leur première navigation, ils découvrirent
l'ile aujourd'hui nommée Porto-Santo. L'année
suivante, ils reconnurent, en lui donnant le
nom de Madère, une ile fameuse, visitée jadis
par les vaisseaux de Carthage. Enfin, après
quinze ans d'épreuves, le cap Bojador, ce *cap
des tempêtes* qui semblait fermer l'Océan, fut
franchi. Les vaisseaux du prince Henri touchè-
rent aux îles Açores et aux îles du cap Vert : la
route de Vasco de Gama fut préparée.

Voilà le génie, cette sagacité pleine de prévoyance et d'audace qui mesure la portée des
autres hommes, et, en leur commandant, les
élève à la hauteur de ses propres desseins. Ce
fut le caractère des plus grands hommes, et
le prince Henri, dans son observatoire du cap
Saint-Vincent, a montré cette rare puissance.
Comme il l'avait prédit, comme il le voulut, le
cap Bojador fut franchi, et les grandes découvertes commencèrent. Dans cette île que les Portugais nommèrent *Madère*, à cause des bois dont
elle était couverte, on trouva une statue éques-

tre, en bronze, ayant un doigt indicateur tourné vers l'Occident. Le signal avait été donné, et la route était désormais ouverte. Ces grandes découvertes, ces merveilleuses nouvelles de pays lointains, cette habitude de la hardiesse et du succès, animaient sans cesse le génie portugais, et lui communiquaient une ardeur utile à toutes choses. Le prince Henri a beaucoup fait pour son pays et même pour l'Europe; car les hommes qui donnent ainsi le premier mouvement sont, en partie, les auteurs des grandes choses qui se font même après eux. Par la grandeur de ces souvenirs que je retrace si faiblement, vous devez concevoir quelle était l'impression contemporaine. C'est ainsi que cette petite nation portugaise eut, pendant plus d'un siècle, un degré d'enthousiasme et d'énergie, et comme un *paroxysme* de gloire d'où elle est bien tombée. C'est ainsi qu'ils avaient découvert et fréquenté par le commerce ou par la guerre cinq mille lieues de côtes, conquis Goa, Malacca, Ormus, l'île de Ceylan, fondé Macao sur les frontières de la Chine, soumis une partie de l'Inde, devancé partout les Anglais, pris, avant eux, Ceylan : pardon, Messieurs, je me répète et me perds dans ces conquêtes. Mais enfin, les Portugais, dès le xvie siècle, avec plus d'héroïsme

et de grandeur, avaient déployé ce génie habile
et dominateur qui soumet à l'île britannique
tant de riches contrées et tant de millions
d'hommes.

Nous avons dit souvent que la littérature est
la parole écrite d'un peuple, qu'elle a nécessairement un degré de force et d'éclat proportionné
aux grandes actions qu'un peuple a faites, aux
grandes émotions qu'il s'est données. Ce contre-coup n'est pas toujours immédiat. Souvent
c'est dans le recueillement qui suit l'activité
des conquêtes, que le génie, éveillé par elles,
s'exerce et se développe. Quelquefois c'est à la
même heure et sous une inspiration commune.
Il n'est pas possible, et l'histoire le prouve,
qu'un peuple sans courage, sans enthousiasme,
ou politique ou religieux, produise de grands
écrivains. Les écrivains sont les représentants
de la pensée publique. Si cette pensée est faible et morte, ils ne diront rien. Tout peuple
abaissé par le despotisme perd le génie des lettres. On a eu grand tort de dire que, sous le repos du pouvoir absolu, les plaisirs de l'esprit
et le progrès des lettres sont un dédommage-
ment de la liberté perdue. On n'a pas même cet
avantage. Voyez, de nos jours, l'Italie, l'Espagne, le Portugal.

Au moyen âge, le Portugal jouissait de cette libre constitution établie par les cortès de Lamego ; et les entreprises, et les succès glorieux de ses navigateurs y devaient animer les esprits d'un juste orgueil. Je l'avouerai cependant, le reflet de ces événements sur les lettres ne fut pas d'abord aussi éclatant qu'on pourrait le croire. C'est au xvi⁰ siècle que l'on trouve un Camoëns, si poétique par sa vie, son caractère, ses ouvrages. Mais, dans l'époque où nous sommes renfermés, il y a plutôt un mouvement général d'imagination qu'une prééminence de génie ; il n'y a rien surtout que l'on puisse comparer aux grands noms de l'Italie dans le xiv⁰ siècle. C'est plus tard, après le développement de la grandeur portugaise dans l'Inde, que le génie de la nation paraît : on le trouverait dans les lettres d'Albuquerque, comme dans les vers du Camoëns, dans les sermons de quelques missionnaires, comme dans les pages éloquentes de l'historien Barros. Les hommes d'action alors furent hommes de lettres ; et le talent d'écrire reçut de cette alliance une énergie particulière au xvi⁰ siècle. Mais, avant que ces immortelles découvertes des Portugais fussent entièrement accomplies, il semble que le génie de la nation demeurait absorbé par l'effort qu'elles lui coûtaient. Je me représente, en Portugal, tous ceux qui avaient de l'ambition, de la hardiesse d'esprit, les yeux incessamment fixés sur l'Océan, et y cherchant, à perte de vue, la grandeur et les destinées futures de leur pays : nulle distraction, nulle étude qui enlève les esprits à cet unique soin.

Cependant il y avait aussi, dans l'histoire intérieure du Portugal, des événements, des catastrophes, des combats de passion qui devaient intéresser vivement l'imagination et éveiller le talent. Tout le monde connaît la touchante histoire d'Inès de Castro. La froideur des vers de La Motte n'a pu glacer le pathétique naturel d'un tel sujet. Il ne paraît pas cependant que cette tradition ait fortement inspiré la poésie contemporaine. On ne la trouve rappelée que dans peu de vers dont quelques-uns sont attribués à don Pèdre lui-même. Mais les vieux historiens du Portugal n'ont pas omis ce fait, que l'on serait tenté de révoquer en doute.

L'histoire des premiers souverains du Portugal a été racontée par une suite de chroniqueurs. Un des plus célèbres est Fernand Lopez, gardien des archives déposées dans la *Tour du Tombeau*. Il a écrit la vie de don Pèdre, de l'époux de la malheureuse Inès. En Portugal, c'est un récit populaire que jadis régnait Alphonse, prince sévère et justicier ; que l'infant don Pèdre, son fils, veuf d'une première épouse, s'était épris de doña Inès, sa cousine et dame d'honneur du palais. On montre même, près de Mondenego, un ruisseau sur lequel on dit que glissaient, enfermées dans une boîte légère, les lettres des deux amants. Don Pèdre avait eu de cette union secrète deux enfants, que le cruel Alphonse fit tuer dans les bras de leur mère, qui en mourut de douleur. Don Pèdre, plein de désespoir et de fureur, prit les armes ; mais il céda, et il attendit la mort de son père et son avénement pour donner carrière à toute sa vengeance. Alors il se fit livrer les assassins d'Inès, et les punit du dernier supplice. On dit encore qu'il fit retirer du tombeau les restes inanimés d'Inès, les fit revêtir d'ornements royaux et présenta ce cadavre couronné aux hommages de sa cour. Mais cette lugubre apothéose de l'amour conjugal est sans doute le rêve des imaginations émues par le souvenir d'Inès. Il n'y a rien de tel dans le vieil historien. Son récit, sans cette terreur théâtrale, n'en est pas moins pathétique. On y trouve un caractère de gravité et de simplicité.

Quatre ans après être monté sur le trône, don

Pèdre, qui n'avait pas parlé de sa douleur et de sa vengeance, réunit un jour les états de son royaume et ses principaux officiers, fait apporter les Évangiles, les touche *corporellement*, dit le chroniqueur, et jure qu'il avait été l'époux légitime d'Inès, qu'il l'avait tenue pour sa femme digne et vertueuse, et qu'il demandait qu'un acte en fût dressé. Puis un des principaux du royaume, le comte de Barcellos, prend la parole et prononce ce discours rapporté par l'historien :

Amis, vous devez savoir que le roi, notre seigneur, qui règne aujourd'hui, étant encore enfant, se trouvant au bourg de Bragance, du vivant du roi Alphonse, son père, reçut pour femme légitime Inès de Castro, qui fut fille de don Pèdre Fernandez de Castro ; et elle le reçut pour époux ; et ledit seigneur la tint toujours pour son épouse, remplissant tous ses devoirs, jusqu'au temps de sa mort. Et, comme ce mariage ne fut pas annoncé à tous les habitants du royaume, pendant la vie du roi Alphonse, par la crainte que son fils avait de lui, s'étant marié de telle sorte, sans son ordre et sans son aveu, par ce motif maintenant le roi, notre seigneur, pour décharger son âme, et pour dire la vérité, et ne point laisser de doute à quelques-uns qui ne savaient pas de ce mariage, s'il avait existé oui ou non, a fait serment sur les saints Évangiles et a donné foi et témoignage que la chose s'est passée ainsi que je le dis. Vous le verrez par un acte qu'en a fait le notaire Gonzallo Perez, ici présent ; et de plus, vous verrez le dire de l'évêque de Guarda et d'Étienne Lobato, ici présents, qui assistèrent à ce mariage. » Alors il fit lire tout haut le té-

moignage qu'ils avaient tous deux donné sur cela. « Et
comme la volonté du roi notre seigneur, dit-il, est que
cela ne reste plus caché, mais qu'il lui plaît que tous le
sachent, pour faire disparaître le doute qui pouvait jusqu'à
présent exister à cet égard, il m'a ordonné de vous déclarer
tout cela, pour ôter le soupçon de vos cœurs. Mais parce
que, s'opposant à ce que je dis et à ce qui vous a été lu
et déclaré, quelques personnes pourraient dire que tout
cela ne suffisait pas, s'il n'y avait eu dispense, à cause du
grand empêchement qui existait entre eux, elle étant la
cousine du roi notre seigneur, comme fille de son cousin
germain, à cet effet il m'a chargé de vous instruire de tout,
en vous montrant cette bulle, dans laquelle le pape lui
permet de se marier avec toute femme, fût-elle sa parente,
autant et plus que ne l'était doña Inès.

Vous le voyez, rien de ce couronnement fu-
néraire : une déclaration d'état civil seulement.
Cette scène semble avoir pour objet, non d'éta-
ler le délire de l'amour, mais de montrer, dans
tout son jour, la vertu d'Inès et de proclamer
la sainte légitimité de son union. Ce soin d'honorer la vertu d'une femme aimée, cette reconnaissance, après la mort, du titre qu'elle avait
caché durant sa vie, voilà tout ce que donne la
vérité historique; et cela même a sa grandeur
et sa poésie.

Ajoutons seulement un mot qui touche à
l'exactitude historique. La bulle que fit lire don
Pèdre et qui renfermait l'autorisation pour ce

prince, de contracter mariage avec toute personne qu'il choisirait, fût-elle sa parente ou al-
liée au degré prohibé, cette bulle, qui semble
faite pour prévenir toute objection sur son mariage avec Inès sa cousine, est datée d'Avignon,
et de la neuvième année de Jean XXII. Or, à
cette époque, don Pèdre n'avait que cinq ans.
Faut-il supposer que le roi don Alphonse s'était
procuré par avance une bulle à toute fin, pour
le mariage futur de son fils? Il est plus vraisemblable que cette pièce est une fraude de l'amour
de don Pèdre pour légitimer l'union dont le souvenir lui était si cher. Mais n'insistons pas sur
ce détail : qu'il nous suffise d'avoir ramené à la
vérité historique cette tradition du couronnement d'Inès après sa mort.

Cette cérémonie n'en est pas moins imposante
et tragique dans les récits de Fernand Lopez.
Elle est racontée après plusieurs faits, plusieurs
traits de caractère, qui ont montré don Pèdre
comme un justicier sévère, devenu implacable
par une grande douleur. Ici, ce prince fait tran-
cher la tête à deux officiers de son palais, coupables d'une lâche concussion. Ailleurs, il en
condamne deux autres à mort pour avoir tué un
Juif, crime souvent impuni dans le moyen âge.
Ailleurs, dans son impartiale cruauté, il fait at-

tacher à la torture un évêque accusé d'adultère. On sait quel était, depuis Grégoire VII, le
pouvoir abusif des juridictions ecclésiastiques.
En se réservant la connaissance de tous les dé-
lits commis par des clercs, elles les jugeaient
avec cette intelligence partiale que montrent,
de nos jours, les conseils de guerre, quand ils
ont à statuer sur les violences des militaires contre les citoyens. Sous le règne de don Pèdre, un
prêtre avait tué un homme. L'official ecclésiastique, pour toute punition, le dégrada du sa-
cerdoce. Don Pèdre fait assassiner le meurtrier
par un maçon. On amène cet homme devant le
roi, qui, à son tour, le dégrade de l'état de maçon. Telle était, au moyen âge, la justice bizarre
même d'un prince réformateur.

Quand don Pèdre eut établi ce caractère de
justicier inflexible, et qu'il eut publiquement
honoré la mémoire d'Inès et la pureté de leur
union, il tourne ses regards vers la retraite où
s'étaient réfugiés les assassins d'Inès; il les fait
demander à don Pèdre, roi de Castille, et aussi
surnommé *le Cruel.* Les assassins d'Inès sont amenés ; voici comment le fait est raconté :

Alvar Gonzalez et Péro Coëlo furent traînés en Portugal, et conduits à Santarem, où était le roi don Pèdre. Et
le roi, dans le plaisir de sa vengeance, témoigna une grande

douleur de ce que Diégo Lopez lui avait échappé par la
mort. Et sans pitié, il les fit mettre de sa main à la torture,
voulant qu'ils confessassent de quoi ils avaient été coupables
dans la mort de doña Inès, et ce que son père avait préparé contre elle, quand ils allèrent pour le crime de sa
mort. Et aucun d'eux ne répondit à ses demandes. Et le
roi, comme quelques-uns disent, frappa lui-même au visage Péro Coëlo ; et celui-ci proféra contre le roi des paroles déshonnêtes, en l'appelant traître, parjure, bour-
reau des hommes. Et le roi enfin les fit tuer, et il fit
arracher leurs cœurs. Et il dit à celui qui les arrachait,
que c'était là un agréable office.

Voilà, Messieurs, les fidèles et épouvantables
récits de Fernand Lopez : on y voit à nu la férocité du moyen âge dans un cœur irrité par
la vengeance et l'amour. Fernand Lopez, pour
la simplicité rude et la gravité, n'est pas inférieur à l'historien espagnol Ayala.

Mais la littérature portugaise avait dès lors
d'autres titres de gloire. Ici, Messieurs, se pla-
ceront quelques détails rapides et fort incom-
plets sur le second âge de la poésie en Portugal.
Je n'essayerai pas de suivre la filiation des talents, à partir de ces vieilles poésies portugaises imitées de celles des troubadours. Il y a là,
même pour les nationaux, de nombreuses la-
cunes qu'un étranger ne saurait remplir. Dans
cet intervalle, depuis le commencement du
xiiie siècle jusqu'au xve, l'étude des anciens,

l'imitation de l'Italie moderne, gagnèrent en Portugal. Des universités s'établirent ; la langue latine fut écrite avec art. La langue castillane était aussi, pour les Portugais, un idiome littéraire, dont beaucoup d'entre eux firent usage.

Cependant la poésie nationale ne cessa pas d'être cultivée. Cette lamentable histoire d'Inès de Castro inspira les poëtes comme elle avait animé le grave historien Fernand Lopez. On a conservé, sur ce sujet, des vers attribués à don Pèdre lui-même. J'ai peine à croire qu'ils soient du féroce *justicier*. Je croirai plutôt que cette douleur de don Pèdre était un thème tout préparé dont s'emparait l'imagination des poëtes.

Quant au caractère langoureux et tendre de ces poésies, cette forme, qui contraste avec les hardis travaux des Portugais à cette époque, était commune à presque tous leurs ouvrages. Rien dans leurs chants nationaux qui puisse se comparer aux *Romances du Cid;* mais une langueur gracieuse et touchante, et parfois une sorte de mélancolie moderne.

Le premier poëte illustré dans ce genre de composition s'appelait Marcias. Sa vie est elle-même un récit amoureux. Attaché à la cour, ami du marquis de Villena, sa passion pour une

noble dame lui fit encourir la disgrâce du roi.
On le mit en prison; et un jour qu'à la fenêtre
du donjon où il.était retenu, il soupirait sur son
luth le nom de la femme qu'il aimait, il fut tué
d'un coup d'arbalète par le mari jaloux. On l'en-
sevelit dans l'église de Sainte-Catherine; et,
avec ce mélange de religion et de galanterie,
familier aux méridionaux, on ne manqua pas
de graver sur la pierre tumulaire placée près du
chœur : « Ci gît Marcias l'*amoureux*. » C'est l'é-
pitaphe de ce martyr d'une espèce nouvelle.
Sa légende inspira tout une école de poëtes portugais.

Le Portugal est un charmant pays. De nos
jours, lorsqu'un grand poëte, fatigué des plaisirs, ayant le spleen de la satiété et celui du génie, quitta tristement sa nébuleuse patrie pour
se désennuyer en courant le monde, à peine eut-
il touché le Portugal qu'il se sentit renaître à la
vue de ce beau climat et de cette terre jadis glorieuse et toujours fertile.

Au moyen âge, cette même impression des
lieux, cette molle et riche nature, ce beau ciel
sans nuages disposaient l'âme des Portugais à
des chants aussi doux que leur vie était rude et
guerrière. Oui, au delà des mers, à Macao, à
Goa, à Ceylan, le Portugais était indomptable,

impitoyable, intolérant jusqu'à la fureur. Mais
le Portugais sur les bords du Tage, lorsqu'il
n'était pas enflammé par l'ardeur du combat et
la rapacité de la conquête, semblait un peuple
paisible occupé du labourage et aimant à chanter ses doux loisirs. Ses poésies ont quelque
chose de distinct parmi les chants méridionaux.

En général, les peuples du Midi semblent
peu réfléchis; ils sentent la vie plutôt qu'ils n'y
songent. Je ne sais quelle cause a rapproché la
littérature portugaise de ce caractère de médi-
tation et de mélancolie qu'on attribue surtout
aux peuples du Nord. Il me vient en ce moment
à la pensée cette expression du Camoëns dans
un de ses sonnets : « Camoëns dont la lyre sonore sera plus célèbre qu'elle ne doit être heureuse.... » Ce charme de tristesse ne peut se dé-
finir. On le retrouve sous mille formes dans les
poëtes précurseurs du Camoëns et effacés par
sa gloire. Ce n'est pas, chez les Portugais, cette
gaîté bruyante, cette folle joie des Provençaux;
ce n'est pas non plus la gravité austère des Espagnols, et cette fierté qui craint de s'attendrir,
et cette imagination pompeuse qui exagère et
manque le sentiment. Non; c'est une émotion à
la fois vive et réfléchie qui plaît aux images de

l'amour et des champs. De là naquit chez les
Portugais une poésie pastorale.

Je tâche, Messieurs, de distinguer les compositions originales de celles qui étaient communes aux diverses nations de l'Europe. Je
laisse de côté les romans de chevalerie, parce
que les romans de chevalerie appartenaient à
tous les peuples et étaient un objet d'emprunt
et de commerce. Mais je m'arrête à ces poésies
à la fois idéales et naturelles, à ces *pastorales*, qui
furent inspirées aux Portugais par leur beau
climat et leur génie mélancolique.

Que Fontenelle, dans les rues peu poétiques
de Rouen ou dans les salons encore moins poétiques de Paris, dans sa vie scientifique et mon-
daine, compose des églogues, c'est une gageure
de l'esprit et une preuve qu'on peut tout faire;
mais qu'au xv⁰ siècle un Portugais, à l'âme vive
et langoureuse, errant sur les rives fleuries du
Tage, sur les bords du Mondenego, près de ce
ruisseau où don Pèdre venait trouver Inès, qu'un
Portugais plein de ces souvenirs alors récents
module des pastorales dans sa langue harmonieuse, qu'il fasse dire à ses bergers leur vie
douce, leurs orangers, leurs moissons presque
sans culture, doutez-vous du charme de cette
poésie? ne devait-elle pas être plus simple même

que celle de Virgile dont les poésies sont imitées
de Théocrite plus que de la campagne ?

Les Portugais devaient avoir, dans un rare
degré, le talent descriptif. Le pays l'inspirait ;
les entreprises lointaines le développèrent encore. Ils quittaient les bords du Tage pour visiter les forêts de l'île de Ceylan, les rivages de
Mosambique, la presqu'île du Gange. Dans les
récits de leurs historiens éclatent tous les trésors, toutes les merveilles de ces riches contrées.
Camoëns, l'imagination remplie de la poésie antique, a négligé les tableaux de la nature orientale étalés sous ses yeux. A cet égard, les chroniqueurs, les voyageurs, les moines portugais
ont été plus fidèles et plus poëtes que lui; et si,
l'année prochaine, nous parlons du xvie siècle,
je crois que les fragments de l'historien Barros,
quelques lettres d'Albuquerque et quelques pages
de missionnaires portugais exciteront votre intérêt. Mais revenons au temps qui nous occupe,
et cherchons les premiers exemples de cette imagination descriptive, innée dans le Portugal et
fortifiée par tant de causes étrangères. On la
trouve, au xve siècle, dans les ouvrages de Bernard de Ribeiro, poëte et romancier éloquent.
Ces ouvrages, effacés dans son pays par l'éclat
du Camoëns, offrent un caractère qui doit nous

frapper dans notre étude attentive du développement littéraire chez les différents peuples.

Indépendamment des traits distinctifs de chaque peuple, il y a des nuances qui n'appartiennent qu'à une certaine époque dans la vie de
ces peuples. Montaigne a dit : « Le temps attache plus de rides à l'esprit qu'au visage. » La
même chose se retrouve dans les nations : leur
génie s'attriste en vieillissant. Quelquefois cependant ces règles sont interverties. Nous trouvons un peuple qui, dans sa littérature, s'avise
d'être réfléchi et mélancolique avant l'époque
où tous les peuples devaient l'être. Bernard de
Ribeiro avait composé un roman qui porte tout
à fait ce caractère ; c'est l'ouvrage intitulé
Menina e Moça. On le croit rempli d'allusions aux
événements de la cour d'Emmanuel. Mais la
forme en est tout idéale, et, comme on dirait
aujourd'hui, romantique. Le peintre de Con-
rad et de Médora désavouerait-il ce récit que
Ribeiro met dans la bouche d'une jeune fille
arrachée à la solitude où elle avait caché sa
vie ?

C'est sur ce mont désert que je passais mes jours, comme
je le pouvais. De là je regardais comment la terre va se
perdre dans les flots, et comment la mer s'étend loin du
rivage, pour finir où personne ne peut la voir. Et quand

la nuit venait recueillir mes pensées, quand je voyais les
oiseaux chercher la retraite et le sommeil, je rentrais dans
ma pauvre cabane, où Dieu est témoin des nuits que je
passais. Ainsi le temps coulait pour moi.

Il y a peu de jours, en gagnant la hauteur, je vis l'au-
rore se lever et répandre sa lumière entre les vallées. Les
oiseaux s'appelaient par de doux chants. Les bergers conduisaient leurs troupeaux dans la prairie. Il semblait que
cette journée devait être heureuse pour tout le monde.
Mais alors mes chagrins se pressèrent d'autant plus dans
mon âme, et mirent devant mes yeux tout le bonheur que
m'aurait donné ce beau jour, si tout n'était changé pour
moi. La joie de la nature m'attrista; je voulus fuir....

Dans ces paroles faiblement calquées sur la
prose originale, ne reconnaissez-vous pas un
tour d'élégance et d'imagination mélancolique
qui semble prématuré au xvᵉ siècle, et qui appartient plutôt à l'école poétique de nos jours?
N'est-il pas singulier que ces impressions se rencontrent dans les mœurs rudes du moyen âge,
dans ce pays de marins et de conquérants, sur
cette terre du Portugal où la civilisation semble
si tardive, parce qu'elle a reculé devant le despotisme et l'ignorance?

VINGT-QUATRIÈME LEÇON.

Retour à l'Espagne. — Des mœurs et du génie aragonais. — Influence que dut avoir la constitution républicaine de l'Aragon. — Langue catalane. — Chronique de Ramon Muntaner. — Littérature castillane au xve siècle. — Jean de Mena; Villena. — Poésie plus érudite qu'inspirée. — Chroniqueurs espagnols. — Développement nouveau du génie espagnol. — Quelques mots sur les écrits de Crhistophe Colomb. — Résumé.

MESSIEURS,

Je poursuis et j'aurai bientôt terminé cette imparfaite revue de l'esprit méridional au moyen âge.

Nous avons à parler une seconde fois du peuple, non pas le plus ingénieux, mais le plus original de cette époque, de celui qui, marqué d'un caractère distinct, aurait montré une grande force d'imagination même sans écrire. Il semble que chez les Espagnols, indépendamment de la poésie qui brille dans quelques ouvrages, il y avait une poésie répandue dans les paroles, dans les mœurs et les actions, et qui tenait à la fois de la vivacité provençale et de la pompe asiatique.

Le lien qui réunissait nos provinces méridionales et une partie de l'Espagne était des plus
forts que puissent avoir deux peuples, la com-
munauté d'idiome.

Ainsi, sans recommencer nos recherches un
peu longues et pourtant incomplètes sur la langue *romane,* nous rappellerons que cette langue, à la fois savante et populaire, était parlée
dans la Catalogne, dans la Navarre, dans l'Aragon, et jusque dans les îles Majorque. Elle s'y
modifia sans doute, et donna naissance au dialecte catalan, dont les productions originales et
nombreuses n'ont été, je le crois, appréciées
jusqu'à présent dans aucun ouvrage d'histoire
littéraire. C'est une lacune que j'indique et ne
me charge pas de remplir. Bouterweck et M. de
Sismondi n'en disent mot dans leurs ouvrages
sur la littérature espagnole; cependant il n'est
pas dans le moyen âge de plus curieux souvenirs. Depuis le xII^e siècle, une constitution
forte, libre, savamment établie, énergiquement et minutieusement défendue, régissait
l'Aragon. Qui dit une constitution tempérée
suppose un degré de civilisation assez avancée,
un développement actif dans les esprits, l'industrie commerciale, le don et l'exercice fréquent de la parole publique. Comment donc

a-t-on négligé cette portion de la littérature du
moyen âge liée de si près à des institutions politiques ?

Vers le milieu du xii⁰ siècle, en 1142, la Catalogne était soumise à des comtes; plus tard,
réunie à l'Aragon, elle eut le même roi. Mais,
sous ses formes diverses, le fondement de la constitution aragonaise était une assemblée des *ri-
cos-hombres* et des *hidalgos* qui avaient le droit,
non-seulement de délibérer sur tous les intérêts
du royaume, mais de faire prévaloir leur volonté par la force. Plus tard s'y réunirent les
délégués des bourgs et des villes. Jusque-là vous
ne voyez peut-être que le caractère commun des
assemblées féodales du moyen âge et l'ancienne
division des trois ordres. C'est ainsi que cette
assemblée luttait contre une royauté d'abord
élective, ensuite héréditaire et toujours rigou-
reusement limitée. Mais une institution particulière à ce pays atteste avec quel soin toutes
les parties de la constitution avaient été balan-
cées : c'était le *justizza*, fidèle image de cette antique magistrature des éphores qui régnaient
sur les rois de Sparte. Le *justizza* n'était pas né
cependant d'une imitation savante, étrangère
au génie de l'Aragon. C'était originairement
un magistrat choisi par le roi, et comme une

espèce de censeur qu'il donnait lui-même à ses ministres pour être averti de leurs fautes. Il était souverain juge du royaume et recevait l'appel de toutes les sentences rendues par les autres juges, seigneurs ou baillis. Ce *justizza*, auquel l'historien Zurita donne le titre de *défenseur du peuple*, devait déclarer, en toute occasion, si les actes du pouvoir étaient conformes aux lois fondamentales de l'Aragon. Cette constitution, vous le voyez, était sévère et laborieuse : l'expérience moderne a sans doute trouvé mieux. Mais ce que nous avons voulu noter, c'est le développement moral que supposent de telles institutions.

Ce qui nous frappe surtout, c'est la prévoyance singulière avec laquelle étaient rédigées les constitutions de cet état. Montesquieu nous dit que, dans l'île de Crète, il y avait un droit d'insurrection qui était le correctif et l'annexe de la loi fondamentale. Il en était ainsi dans l'Aragon, et non par les concessions de quelque habile monarque, mais par une disposition primitive de la loi. Il existait le *droit d'union*, c'est-à-dire le droit écrit de s'assembler, de prendre les armes et de changer la personne du souverain quand les lois étaient violées.

Vous pouvez croire que le roi, quelque rési-

gné qu'il fût par l'habitude aux étroites limites
de sa puissance, devait s'indigner de cet obstacle permanent, et lutter pour le détruire. Au
milieu du xive siècle, après des soulèvements,
des victoires et la vigoureuse résistance des nobles aragonais, nous voyons un roi anéantir le
privilége de l'*union* et faire abroger par les *cor-*
tès cet article de la loi fondamentale. L'imagination pittoresque du moyen âge et de l'Espagne marqua cet acte législatif. La salle des
cortès à Sarragosse était remplie de tous les
députés des états. On discuta en l'absence du
roi. Quand la résolution de supprimer l'article
fut adoptée, le roi parut entouré de ses capitaines; et, s'avançant au milieu des cortès, il
tire un poignard, se fait une blessure au bras,
et en laisse couler le sang sur la page du livre
de la loi où était inscrit l'antique droit de la révolte : « Que cette loi séditieuse, dit-il, qui a
fait tant d'outrages à la monarchie, soit effacée
par le sang d'un roi ! »

Cependant telle était l'empreinte qu'une liberté si précoce avait laissée dans tous les cœurs
aragonais, que, malgré cette solennelle aboli-
tion du droit de résistance, l'habitude en resta
toujours; seulement elle se régla et s'adoucit. Le
justizza fortifié devint le supplément de ce droit

terrible. Avec une prudence toute moderne,
les états d'Aragon substituèrent à la garantie
violente et tumultueuse de la révolte, une sauvegarde paisible. Jusque-là le *justizza* était élu par
le roi, et ne devenait tout-puissant qu'à l'abri
d'une insurrection. Les cortès déclarèrent que
le *justizza* serait inamovible et inviolable; et ils
balancèrent ainsi la force du pouvoir par la force
du principe : principe d'autant plus remarquable
dans ce siècle, qu'il n'était emprunté à aucune
sanction religieuse, mais à la seule idée du droit
et de la justice.

Il est curieux, Messieurs, de jeter un regard
sur ces efforts de la liberté civile dans le moyen
âge, surtout si l'on réfléchit que ces efforts habiles et prématurés appartiennent au pays qui,
dans nos temps modernes, a le plus perdu ses
droits et son indépendance.

Les faits particuliers attestent à quel point la
vertu salutaire de ces libres institutions élevait
la condition du peuple aragonais parmi les autres nations, et influait sur les mœurs et les lois
du pays. Jamais la torture, cet interrogatoire
de l'ancienne Europe, cette absurde barbarie,
que l'Angleterre elle-même, malgré de meil-
leures institutions, garda si longtemps, ne fut
reçue en Aragon. Les cortès, par cette fierté

qui naît de la liberté, déclarèrent que nul paysan
aragonais ne pouvait être mis à la torture. Bien
plus, quoique le zèle religieux, quoique cet
amour profond du catholicisme, que les cérémonies extérieures, que l'antiquité de la foi,
que la lutte fréquente contre les Maures avaient
si profondément enraciné dans le cœur espagnol,
fût commun à la Catalogne et à tout l'Aragon,
jamais ces deux provinces ne consentirent à sup-
porter l'inquisition. Savez-vous par quel raisonnement elles repoussaient l'inquisition ? Ce n'é-
tait pas, j'en conviens, par une idée de liberté
religieuse, de tolérance philosophique : ils
étaient bien loin de là. Ils n'imaginaient pas
qu'on eût tort de contraindre la foi, ou même
de brûler les hérétiques ; au contraire, ils
croyaient qu'on avait raison de les brûler. Mais,
au milieu de cette participation au fanatisme
commun du temps, ils s'étaient préservés d'en
faire l'application par un principe de liberté civile. Ils disaient : « L'inquisition condamne sans
confronter l'accusateur et le coupable, sans
écouter la défense ; elle met les hommes libres
à la torture ; elle arrache l'aveu des accusés par
un supplice qui précède la sentence ; elle con-
fisque les biens des coupables : tout cela est contraire aux lois aragonaises et détruit les liber-

tés que nous avons reçues de nos pères : nous
ne voulons pas de l'inquisition. » Et puis, après
cette profession de foi civile, après ce démenti
donné par leurs principes politiques à leur
croyance religieuse, les Aragonais coururent
aux armes, et brûlèrent le grand inquisiteur
sur le premier bûcher qu'il eût élevé dans Sarragosse. (*Applaudissements.*)

Messieurs, il ne faut brûler personne. Cette
action cruelle, cette résistance indomptable fait
pressentir de combien de génie eut besoin Charles-Quint pour assouplir insensiblement la fierté
du caractère aragonais, pour l'atteler, comme
le reste de l'Espagne, à son char, et former, de
tant d'éléments indociles, sa grande monarchie.
Quoi qu'il en soit, à côté de cette énergie violente, ce qui frappe dans le caractère aragonais,
c'est un esprit légal, né de l'habitude des assemblées, et porté jusqu'à cette minutie des formes
et cette étiquette constitutionnelle que l'on ne
supposerait pas en Espagne.

Lorsque déjà l'habileté, les victoires de Ferdinand, et les vertus douces, la popularité chrétienne d'Isabelle avaient assuré la puissance des
deux époux, Ferdinand, entraîné par un grand
intérêt de politique et de guerre, est obligé de
quitter ses états, et laisse la régence à Isabelle.

A ce titre, elle avait le droit de présider les cortès; mais une vieille loi du royaume interdisait
à tout étranger l'entrée de cette assemblée. Les
états délibérèrent longtemps avant de l'admettre; et la régente attendit leur décision pour
exercer le pouvoir qu'elle avait reçu de Ferdinand. On s'étonnera peut-être de trouver ce respect des formes, cette procédure de la liberté
en Espagne, et au xve siècle.

Cependant ce peuple, si attentif à la défense
de ses droits, sans avoir les doux loisirs et la
gaie-science des troubadours, cultiva beaucoup
les lettres. Il eut de bonne heure, non-seulement des poëtes, mais des historiens.

Dès le xiiie siècle la valeur des guerriers catalans et aragonais était célèbre dans le monde. Ils
quittaient par bandes leur pays et s'offraient,
comme auxiliaires, à l'empereur grec et aux petits princes chrétiens d'Asie. C'étaient les Suisses du temps. Mais leur service, quoique mer-
cenaire, tenait quelque chose de l'enthousiasme
des croisades. Un gentilhomme catalan partait
de son château, avec sa bande bien armée. Il
guerroyait pendant longues années en Grèce et
en Orient, puis, sur ses vieux jours, revenait en
Catalogne écrire ses campagnes. Ces chroniques de combattants et de voyageurs ont un

grand charme : elles me paraissent préférables
aux chroniques espagnoles, même à celles
d'Ayala. Il en est une, entre autres, celle de
Ramon Muntaner, la plus originale du monde.
Ouvrez le livre; vous y verrez un vieil Espagnol, bien brave, bien pillard et bien pieux.
Tranquille, après la vie la plus aventureuse, il
est dans son château de Xilluella, et dort dans
son lit lorsque lui apparaît un vieillard vêtu de
blanc qui lui dit : « Muntaner, lève-toi, et songe
à faire un livre des grandes merveilles dont tu
as été témoin et que Dieu a faites dans les guerres
où tu t'es trouvé. » Muntaner hésite d'abord ;
mais la vision revient une seconde fois; et il se
met à écrire alors « pour attirer les bénédictions
de Dieu sur soi, sa femme et ses enfants. » Son
récit a pour nous un double intérêt : il embrasse l'histoire d'une portion de la France.
Au commencement du xiiie siècle, le comté de
Provence, le Béarn, la Gascogne, les villes de
Carcassonne, de Béziers, de Montpellier, appartenaient à la couronne d'Aragon et lui étaient
fort attachés. Muntaner fait très-bien concevoir
par ses récits la cause de cette vive affection.
Les libertés municipales de nos villes du Midi
trouvaient un appui dans la libre constitution

de la Catalogne. Rien n'était plus populaire que
Jacques d'Aragon à Montpellier.

Les actions de la grande *compagnie* catalane
offrent un vif intérêt. Les aventures de l'historien, le rapprochement de ses mœurs pieuses
et rudes avec la finesse et la scolastique des
habitants de Constantinople, sa bonne conscience de barbare quand il pille, tourmente,
insulte ceux qu'il est venu secourir, tout cela
est dépeint au naturel. Mais nous n'insisterons
pas sur cette chronique récemment traduite en
français.

Je ne parlerai pas des poésies aragonaises du
moyen âge : d'abord, j'ai grande peine à les entendre; et, n'étant pas guidé dans mon choix,
j'ai mal placé cette peine et consommé beaucoup
de temps pour expliquer des choses qui méri-
taient peu d'être traduites. J'ai entrevu cependant quelques beautés dans un poëme d'un
habitant de *Majorque*. Le dialecte de cet ouvrage
se rapproche beaucoup des formes provençales.

Je souhaiterais qu'un homme instruit et studieux voulût bien défricher ce champ nouveau
de la littérature aragonaise; je suis convaincu
qu'il en tirerait de précieux détails sur l'esprit
de cette nation, et qu'il y trouverait des choses
grandes et fortes; car il est impossible qu'il n'y

en ait pas chez tout peuple où les âmes ont été
développées par les événements et les institutions.

A côté de cet Aragon, si agité par ses lois,
qui a produit des talents que je ne connais pas,
et que je recommande aux recherches, la Castille offrait des institutions plus paisibles. Cependant cette même influence de la vieille liberté du moyen âge, entretenue par les longues
luttes des Espagnols pour regagner pied à pied
leur territoire, se montre en Castille. Il n'y a
pas de *justizza*; les cortès, comme nous l'avons
indiqué, d'après un passage d'Ayala, sont res-
pectueuses et soumises. Telle est du moins l'impression qu'en donnent la plupart des historiens. Peut-être, écrivant sous Charles-Quint et
Philippe II, la présence du maître leur a-t-elle
interdit la liberté même des souvenirs. Je trouve
dans une vieille chronique, qu'en 1257, il y
avait cent quatre-vingt-deux députés des villes
aux cortès; puis, dans une chronique du
xve siècle, je n'en trouve que dix-huit à une
nouvelle assemblée. Rien n'explique cette différence. Les villes avaient-elles perdu leurs
chartes? Le tiers état avait-il, en partie, disparu
de l'assemblée nationale?

La royauté n'en fut pas plus paisible. L'esprit

de révolte remplaça l'esprit de liberté. Au milieu du xvᵉ siècle les grands d'Espagne, de l'ordre ecclésiastique et civil, se réunirent pour
perdre l'infortuné roi Henri IV. Une cérémonie insultante et bizarre le dégrada du trône.
On fit solennellement le procès à une figure de
cire qui représentait le monarque. La sentence
lui fut prononcée. L'archevêque de Tolède porte
le premier coup à cette figure; et des coups suc-
cessifs la dépouillent de ses insignes : singulier
spectacle contraire au bon sens et à la justice,
et qui, loin d'attester le progrès des institutions civiles dans la Castille, ne nous montre
que le triomphe prolongé de ce même pouvoir
des évêques qui avait autrefois humilié les fils
de Charlemagne.

Mais c'est trop raconter. Cherchons maintenant quels talents sont sortis, au xvᵉ siècle, de
cette société espagnole, religieuse, guerrière,
enthousiaste. Disons d'abord pour être vrai
que, si les vieilles *romances du Cid* ont été cor-
rigées de mémoire, dans le xvᵉ siècle, par ceux
qui les chantaient, ce xvᵉ siècle, de lui-même,
n'a rien produit de comparable à ces romances,
première effusion héroïque et naïve du courage
espagnol. Déjà l'érudition à laquelle je ne reproche pas, comme on l'a fait, d'avoir perdu

l'esprit moderne, cette érudition qui a soutenu
le génie là où elle l'a trouvé, mais qui ne le faisait pas, cette érudition qui grandit le Dante,
mais ne soulève pas de terre Jean de Mena ou
tel autre, était entrée en Espagne. Un de ses
premiers promoteurs fut le marquis de Villena. Il réunissait en lui le sang des deux maisons royales : son père était fils naturel d'un roi
d'Aragon, et sa mère, fille naturelle d'un roi
de Castille.

Il fut un généreux protecteur des lettres. Il
avait d'abord voulu naturaliser la poésie des
troubadours dans un pays où leur langue était
parlée. C'était lui qui avait fondé à Sarragosse
cette académie de la *gaie-science*. Il mettait un
grand zèle à rassembler des livres en toutes langues. Il écrivait en vers et en prose. Il fit les
mêmes efforts en Castille qu'en Aragon. Il voulait y porter aussi la langue et la poésie des troubadours; mais cette tentative toute littéraire ne
réussit pas. J'ai peu de choses à dire de Villena.
C'est un de ces hommes célèbres de leur temps
qui n'intéressent guère la postérité, parce que
leur génie n'est pas resté sur le papier. Quelques poésies éparses sous son nom, dans le *Romancero* général, paraissent faibles et froides.
Villena était un grand seigneur, un homme il-

lustre; il était l'ami particulier du roi Jean II ,
protecteur des lettres lui-même; et cependant il
fut sans cesse exposé aux accusations des moines d'Espagne. Sa science passait pour magie,
hérésie, impiété. Villena meurt : ses livres tombent entre les mains des moines à qui le roi Jean
n'ose les refuser. Voici ce qu'en dit le médecin
du roi, philosophe pour le temps :

. . . . . Deux chariots , chargés de livres qu'il a laissés ,
ont été amenés au roi ; et comme on dit que ce sont des
ouvrages traitant de magie et d'autres arts qu'il n'est pas
bien d'étudier, le roi ordonna qu'on les portât au logis de
frère Lope de Barientos. Frère Lope , qui se soucie moins
d'être reviseur de grimoires que de gouverner le prince,
fit brûler plus de cent volumes, qu'il n'a pas plus vus que
le roi de Maroc , et qu'il n'entend pas plus que le doyen de
Ciudad-Rodrigo.... Il est resté dans les mains de frère Lope
beaucoup d'autres ouvrages précieux, qui ne seront ni
brûlés ni rendus. Si vous voulez bien m'envoyer une lettre
que je puisse montrer au roi, afin que je demande pour
vous à Sa Majesté quelques-uns des livres de don Henri,
nous sauverons ainsi un péché à l'âme de frère Lope ; et
celle de don Henri se réjouira de n'avoir pas pour héritier
l'homme qui lui a fait la réputation de magicien et de
sorcier.

Vous voyez dès cette époque commencer en
Espagne la lutte renouvelée au xviiie siècle entre quelques nobles éclairés et l'esprit étroit et
persécuteur des moines. Villena est le devan-

cier d'Olavidès. Le haut clergé espagnol avait
aussi la même disposition à favoriser les travaux
de l'esprit et les entreprises généreuses. Il s'en
est bien corrigé depuis.

Ce goût des lettres passa du marquis de Villena à un autre illustre seigneur de la même
époque, Mendosa de Santillane. Toute la cour
du roi Jean II, malgré les guerres, les trahi-
sons, les conspirations perpétuelles, était pré-
occupée par la passion des lettres et le désir
d'avancer les études. De là plusieurs académies
fort anciennes en Espagne. Ce goût des arts
ne se borna pas à la poésie. Dès le xvᵉ siècle,
la peinture avait fait de grands progrès en
Espagne. Vous savez qu'à l'époque récente où
la visite des armées françaises nous révéla l'Espagne, on fut tout surpris de trouver dans les
monastères de ce pays une admirable école de
peinture et toute une suite de tableaux saints
dignes de rivaliser avec les chefs-d'œuvre des
grands maîtres d'Italie. L'Europe ignorait ce
génie de l'Espagne. Il avait commencé dès le
xvᵉ siècle, par l'influence des princes et des
grands d'Espagne, empressés de favoriser les
artistes et les poëtes. Ils avaient mieux réussi
sur un point que sur l'autre : la poésie de cour
a rarement de la grandeur. Toutes les poésies

espagnoles du xvᵉ siècle, tous les vers de Jean
de Mena et de ses imitateurs sont bien loin des
vieilles *romances du Cid*. On y trouve des réminiscences nombreuses de l'antiquité et des plagiats du Dante, le seul poëte dont le nom avait
pénétré avec éclat dans l'Espagne. Déjà les esprits commençaient à s'affaiblir en imitant, et
à s'emboîter dans les formes créées par un
homme de génie, et qu'il aurait fallu renouveler
après lui. Un poëte de ce temps fit un long
poëme sous le titre de *Labyrinthe de la vie*. Rien
de plus froid que cet ouvrage. C'est une contrefaçon du grand poëme du Dante. Le poëte s'est
égaré dans un désert; une femme mystérieuse
lui apparaît et lui montre les images diverses
de la vie humaine. La forme est copiée et le génie manque.

Mais, me direz-vous, n'y avait-il pas, à cette
époque, un sujet permanent d'inspiration pour
l'Espagne, quelque chose qui, indépendamment
de vos protectorats littéraires et des imitations
de l'Italie, devait sans cesse aviver et rajeunir
la littérature nationale? C'était la présence des
Maures, de cette nation ardente, poétique,
grande d'abord par sa victoire, et qui, maintenant vaincue, cédant pied à pied la terre qu'elle
avait conquise, vendait chèrement la gloire aux

Espagnols. C'était la prise de ces villes ornées
et brillantes, de cette opulente Xerès, de ce magnifique Alhambra, de ces palais féeries où s'é-
tonnaient d'entrer les rudes et vieux chrétiens
des Asturies. Que de pieux enthousiasmes! quels
sujets de triomphe et de poésie! De là vinrent,
dans le xv⁰ siècle, beaucoup de romances pleines
de grâce et d'originalité, où l'on trouve une
agréable confusion du génie maure et du génie
castillan. La frivolité s'y mêle à la grandeur.
Elles ont quelque chose de cette architecture
mauresque, où une fantaisie d'Orient a sculpté
en dentelles des pierres colossales.

Cela peut-il se traduire? je ne sais. Il en est
une, par exemple, dont notre grand poëte,
M. de Chateaubriand, a pris avec grâce quelques traits charmants :

> Le roi don Juan,
> Un jour chevauchant,
> Vit, sur la montagne,
> Grenade d'Espagne;
> Il lui dit soudain :
>   Cité mignonne,
>   Mon cœur te donne,
>   Avec ma main.
>
> Je t'épouserai,
> Puis apporterai
> En dons à ta ville,
> Cordoue et Séville.

Superbes atours
  Et perles fines
  Je te destine
Pour nos amours.

Grenade répond :
Grand roi de Léon,
Au Maure liée,
Je suis mariée.
Garde tes présents :
  J'ai pour parure
  Riche ceinture
Et beaux enfants.

Ce langage animé, cette vie donnée aux puissantes cités d'Espagne est bien orientale. Voici
la romance espagnole, dans sa simplicité première :

Abenhamar, Maure de la Mauritanie, tu naquis sous
des signes favorables. La mer était calme ; la lune dans son
croissant : un Maure qui naît sous de tels signes ne doit
pas dire de mensonges. Alors lui répond le Maure (écoutez
bien ce qu'il lui disait) : « Je ne t'en dirai pas, seigneur,
quand cela me devrait coûter la vie ; car je suis fils d'un
Maure et d'une captive chrétienne. Quand j'étais tout petit
garçon, elle me disait souvent de ne pas dire de mensonges, que c'était une grande honte. Ainsi donc, demande,
roi ; car je te dirai la vérité.— Je te remercie, Abenhamar,
de cette courtoisie. Quels sont ces châteaux hauts et res-
plendissants ? — C'est l'Alhambra, seigneur, et l'autre est
la Mosquée ; les autres, les Alijares, travaillés merveilleusement. Le Maure qui les travaillait gagnait cent doubles
chaque jour ; et le jour qu'il ne travaillait pas, il en perdait
autant. L'autre est le Généralif, jardin qui n'a pas son

égal ; l'autre, les Tours-Vermeilles, château de grande valeur. » Alors parla le roi don Juan (écoutez bien ce qu'il
disait) : « Si tu voulais, Grenade, je me marierais avec
toi ; je te donnerais en arrhes et dot Cordoue et Séville. —
Je suis mariée, don Juan, mariée et non veuve ; le Maure
qui me possède me veut grand bien.... »

Si les exploits glorieux du Cid avaient inspiré
tant de belles choses à la poésie populaire, il
semble que les dernières victoires des Espagnols
sur les Maures, la chute de Grenade, l'abaisse-
ment, la fuite de ces maîtres étrangers, n'auraient pas dû moins heureusement animer l'imagination espagnole. Quel sujet de chant triom-
phal pour les chrétiens que l'exil de Boabdil,
et ses larmes, quand, du haut des monts Al-
pulaxaras, il aperçoit sa capitale au pouvoir
des chrétiens ! Le lieu où il s'arrêta est encore
appelé, dans la tradition poétique du pays, « le
Dernier soupir du Maure, » *el Ultimo suspiro del
Moro*. Mais aucun chant célèbre n'a consacré ce
grand souvenir. Les romances, alors fort nombreuses, furent plus galantes qu'héroïques. Le
génie des vainqueurs parut s'amollir, et se mo-
deler sur celui des vaincus.

Mais la littérature espagnole, au xv⁰ siècle,
ne se bornait pas à reproduire les grâces un peu
fardées et le luxe de l'imagination arabe : elle

se proposait aussi d'autres modèles, et tâchait
d'imiter les écrivains de Rome, dans la poésie
et dans l'histoire. On voit, par des poésies de
Jean de Mena, qu'Ovide, Properce, Tibulle,
Boëce, Tite-Live, Cicéron, Juvénal lui sont familiers. Il mêle leurs noms avec ceux du Dante
et de quelques auteurs de romans de chevalerie.
Ayala même traduisit Tite-Live. La plupart des
chroniqueurs espagnols montrent cette connaissance et ce goût de l'antiquité. Nous avons,
à dater du xiiie siècle, les vies des rois d'Espagne
et même celles de quelques ministres, comme
Alvaro de Luna, écrites par des contemporains.
Ces chroniques ont été fort louées par Bouterweck. Je ne sais s'il les avait bien lues. Il en
vante la précision et le naturel; et c'est le mérite qui me paraît y manquer le plus. Cette naïveté de mœurs, cette vive peinture que l'on
cherche dans les vieux récits, ne se trouvent
point là. Ce n'est ni Froissart, ni même Ramon
Muntaner. C'est un récit tout roide et tout solennel. Ces chroniqueurs étaient, la plupart,
hommes lettrés et doctes, qui citent beaucoup
Cicéron, Tite-Live, Sénèque, et font de grands
efforts, dans leur idiome encore rude, pour simuler les belles formes de la langue latine. Il
en résulte que le plus grand charme des chro-

niques en langue vulgaire, l'unité de style et
des faits, manque à ces récits trop ornés. La
pompe uniforme des chroniques latines du
xve siècle, cette fausse élégance qui détruit tout
à fait la couleur locale du moyen âge, semble
avoir passé dans ces chroniques espagnoles.
Peut-être dira-t-on que ce langage est, pour les
Espagnols, plutôt naturel qu'imité, et que ce
faste, cette gravité de termes, ces phrases longues et emphatiques tiennent au génie même de
la nation. La réponse est dans la vive simplicité
des *Romances* du Cid, et dans la simplicité austère des anciens récits d'Ayala. Rien n'est plus
éloigné de l'enflure et des faux ornements qui
remplissent l'histoire des *Illustres guerriers*, et la
vie d'Alvaro de Luna. Ces ouvrages, en longues
et laborieuses périodes, semblent calqués sur
les formes latines.

Mais le caractère unique de cette vie d'Alvaro
de Luna, c'est d'être le panégyrique d'un favori, composé après sa chute, et même après sa
mort. Jamais la flatterie pour un homme puissant, jamais l'enthousiasme de l'éloge ne furent
poussés plus loin. Richelieu triomphant était
moins loué par l'Académie. Et cette narration
si pompeuse des grands services d'Alvaro de
Luna est terminée par le détail de son procès et

de son supplice. C'est une fidélité fort honorable pour le chroniqueur et pour le héros, premier modèle de ces ministres qui, dans la vieille Europe, essayèrent de lutter contre le pouvoir des grands, par un peu de soulagement donné aux peuples. Il ne faut pas dire cependant, comme un critique espagnol, que cet ouvrage soit écrit avec la plume de Salluste. J'en trouve le style vague et déclamatoire. L'auteur, qui paraît avoir été un confident intime d'Alvaro de Luna, ne rapporte pourtant aucun de ces traits simples et familiers qui donnent tant de vérité à l'histoire. Je doute fort, par exemple, que le dernier entretien d'Alvaro de Luna et du roi son maître, soit fidèlement rendu par l'historien :

Le roi, voulant apaiser les craintes de Ruy Diaz, et peut-être les siennes propres, d'après les choses que lui avaient insinuées à l'oreille les personnes dont nous avons parlé, eut un long entretien avec son loyal grand maître. Il lui dit : « Tu sais, grand maître, quels maux amène et a toujours amenés l'envie, depuis le premier homme jusqu'à nos temps. On a vu toujours, et on voit la grande et heureuse fortune avoir pour compagne l'envie; et si une personne, quel que soit son mérite, jouit d'une fortune favorable, c'est chose forcée qu'il se trouve des hommes, tantôt plus, tantôt moins, selon le rang, pour lui porter envie.... Aujourd'hui beaucoup de cavaliers de mes royaumes ont envoyé vers moi pour m'assurer que, si je t'éloi-

gnais de ma cour, ils viendraient tous me servir et seraient
à mes ordres. C'est pourquoi, afin de calmer et d'apaiser
le royaume, je te prie de vouloir bien te retirer ; et je te
promets de te conserver dans tes honneurs, rangs, seigneuries, terres, dignités, rentes.

Alvaro de Luna répond à son tour par une
longue moralité, et en citant des phrases de Sénèque le philosophe; ce que j'ai peine à croire
authentique. Il me semble que l'historien invente mal ou défigure ce qu'il avait appris. Je
crois qu'il a substitué son érudition latine au langage naturel d'une âme fière et hardie, comme
celle d'Alvaro de Luna. Généralement, ces chroniques espagnoles me paraissent empreintes
d'une pompe monotone, qui peut offrir, sous
quelques rapports, l'expression du caractère
espagnol, mais qui souvent ne doit pas être
vraie, même chez eux, parce qu'elle ne le serait
nulle part.

Ainsi, Messieurs, le xv⁰ siècle ne nous montre en Espagne aucun de ces monuments originaux et durables qui marquent le génie d'un
peuple. La littérature fut studieuse, sans génie;
elle produisit, sans inventer.

Si, pour nous reposer de cette course longue
et stérile, nous voulons trouver enfin dans l'i-
diome espagnol un discours, un écrit d'une

beauté durable, j'imagine qu'il faut nous adresser aux hommes qui ont agi et ont fait de grandes
choses. Un d'eux n'était pas même Espagnol de
naissance; il se servit de la langue castillane
comme du premier instrument qu'il trouvait là,
et dont il avait besoin pour se faire entendre :
c'était le Génois Colomb. Je n'hésite pas à le
dire, cet étranger qui n'apprit l'espagnol que
tard, dans ses audiences et dans ses placets
pour faire agréer la découverte d'un nouveau
monde, Colomb a été, dans son siècle, l'homme
le plus éloquent de l'Espagne. C'est qu'il avait
de grandes idées, qui emportaient avec elles des
expressions sublimes; c'est qu'il avait surtout
de l'enthousiasme : *Spiritus Dei ferebatur super
aquas.* Les formes extérieures de l'art, les phrases longues et savantes n'avaient pas manqué,
jusque-là, dans les chroniqueurs espagnols.
Avec lui commence le sublime, la simplicité
dans la grandeur. Je voudrais avoir non-seulement tout ce que Colomb a écrit pour s'expliquer, pour se défendre, mais tout ce qu'il a dit
pendant sa longue attente et sa persécution, ses
conjectures éloquentes, ses affirmations sublimes, ses vives réponses aux esprits légers ou
envieux qui doutaient de son génie. Je voudrais
qu'on nous eût fait connaître, ce qui existe en-

core, le procès-verbal des conférences de Colomb dans le couvent de Simancas, avec plusieurs religieux qui opposaient à son dessein des
textes de l'Écriture et des raisonnements tirés
de la *Cosmographie* de Ptolémée. Il ferait beau
voir ce grand homme redressant par sa haute
sagacité les notions incomplètes de la géographie
antique, détruisant une fausse science par ses
vues hardies et nouvelles; puis s'armant à son
tour d'une foi enthousiaste contre une foi ignorante et craintive, s'emparant aussi de l'Écriture, non pour arrêter, mais pour étendre et
élever l'esprit de l'homme interprétant ces paroles du Prophète : *Multi pertransibunt, et multiplex
erit scientia,* comme une prédiction de ses découvertes, et croyant lire dans la Bible ce qu'a-
vait inventé son génie. Je ne sais pourquoi Was-
hington Irving ne nous a pas conservé tout ce
débat, tout ce travail d'un grand génie pour faire
entrer sa pensée dans des esprits si inférieurs
à lui.

Nous avons du moins le journal de Christophe
Colomb, et quelques-unes de ses défenses et de
ses suppliques. Ce journal est empreint de la
plus vive émotion pour les beautés de la nature
et de la plus fervente piété. C'est un exemple de
plus que, même dans la science, les grandes

choses se font par l'imagination et l'enthousiasme. C'est en mêlant la hardiesse et même la
chimère des spéculations aux combinaisons in-
finies des chiffres, que Kepler parvint à ses belles
découvertes. L'âme a besoin de s'élancer pour
atteindre au grand.

Colomb, plus que Kepler encore, avait ce
tour d'imagination sublime et mystique, ce
goût du merveilleux porté dans la science.

Vous le savez, pour faire avec toutes nos
forces la chose que nous voulons, il faut préten-
dre au delà. On a trouvé, dans le moyen âge,
plusieurs secrets de chimie en poursuivant les
rêves de l'alchimie. Colomb lui-même, ce n'é-
tait pas seulement la route des Indes, Si-pango,
ni même tout un monde, qu'il cherchait avec
tant d'efforts; c'était le paradis. Déjà sûr de sa
première découverte, il affirmait, plein de joie,
dans ses lettres à Ferdinand, que bientôt il allait
trouver les grands fleuves dont la source est
dans l'Éden, et que les nouvelles terres qu'il
avait découvertes devaient, en s'élevant, about-
tir à une atmosphère épurée, où la nature serait
parfaite et la vie bienheureuse; et il raisonnait
avec toute la logique de la science sur ce pieux
espoir. Vif sentiment de la nature, naïveté du
poëte, enthousiasme, qui rêve tout un monde

idéal au delà du nouveau monde découvert, voilà le journal et les lettres de Colomb pendant ses voyages. Rien dans la poésie descriptive n'est plus gracieux que la première impression qu'il a reçue des beaux rivages trouvés par son génie, de cette douce témpérature, qu'il compare à celle du royaume de Valence dans une matinée de printemps, de ces brises et de ces grandes forêts qui semblaient saluer l'abord de ses vaisseaux. Bientôt après, ses défenses montrent une grandeur d'âme égale à son génie.

Le plus haut degré d'éloquence ne peut se produire de lui-même et isolé de la vie réelle. Il faut qu'il porte sur l'énergie du caractère, sur l'homme tout entier, et sur l'homme exercé par de grandes épreuves. Ainsi les puissants orateurs de l'antiquité; ainsi, dans nos mœurs plus paisibles, ces grands évêques appuyant leur éloquence sur les œuvres d'une vie activement religieuse. Colomb, qui avait quelque chose de plus grand, ne doit pas cependant se comparer à ces hommes. La portion de son génie qui est tombée sur le papier, et n'est plus que de l'éloquence, n'est pas fort étendue; j'en détacherai quelques fragments. Je laisse ce qu'on a souvent admiré, et je m'attache à un passage où paraît surtout l'exaltation mystique de Colomb. C'est dans une lettre datée de son quatrième voyage, où cet homme prodigieux, avec de frêles embarcations dont notre habileté moderne n'oserait se servir, traverse des mers si nouvelles, brave tant de périls, consumé d'âge et de goutte. C'est une lettre adressée à Ferdinand et à Isabelle, et le compte rendu des dernières souffrances qu'il a éprouvées, retenu par la saison et par la détresse de ses vaisseaux sur une plage malheureuse. J'imagine que, sous l'enthousiasme rêveur et mélancolique de ses paroles, se cache une prévoyance politique et un avis pour Ferdinand. Déjà il avait éprouvé l'avare ingratitude de ce prince, la froideur d'Isabelle, les perfidies de la cour. Écoutez son récit, dont la fin ressemble à un délire fébrile traversé par des éclairs de raison sublime :

Mon frère, blessé grièvement, et le reste des nôtres, étaient loin sur un navire, dans le fleuve, et moi sur une côte sans abri, seul, consumé d'une fièvre ardente, j'avais perdu tout espoir de délivrance. Je gagnai avec effort le point le plus élevé, appelant d'une voix lamentable, vers les quatre vents du ciel, les capitaines de guerre de vos Altesses à mon secours. Mais ils ne me répondirent rien. Épuisé de fatigue, je m'endormis en sanglotant, et j'entendis une voix compatissante qui disait :

« O insensé ! lent à croire et à servir ton Dieu, le Dieu de tous les hommes : que fit-il de plus pour Moïse et pour David ses serviteurs ? Depuis ta naissance il a toujours eu le plus grand soin de toi ; lorsqu'il te vit parvenu à l'âge qu'il avait arrêté dans ses desseins, il fit merveilleusement retentir ton nom sur la terre. Les Indes, cette riche portion de l'univers, il te les a données comme tiennes ; tu les a distribuées comme il t'a plu ; et il t'a transféré ce pouvoir. Il t'a donné les clefs des barrières de la mer Océane, fermées jusque-là de chaînes si fortes ; on obéit à tes ordres dans d'immenses contrées ; et tu acquis une gloire immortelle parmi les chrétiens. Que fit-il de plus pour le peuple d'Israël, lorsqu'il le tira d'Égypte ? et pour David même, qui de simple pasteur devint un roi puissant de Judée ? Rentre en toi-même ; reconnais enfin ton erreur : la miséricorde du Seigneur est infinie ; ta vieillesse même ne te privera pas des grandes choses que tu dois accomplir. Le Seigneur tient en ses mains des héritages de longues années. Abraham n'avait-il pas plus de cent ans, lorsqu'il engendra Isaac, et Sara elle-même était-elle jeune ? Tu réclames un secours incertain : réponds, qui t'a tant et si souvent affligé ? Est-ce Dieu ou le monde ? Dieu maintient toujours les priviléges qu'il a accordés, et ne fausse jamais les promesses qu'il a faites ; le service une fois rendu, il ne dit point que l'on n'a pas suivi ses intentions, et qu'il l'entendait d'une autre manière ; il ne martyrise pas, pour montrer sa puissance ; il agit exactement comme il parle ; tout ce qu'il promet, il le tient, et même au delà : tel est son usage. Voilà ce que ton créateur a fait pour toi, et ce qu'il fait pour tous. Montre maintenant la récompense des fatigues et des périls que tu as essuyés, en servant les autres. »

J'étais comme à demi mort, en entendant tout cela ; mais je ne pus trouver aucune réponse à des paroles si vraies ; je ne pus que pleurer mes erreurs. Celui qui me parlait, quel qu'il fût, termina en disant : « Ne crains pas ; prends confiance ; toutes ces tribulations demeurent gra-

vées sur le marbre : et elles n'y seront pas gravées en vain. »
Je me levai, aussitôt que cela me fut possible ; et au bout
de neuf jours, le temps redevint favorable.

Il faut clore le xvᵉ siècle par cette vision sublime, où rien ne manque, le génie, l'enthousiasme et le malheur d'un grand homme.

FIN DU SECOND ET DERNIER VOLUME.

TABLE ANALYTIQUE

DES MATIÈRES CONTENUES DANS CE VOLUME.

— — —

FIN DE LA TABLE.

www.ingramcontent.com/pod-product-compliance
Lightning Source LLC
Chambersburg PA
CBHW050752030726
47505CB00002B/504